「도적들이 매달 그 마을을 습격해 식량을 빼앗아 간다더라고. 너무하지? 그래서 내가 물리치려고 한 거야!」

이세계는 스마트폰과 함께.23

딸들과 함께하는 놀이공원에서

가족을 위해 봉사 중?!

「어머니·전 요리 실력도 일류예요.

이 시대의 어머니보다 더 실력이 뛰어날지도 몰라요」

「호오······」

루가 번뜩! 빛을 뿜으며 눈을 가늘다랗게 떴다.

어? 왠지 분위기가 험악하네······.

이세계는 스마트폰과 함께. 23

후유하라 파토라 illustration ■ 우사츠카 에이지

캐릭터 소개

모치즈키 토야

하느님의 실수로 이세계로 가게 된 고등학교 1학년(등장 당시). 기본적으로는 너무 소란을 피우지 않고 흐름에 몸을 내맡기는 스타일. 무의식적으로 분위기 파악을 하지 못한 채, 은근히 심한 짓을 한다. 무한한 마력, 모든 속성 마법을 가지고 있으며, 무속성 마법을 마음대로 사용하는 등, 하느님 효과로 여러 방면에서 초월적. 브륀힐드 공국 국왕.

벨파스트 유미나 에르네아

벨파스트의 왕녀. 열두 살(등장 당시). 오른쪽이 파란색, 왼쪽이 녹색인 오드아이, 사람의 본질을 꿰뚫어 보는 마안의 소유자. 바람, 흙, 어둠이라는 세 속성을 지녔다. 활이 특기, 토야에게 한눈에 반해, 무턱대고 강하게 다가갔다. 토야의 신부.

에르제 실레스카

토야가 구해 준 쌍둥이 자매의 언니. 양손에 곤틀릿을 장비하고 주먹으로 싸우는 무투사. 직설적인 성격으로 소탈하다. 신세를 강화하는 무속성 마법 【부스트】를 사용할 줄 안다. 매운 음식을 좋아한다. 토야의 신부.

린제 실레스카

쌍둥이 자매의 여동생. 불, 물, 빛이라는 세 속성을 지닌 마법사. 빛 속성은 그다지 특기가 아니다. 굳이 따지자면 낯을 가리는 성격으로, 말이 서툴지만 가끔 대담해진다. 단 음식을 좋아한다. 토야의 신부.

코코노에 야에

일본과 비슷한 먼 동쪽의 나라, 이센에서 온 무사 소녀, 존댓말을 사용하며 남들보다 훨씬 많이 먹는다. 진지한 성격이지만 어딘가 어긋나 있는 면도. 검술 도장의 딸. 본가는 검을 사용하는 유파로 유파는 코코노에 진명류(眞鳴流)라고 한다. 겉으로는 잘 드러나지 않지만 의외로 거유. 토야의 신부.

루시아 레아 레굴루스

애칭은 루. 레굴루스 제국의 제3황녀. 유미나와 같은 나이. 제국 반란 사건 때 자신을 도와준 토야에게 한눈에 반했다. 쌍검을 사용한다. 유미나와 사이가 좋다. 요리 재능이 있다. 토야의 신부.

스우시 에르네아 오르트린데

애칭은 스우. 열 살(등장 당시). 자객에게 습격당하고 있을 때 토야가 구해 주었다. 벨파스트 국왕의 조카. 유미나의 사촌. 천진난만하고 호기심이 왕성하다. 토야의 신부.

미나스 레스티아 힐데가르트

애칭은 힐다. 레스티아 기사 왕국의 제1 왕녀. 검술에 능하며 '기사 공주'라고 불린다. 프레이즈에 습격당할 때 토야에게 도움을 받고 한눈에 반한다. 긴장하면 말을 더듬는 습관이 있다. 야에와 사이가 좋다. 토야의 신부.

린

전(前) 요정족 족장, 현재는 브륀힐드의 궁정마술사(잠정). 어려 보이지만 매우 오랜 세월을 살았다. 자칭 612세. 마법의 천재로 사람을 놀리기를 좋아한다. 어둠 속성 마법 이외의 여성 가지 속성을 지녔다. 토야의 신부.

사쿠라

토야가 이센에서 주운 소녀. 기억을 잃었었지만 되찾았다. 본명은 파르네제 포르네우스. 마왕국 제노아스의 마왕의 딸이다. 머리에 자유롭게 뺄빼낼 수 있는 뿔이 나 있다. 감정을 겉으로 잘 드러내지 않지만, 노래를 잘하고 음악을 매우 좋아한다. 토야의 신부.

폴라

린이 【프로그램】으로 만들어 낸 곰 인형으로, 마치 살아 있는 것처럼 움직인다. 200년 동안 계속 움직이고 있으며, 그사이에 개량을 거듭했다. 그 움직임은 상당한 연기파 배우 수준. 폴라…… 무서운 아이!

코하쿠

토야의 첫 번째 소환수. 백제라고 불리는 서쪽과 큰길의 수호자로, 짐승의 왕, 신수(神獸). 보통은 새끼 호랑이 크기로 다니며 최대한 눈에 띄지 않으려 한다.

산고 & 코쿠요

토야의 두 번째 소환수. 두 마리가 한 세트, 현제라고 불리는 신수, 비늘의 왕, 물을 조종할 수 있다. 산고가 거북이, 코쿠요가 뱀.

코교쿠

토야의 세 번째 소환수. 염제라고 불리는 신수, 새의 왕. 침착한 성격이지만, 외모는 화려하다. 불꽃을 조종한다.

루리

토야의 네 번째 소환수. 청제라고 불리는 신수, 푸른 용으로, 용의 왕. 비꼬기를 잘하며, 코하쿠와는 사이가 나쁘다. 모든 용을 복종시킬 수 있다.

모치즈키카렌

정체는 연애의 신 토야의 누나를 자처하는 중. 천계에서 도망친 종속신을 포획하는 대의명분으로, 브뤼힐트에 놀러왔었다. 느긋한 말투. 꽤 게으르다.

모치즈키모로하

정체는 검의 신. 토야의 두 번째 누나를 자처한다. 브뤼힐트 기사단의 검술 고문에 취임. 늠름한 성격이지만 조금 천연스럽다. 검을 쥐면 대적할 상대가 없다.

프란셰스카

바빌론의 유산, '정원'의 관리인. 애칭은 세스카, 메이드복을 착용. 기체 넘버 23. 입만 열면 야한 농담을 한다.

하이로제타

바빌론의 유산, '공방'의 관리인. 애칭은 로제타, 작업복을 착용. 기체 넘버 27. 바빌론 개발 총부인.

벨플로라

바빌론의 유산, '연금동'의 관리인. 애칭은 플로라, 간호사복을 착용. 기체 넘버 21. 폭유 간호사.

프레드모니카

바빌론의 유산, '격납고'의 관리인. 애칭은 모니카, 위장복을 착용. 기체 넘버 28. 입이 거친 꼬마.

프렐리오라

바빌론의 유산, '성벽'의 관리인. 애칭은 리오라, 블레이저를 착용. 기체 넘버 20. 바빌론 넘버즈 중 가장 연상. 바빌론 박사의 밤 시중도 담당했다. 남성은 미경험.

파메라노엘

바빌론의 유산, '탑'의 관리인. 애칭은 노엘, 체육복을 착용. 기체 넘버 25. 계속 잔다. 먹고 자기만 한다. 기본적으로 게으르고 뭐든 귀찮아하는 성격.

이리스팜므

바빌론의 유산, '도서관'의 관리인. 애칭은 팜므, 세일러복을 착용. 기체 넘버 24. 활자 중독자. 독서를 방해하면 싫어한다.

리루루파르셰

바빌론의 유산, '창고'의 관리인. 애칭은 파르셰, 무녀 복장을 착용. 기체 넘버 26. 덜렁이, 게다가 자각이 없어 깜빡하고 저지르는 실수가 잦다. 잘 넘어진다.

아틀란티카

바빌론의 유산, '연구소'의 관리인. 애칭은 티카. 흰옷을 착용. 기체 넘버 22. 바빌론 박사 및 넘버즈의 유지보수를 담당하고 있다. 극심한 어린 여자아이 취향.

레지나바빌론박사

고대의 천재 박사이자 변태. 공중 요새 '바빌론'를 비롯한 다양한 아티팩트를 만들어 냈다. 기체 넘버 29번의 몸에 뇌를 이식해, 5000년의 세월을 넘어 부활했다.

지금까지의 줄거리

하느님이 특별히 마련해 준 스마트폰을 들고 이세계에 오게 된 소년, 모치즈키 토야. 두 세계가 휘말렸던 사신과의 싸움은 막을 내렸다. 토야는 세계신에게 그 공적을 인정받아 하나가 된 두 세계의 관리자가 되었다. 언뜻 보기엔 평화가 찾아온 것처럼 보이는 세계. 하지만 세계에는 아직도 혼란의 씨앗이 남아 있었으며, 세계의 관리자가 된 토야는 거듭 말려드는데…….

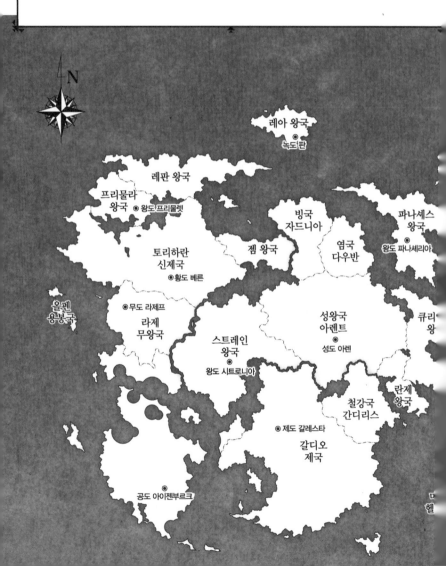

이세계는 스마트폰과 함께.
세 계 지 도

새로운 세계

표지 · 본문 일러스트
우사츠카 에이지

"이제부터 보고를 시작하겠습니다."

바빌론 '정원'의 한곳, '왕비들의 다과회'가 열리는 정자에서 유미나가 엄숙하게 선언했다.

원탁에는 브륀힐드의 왕비 아홉 명이 앉아 있었다.

왕비들 앞에는 각각 좋아하는 홍차나 음료가 놓여 있었고, 각자가 좋아하는 케이크 또한 놓여 있었다.

"현재, 우리 시대로 넘어온 우리 아이는 두 명. 야에 씨의 딸인 야쿠모, 린 씨의 딸인 쿤이에요. 그중의 한 명인 야쿠모는 무사 수행 여행에 나서서 행방불명이지만요……."

"그 이후로 연락은 없는 겐가?"

"전혀 없습니다……. 에휴…… 얼마나 부모 속을 썩이면 기분이 풀리는 것인지."

야에가 화를 내면서도 눈앞에 있는 홀케이크를 덥석덥석 먹어 치웠다. 그 옆에는 두 개째, 세 개째 케이크도 준비되어 있었다. 처음부터 홧김에 배불리 먹을 셈이었던 듯했다.

"쿤이 알려준 새로운 정보는, 없나요?"

린제가 이 중에서 유일하게 자신의 아이와 만난 린에게 물었다. 유미나를 비롯한 다른 일곱 명도 궁금했던지 린을 주목했다.

"특별히는 없어. 그 아이는 아리스와는 달리 자신에 관한 일 이외의 정보는 좀처럼 말해 주지 않거든."

"그래도 눈길을 끄는 말을 가끔 흘리기도 하죠……?"

힐다가 작게 중얼거리자, 옆에 있던 에르제가 크게 고개를 끄덕였다.

"맞아! 나한텐 '에르제 어머니의 아이는 아주 착해요. 다만, 에르제 어머니와는…… 후후. 아니요, 아무것도 아니에요' 라는 말을 했어! 나하고는 뭐 어떻다는 거지?! 너무 궁금해!!"

"일부러 그러는 거죠……? 저한테는 '프레이 언니는 힐다 어머니와는 달리…… 아니요, 대단한 이야기는 아니랍니다. 신경 쓰지 마세요' 라고 말했어요. 오히려 신경이 쓰여 훈련에 집중을 못 하겠어요……."

그 말을 듣고 린이 뭐라 형용하기 힘든 표정을 지으며 팔짱을 끼었다.

"미안해. 그 아이는 아무래도 일부러 조금씩 정보를 흘리며 우리를 놀리고 있는 모양이라……. 거짓말은 아닌 듯하니 너 그렇게 봐줬으면 해."

하아……. 크게 한숨을 내쉬는 린. 틀림없이 쿤은 다 알면서 그런 행동을 하고 있다. 우리의 반응을 보고 재미있어하는 거겠지.

"참 성격이 비뚤어져서는……. 이상한 데서 달링을 많이 닮았어."

그건 아버지한테만 물려받은 성격이 아닐 텐데……. 다들 그렇게 생각했지만 굳이 입 밖으로 꺼내지는 않았다. 부부 사이뿐만 아니라 아내들끼리도 배려는 매우 중요하다.

어색한 분위기를 바꾸려는 듯이 루가 유난히 밝은 목소리로 말을 꺼냈다.

"그, 그런데 쿤은 지금 뭘 하나요?"

"아리스네 놀러 갔어. 정확히는 내가 놀러 가라고 보냈어. 그냥 내버려 두면 계속 '바빌론'에 틀어박혀 있으니까. 정서적으로 좋지 않아."

쿤은 거의 하루 종일 '바빌론'에서 시간을 보냈다. 그래서 린 이외에는 아직 깊이 대화를 나눈 적이 없다.

"아리스한테 새로운 정보를 들은 자는 없는 겐가?"

"이건 냥타로의 정보인데."

스우가 모두를 둘러보자 사쿠라가 살그머니 손을 들었다. 냥타로, 다시 말해 사쿠라의 소환수인 달타냥은 성 아랫마을 고양이들의 우두머리다. 그리고 고양이들이 모은 마을의 소문을 비롯한 온갖 정보는 사쿠라에게 보고되었다.

물론 모든 정보가 사쿠라에게 보고되는 것은 아니다. 냥타로가 사쿠라에게 전달해야 할 정보, 또는 국왕인 토야에게 전달해야 할 정보, 또는 첩보 부대의 수장인 츠바키 씨에게 전달할 정보를 선별했다.

그리고 사쿠라에게 전달해야 할 정보 가운데에는 당연히 아리스의 행동이나 언동도 포함되어 있다.

"아리스는 지금 쿤과 접촉하고 있는데, 냥타로는 옆에서 그 모습을 도촬하고 있어."

스르렁. 왕비 여덟 명이 자리에서 일어서 사쿠라 주변으로 모여들었다. 사쿠라가 들고 있는 스마트폰에는 성 아랫마을에 있는 카페인 '파렌트'의 가게 내부 모습이 비치고 있었다.

양산형 스마트폰은 냥타로를 비롯한 고양이 소환수들에게도 나누어 주었다. 그 스마트폰의 카메라 기능을 사용해 냥타로가 주인인 사쿠라에게 실시간 영상을 중계하고 있었다.

'파렌트'의 가게 안. 아무래도 빈 테이블의 테이블클로스 아래에 숨어 촬영하고 있는 듯했다. 상당히 낮은 앵글의 영상이다. 그런 연출을 선호하는 것인지도 모르지만.

카메라 너머의 테이블석엔 소녀 두 명이 앉아 있었다. 두 사람 모두 예쁜 흰 머리카락이었지만 한 명은 미디엄, 다른 한 명은 투 사이드 업 스타일이다. 아리스와 쿤이다.

쿤 옆에는 메카 폴라, 즉, 파라의 모습도 보였다.

〈음~. 맛있어~!〉

〈시대를 거슬러 올라와도 이곳은 여전히 맛있네. 미래보다 메뉴가 적은 거야 어쩔 수 없는 일인지도 모르지만.〉

작지만 두 사람의 목소리가 뚜렷하게 들렸다. 음성에는 문제가 없나 보다. 미래의 브륀힐드에도 '파렌트'는 있는 모양이다.

아리스는 스트로베리 파르페. 쿤은 휩크림과 과일을 가득 넣은 팬케이크를 먹었다.

〈쿤 언니가 와서 다행이야. 돈을 거의 못 가지고 왔거든~.〉

〈나도 돈은 미래의 길드에 다 맡겨뒀어. 지갑도 안 가져왔고.〉

〈어?! 도, 돈은 어떻게 내려고?! 나, 난 이미 먹기 시작했는데?!〉

쿤의 말을 듣고 아리스가 파르페를 먹다 말고 수저를 내려놓았다. 이미 스트로베리 파르페는 반쯤 사라진 상태였다.

난처한 표정을 지은 아리스의 얼굴을 보더니 쿤이 참지 못하겠다는 듯이 웃음을 터뜨렸다.

〈걱정 안 해도 돼. 난 돈이 없지만…… 파라.〉

쿤의 말을 듣고 고개를 한 번 끄덕인 곰 고렘은 입에서 짤랑짤랑 하고 은화 몇 닢을 테이블에 뱉어냈다. 저금통이냐.

〈사람 놀래지 좀 마! 참! 쿤 언니는 여전히 짓궂다니까!!〉

〈후후후. 칭찬으로 받아들일게.〉

"칭찬은 아니라고 생각합니다만……."

화면 너머의 대화를 듣던 야에가 무심코 중얼거렸다. 우리의 음성은 꺼두었으니 우리의 음성이 저편에 들릴 걱정은 없다.

"사람을 놀리고는 기뻐하다니. 내 딸이지만 어이없는걸."

"린 님도【리콜】을 가르쳐 주실 때, 소인과 서방님을 놀리지 않았습니까……."

"……옛날 일은 잊어버렸어."

야에가 날카롭게 바라보자 천천히 시선을 회피하는 린. 린을 제외한 사람들의 머릿속에 지구에서 배운 '그 부모에 그 자식'이란 말이 떠올랐지만 아무도 딴지를 걸지는 않았다. 왜냐하면 내일은 자신이 그런 말을 들을 처지가 될 수 있으니까.

〈다들 빨리 왔으면 좋겠어. 야쿠모 언니도 적당히 수행을 끝내고 오면 좋을 텐데.〉

〈다들 곧장 왔으면 좋겠지만, 린네나 요시노는 군것질하며 돌아다닐 것 같아. 그런데 그 아이들, 돈은 가지고 있을까?〉

쿤의 말을 듣고 왕비 아홉 명이 서로 얼굴을 마주 보았다. 요시노. 처음 듣는 이름이지만 틀림없이 이 안의 누군가의 아이다.

"어～. 야에 씨의 딸이 야쿠모, 힐다 씨의 딸이 프레이, 린 씨의 딸이 쿤이고……. 언니의 딸이 에르나, 그, 그리고 제 딸이 린네……였죠?"

린제가 이름이 밝혀진 아이들을 손꼽으며 확인했다. 소거법에 따라 '요시노'라는 이름의 아이는 나머지 왕비들인 유미나, 스우, 사쿠라, 루의 아이 중 한 명이다.

"이름의 어감상 토야가 원래 살던 세계의 말인 듯하네만?"

"그렇군요. 서방님이 살던 '일본'과 이셴은 공통점이 많습니다. '요시노'란 '소메이요시노'에서 따온 게 아닐지요."

"소메이요시노?"

"벚나무의 품종 이름입니다."

야에의 말을 듣고 모두의 시선이 사쿠라에게로 쏠렸다. 시선을 한 몸에 받은 사쿠라는 화면을 바라보면서 "요시노……." 라고 작게 중얼거리더니 살짝 미소를 지었다.

"……좋은 이름. 분명 착한 아이일 거야."

"단지 그것만으로 사쿠라 님의 아이라고 단정 짓기는 아직 이릅니다만……."

"내 아이일 거야. 단언해."

야에를 휙 돌아보더니 사쿠라가 콧김을 거칠게 내뿜으며 말했다.

"실은 소인의 이름도 벚나무 종류에서 따왔습니다. 그러니 소인의 둘째일지도."

"야에, 심술궂어. 그러니까 아이가 도망가는 거야."

"도망치진 않았습니다만?!"

아니라고 생각하고 싶지만, 야에도 어렸을 적에 너무 가혹한 수행을 견디지 못하고 도망쳤던 기억이 있었다. 어릴 적엔 오빠인 주타로만큼 검술에 몰두하지 않았었으니까.

자신의 딸도 같은 행동을 하지 않았으리라고는 보장할 수 없다. 그래서 사쿠라의 말을 듣고 야에는 적잖은 충격을 받았다.

〈그 아이들이라면 돈을 벌 방법이야 얼마든지 있겠지만……. 요시노라면 【텔레포트】를 사용해 바로 올 수도 있고.〉

스마트폰에서 들려온 쿤의 말을 듣고, 봐, 이것 봐! 맞지?! 그렇게 말을 하듯이 으쓱한 표정으로 야에를 바라보는 사쿠라. 무속성 마법은 유전되지 않지만 쿤도 어머니인 린과 같은 【프로그램】을 사용할 줄 안다. 사쿠라의 아이일 가능성이 크다고 할 수 있었다.

〈아시아라면 틀림없이 곧장 올 텐데.〉

"드, 드디어어어어어어어어어?! 이, 이 아이는 제 아이 이름 맞겠죠?! 루시아랑 아시아! 분명 그럴 거예요! 그렇죠? 유미나 씨!"

"네, 네에. 그렇겠네요……."

옆에 있던 유미나가 굳은 얼굴로 웃으며 대답했다.

갑자기 폭발적으로 흥분한 루를 보고 다들 조금 오싹한 표정을 지었다. 그 마음은 정말 잘 알겠지만…….

〈그 아이는 아버지한테 붙어서 사니, 오면 오는 대로 난리일 거야. 여기서 루시아 어머니와 다투지 말아야 할 텐데.〉

"어?"

화면 안에서 불길한 말을 하며 한숨을 내쉬는 쿤. 그 말을 듣고 루가 미소를 지은 채 표정이 굳었다.

"이, 이게 무슨 말일까요……?"

"그 아시아란 아이와 루는 사이가 나쁜 걸까? 토야한테 붙어서 산다고 했으니, 엄마는 방해꾼이야! ……라고 생각한다든가?"

"에, 에, 에, 에르제 씨?! 그게 무슨 말씀이세요? 그, 그, 그럴 리가 없잖아요?!"

"아하하……. 미안해. 농담이야, 농담."

"웃을 수 없는 농담이에요!"

언니, 그러면 안 되지! 린제가 그렇게 말하듯 팔꿈치로 에르제를 쿡쿡 찔렀다. 루는 조금 전까지 극도로 흥분했던 모습은 어디 가고, 갑자기 불안한 표정을 지었다.

〈괜찮아~. 아시아도 루 엄마를 아주 좋아하니까. 아시아가 오면 맛있는 음식 만들어 달라고 해야겠네.〉

이어진 아리아의 말을 듣고 루가 안심이 된다는 듯이 가슴을 쓸어내렸다. 아무래도 어색한 사이는 아닌 듯하다.

〈우냥?〉

"우냥?"

갑작스러운 냥타로의 목소리를 듣고 모두가 "?" 같은 의문 부호를 떠올렸다.

이어서 카메라가 아리스와 쿤의 위치에서 옆으로 크게 이동하더니 파라를 클로즈업했다.

"앗, 들켰다."

사쿠라가 중얼거린 직후, 스마트폰의 영상이 크게 덜덜 흔들렸다. 냥타로가 스마트폰을 떨어뜨린 듯, 화면에는 테이블 클로스에 둘러싸인 어둑어둑한 탁자의 뒷면만이 비쳤다.

하지만 음성은 아직도 계속 들렸다.

〈우냥?! 이 고렘, 뭐 하는 거냥?! 악, 으갹~~~~!! ……?!!!〉

파직파직파직. 불꽃이 튀는 듯한 소리와 몇 차례의 섬광이 사쿠라의 스마트폰을 통해 전해져 왔다.

그러고는 털썩…… 뭔가가 쓰러지는 소리가 나더니, 떨어진 냥타로의 스마트폰에 누군가가 손을 뻗는 모습이 보였다.

화면이 셀카 모드로 변경되면서 쿤의 장난스러운 미소가 사쿠라의 스마트폰에 비쳤다.

〈도촬하시면 안 되죠. 어머니 여러분. 어린이에게도 사생활이 있는 법인데요. 그럼 실례하겠습니다.〉

쿤이 후후 웃는 모습과 함께 화면이 뚝 끊겼다.

"음, 맞는 말이야."

사쿠라가 손을 뻗어 테이블에 올려놓았던 스마트폰의 화면을 껐다. 쿤의 말대로 아무리 알고 싶다고 해도 도촬은 해선 안 되는 일이다. 왕비들 모두는 넋을 잃고 도촬 화면을 봤다는 사실을 반성했다.

"어린이에게 배울 점도 있다고 하는데, 이런 걸 말하는 걸까?"

후우. 린이 한숨을 내쉬며 중얼거렸다. 마찬가지로 다른 여덟 명도 한숨을 내쉬었다. 며칠간, 갑작스러운 만남에 갈피를 못 잡던 왕비들이었지만, 겨우 침착해진 모양이었다.

◇ ◇ ◇

"참 왜 이렇게 시끄러운지. 파라, 이 아이를 기사단 대기소까지 바래다줘."

아기곰 고렘은 고개를 끄덕이고는 쿤한테 냥타로의 스마트폰을 건네받고 전격을 맞아 쓰러진 스마트폰의 주인을 짊어졌다.

파라는 폴라와는 달리 상대를 공격하는 장비를 몇 가지 정도 갖추고 있다. 어디까지나 상대를 꼼짝 못 하게 만드는 것이 목적이라 어마어마하게 강하지는 않지만.

냥타로를 머리에 짊어진 파라가 '파렌트'의 문을 열고 밖으로 걸어나갔다.

"어라? 찍고 있었구나. 혹시 나, 해선 안 될 말 했어?"

"괜찮아. 토키에 할머니도 그렇게까지 엄격하진 않으시니까. 그것만 말하지 않으면."

"그럼 괜찮고. 난 할머니의 설명을 주의해서 듣질 않아서."

"너 정말……."

아하하. 얼버무리듯이 웃는 아리스. 쿤은 어이없어했지만, 역시 그것만 아니라면 걱정할 필요 없다고 마음을 편히 가졌다.

"그런데 정말로 '저지의 실'이 나타날까?"

"……? 아. ……말하자마자 발설하긴. 아리스 말고는 그런 사람 찾기 힘들걸? 자꾸 그러면 정말로 남동생이 싫다고 말할지도 몰라."

"그, 그럴 리 없어!! '아리스는 고민이 없어 보여 행복하겠다' 라며 항상 칭찬해 주거든!"

쿤은 그게 칭찬일지 의문이었지만 굳이 지적하지는 않았다.

남동생의 성격을 생각해 보면, 특별한 뜻 없이 솔직하게 그런 말을 했을 뿐인지도 모른다.

아리스는 정말로 토키에 할머니의 설명을 전혀 기억하지 못하는 듯했다. 이름조차도 정확하지 않다.

뭐야, '저지의 실' 이라니. 잠시 뭔가 했잖아. 쿤은 어이없다가도 시간의 틈새로 날려간 상황에서도 이렇게까지 주의력이 산만해질 수 있을까 싶어 오히려 감탄이 나오기도 했다.

"아무튼 쓸데없는 말은 하지 마. 아리스네 아버지, 어머니들한테도다? 부모님을 통해 우리 아버지한테 전해질 수도 있잖아."

"알았어~."

대답만큼은 힘이 넘쳤다. 쿤은 정말로 괜찮을지 불안해졌지만, 새삼 걱정을 해 봐야 어떻게 될 일도 아니다.

토키에 할머니는 말했다. '미래는 변하지 않는다' 고. 하지만 다른 '신의 힘' 이 더해지면 꼭 그렇다고는 보장할 수 없었다.

커다란 강에 물 몇 방울 떨어뜨린다고 변화가 생기진 않는다. 상류의 물은 정해진 흐름에 따라 하류로 흘러간다.

그러나 상류에 호우가 내리면 수위가 올라가 강이 범람할 우려도 있다.

한없이 작은 가능성이라 해도 그걸 무시할 수는 없다.

"……나타나지 않는다면 그보다 더 나은 일은 없겠지만."

쿤은 작게 중얼거리고는 아직 다 먹지 못한 팬케이크를 나이프로 잘라 입에 넣었다.

"토야, '저지의 실'이 뭔지 알아?"

"저지……? 그게 뭔데?"

옆에서 낚싯대를 드리우고 있던 엔데가 갑자기 그런 말을 꺼냈다.

브륀힐드의 월경지인 던전섬에 만든 어항(漁港). 그곳의 제방에서 나와 엔데는 느긋하게 낚시를 즐겼다.

저지의 실? 저지는 실이 아니라 짜는 방법을 가리킨다고 하지 않았나? 전에 린제가 그런 말을 했었던 것 같은데.

소재 이야기라면 울이나 폴리에스테르라든가?

"모르면 됐어. 메르가 아리스한테 그런 말을 들었다고 하길래."

"……저지가 미래에 무슨 영향을 줘?"

"글쎄? 아, 미끼만 먹고 도망쳤네."

운동복이 유행하나……? '패션 킹 자낙'에서 판매를 시작해 모험자들 사이에서 크게 유행한다든가.

저지를 입은 모험가……. 움직이기 편하니 그런대로 괜찮으려나……?

미래는 참 알 수가 없어…….

"앗, 낚았다."

'공방'에서 만든 릴을 돌리자 바다의 수면에서 전갱이와 비슷한 물고기가 팔딱거리며 모습을 드러냈다.

나는 낚싯바늘을 빼내고 물고기를 옆에 있는 양동이에 던져 넣었다. 이것으로 세 마리째인가. 마법을 사용하면 순식간에 잔뜩 잡아들일 수 있지만 그래선 시시하다는 엔데의 제안으로 우리는 평범한 낚시 실력만으로 승부를 겨루게 되었다.

오늘따라 아내와 아이들이 우리를 따돌리고 행동해서 기분 전환을 하고 싶기도 했다. 아, 엔데야 어쨌든 우리 아내들은 날 따돌린 게 아니야. 응, 분명히 그럴 거야…….

"그렇지, 토야."

"응?"

엔데가 미끼를 끼운 바늘을 던져 바다에 풍당 빠뜨렸다. 나는 슬쩍 엔데의 양동이 안을 들여다보았다. 엔데도 세 마리인

가. 질 수는 없지.

"모험자 길드에서 들은 이야기인데, 기사 왕국 레스티아에서 용이 마을을 습격했다는 모양이야."

"……떠돌이야?"

용은 보통 사람들 마을까지 내려오지 않는다. 용의 우두머리이자 나의 소환수인 루리가 그렇게 명령을 내려두었기 때문이다.

사람이 서식지를 망가뜨리지 않는 한 사람을 습격하지 말라고. 그래서 그걸 무시하는 용은 무리에서 내쫓긴 떠돌이 용이거나, 어떤 이유로 인해 부모를 떠나 자란 고립된 용뿐이었다.

"젊은 가시용이 날뛰었다나 봐. 무리에서 내쫓긴 용이 아닐까?"

스파이크 드래곤이라. 가시가 많고 커다란 용으로, 루리보다 클 정도다. 은색 랭크 이상이 토벌할 수 있는 대상이었지?

"아, 혹시 네가 해치우러 가려고?"

엔데는 금색 랭크가 되기 위해 요즘 들어 대형 의뢰를 받아서 해결하고 있는 모양이었다. 이대로 가만히 있어선 딸과 같은 랭크니까. 이것도 부모의 허세다.

"그러려고 했는데 벌써 누가 해치웠다나 봐. 그래서 내가 하고 싶은 얘기는 이제부터인데…… 해치운 사람은 모험자가 아니라고 하더라고. 길드에 보고도 하지 않았고, 드래곤도 해치운 그대로 두고 갔대. 마을의 부흥에 유용하게 써 달라면서."

"호오. 대단한데? 웬만해선 그럴 수가 없을 텐데."

용의 소재는 머리에서 꼬리까지 전부 돈이다. 그걸 아까워하지도 않고 건네주다니.

나도 미스미드에서 어쩔 수 없이 흑룡(黑龍)의 소재를 양보했던 적이 있는데, 나중에 금액을 듣고 크게 후회했었다. 그리운 시절의 기억이야.

나는 옛날 일을 떠올리면서 놓아두었던 수통을 들고 물을 들이켰다.

"그 용을 토벌한 인물 말인데, 목격 정보에 따르면 어린아이라는 모양이더라고. 검은 머리카락에 검은 눈의 여자아이로, 허리에 검을 꽂은 사무라이 모습의……."

"풉~~~~~~~~~~~~~?!"

"아, 역시나?"

엔데의 말을 듣고 나는 마시던 물을 아치 모양으로 바다로 내뿜었다. 잘게 흩어진 물이 번쩍거리며 무지개를 만들었다.

헉?! 그건 틀림없이 우리 아이일 거야!! 드래곤을 토벌할 수 있는 어린이는 좀처럼 없으니까!

우리 딸은 대체 뭘 하는 건지?! 그래도 사람을 돕다니 훌륭해! 아빠가 칭찬해 줄게!

"지금 레스티아로 날아가 봐야 이미 떠나고 없겠지……?"

"그렇겠지. 길드도 자세한 이야기를 듣고 싶어서 찾았다지만 못 찾았다나 봐."

【게이트】를 사용할 수 있다고 하니……. 전이 마법을 쓸 줄 아는 사람이 이토록 성가실 줄이야. 남 말할 처지가 아니지만.

"하아……. 오, 입질이 왔다. 영차. 좋았어, 낚았다!"

아직 보지 못한 딸의 활약으로 인해 복잡한 심경을 느끼면서, 나는 낚싯줄을 끌어 올렸다.

그런데 '저지의 실'이 대체 뭘까?

"어? 쿤이랑 아리스?"

"앗, 폐하랑 아빠다."

"아버지?"

던전섬에서 돌아오는 길에 아리스, 쿤과 딱 마주쳤다. 두 사람 모두 카페 '파렌트'에서 차를 마시고 오는 길이라는 듯했다.

"어? 아리스, 돈은? 가지고 있었어?"

"쿤 언니가 사 줬어."

엔데가 걱정되어 물었는데 허무한 대답이 돌아왔다.

"용돈을 줘야 하나……?"

"글쎄? 필요한 물건이 있으면 그때마다 사 주면 되잖아?"

곰곰이 생각하는 엔데에게 그런 대답을 하는 나. 물론 상식적인 범위 내일 때의 얘기지만.

엔데는 은색 랭크 모험자다. 나름 돈을 잘 번다. 집에는 대식가 세 사람이 있어 엥겔지수는 어마어마하게 높은 모양이지만 용돈을 주지 못할 정도는 아닐 것이다.

그래도 앤 아리스가 사 달라는 물건은 다 사 줄 것 같단 말이야…….

"아리스, 혹시 지금 뭐 가지고 싶은 물건 있어?"

"가지고 싶은 물건? 물론 없진 않지만……."

엔데의 말을 듣고 아리스가 깊이 생각을 하듯 고개를 살짝 옆으로 기울였다. 비싼 물건인가? 아니면 구하기 어려운 물건이라든가?

"아빠. 난 건틀릿이 있었으면 좋겠어. 항상 사용할 수 있는 건틀릿. 미래에 두고 왔거든."

"건틀릿? 무투사(武鬪士)가 쓰는 그거?"

"응."

그거라면 무기점에서도 팔고 있을 텐데. 마음에 드는 기술자가 만든 수제라거나, 오더메이드 상품인가?

"베헤모스 가죽에 정재(晶材)를 두른 건데……."

"정재? 혹시 내가 만든 물건이야?"

"네, 맞아요. 아리스의 건틀릿은 아버지가 아리스 생일 선물로 준 거예요."

내 질문에 쿤이 대답해 주었다. 어린이 생일 선물로 건틀릿이라니……. 그래도 되는 건가?

내가 의아해하는데 옆에 있던 엔데가 와락 어깨동무를 했다.

"토야, 어때? 절친의 사랑하는 딸에게 선물을 주는 건?"

"이럴 때만 절친인 척하기냐?"

찰싹, 하고 나는 엔데의 팔을 쳐냈다. 그러자 아리스가 아쉽다는 듯이…… 어깨를 추욱 늘어뜨렸다. 잠깐만, 안 만든다고는 안 했잖아.

그 모습을 본 아리스네 아빠가 발끈하며 내 멱살을 잡았다.

"돈이냐?! 돈을 원해?! 얼만데?! 얼마면 만들어 줄 거야?! 아리스를 위해서라면 얼마든지 내겠어! 이 수전노 자식!"

"아냐! 바보 같은 소릴! 정재는 괜찮지만, 베헤모스의 소재가 없어!"

다그치는 딸 바보 아빠에게 내가 소리쳤다.

베헤모스는 코뿔소와 물소를 더해 강화한 듯한 모습의 몬스터다. 무지하게 커서, 용과 비슷하거나 그 이상의 크기라고들 하는데 개체수가 극단적으로 적어 목격 사례조차도 많지 않았다. 나도 본 적이 없다.

'재앙을 불러오는 짐승'이라고 불릴 만큼 성질이 거칠고, 일단 날뛰기 시작하면 도저히 제어할 수 없다는 소문이다. 마을 하나가 완벽히 파괴된 적도 있다고 한다.

"아버지라면 발견하실 수 있지 않나요?"

"물론 발견하지 못하지야 않겠지만……. 왜 쿤까지 눈을 반짝거리는데?"

아리스와 더불어 쿤까지 기대에 찬 눈빛으로 나를 바라보았다. 왜지?

"베헤모스는 고렘 소재로 사용할 수 있거든요. 뿔이나 뼈는 가공해서 장갑(裝甲)으로 쓰고, 혈액은 에테르 라인의 촉매로 사용해요. 짐승의 기름도 고렘의 관절을 부드럽게 하는 최고급 윤활유로 이용되고요."

아, 그래서……. 쿤이 왜 흥미를 보였는지 이해했다.

나도 반대할 이유가 없어 지도를 열어 검색해 보았다. 전 세계를 찾아보면 몇 마리 정도는 있겠지.

"어디 보자…… 어? 의외로 가까운 곳에 있네."

예상외의 검색 결과라 조금 놀랐다. 이 몬스터, 벨파스트에 있어.

게다가 변경인데, 마을에서 아주 가까이에 있다. 이건 위험하지 않나? 마을 쪽으로 다가오는 모양인데…….

"좀 위험할지도 몰라. 이 베헤모스를 잡고 올게."

"앗, 그러면 저도요."

"뭐야! 쿤 언니만 치사하게! 나도……!"

"안 되지. 아리스는 이제 돌아가야 할 시간이야. 엄마들이 저녁 먹으려고 기다리고 있으니까."

엔데가 우리를 따라오려고 하는 아리스를 말렸다. 양동이에 들어간 물고기는 엔데네 가족의 저녁 식사다. 늦게 가면 메인 요리 없이 저녁을 먹게 된다.

"우~~~. 그래도……!"

"내일까지 꼭 건틀릿 만들어 줄게."

"알았어……."

아리스가 마지못해 물러났다. 그러자 엔데는 다행이라는 듯 가슴을 쓸어내렸다. 데리고 갔다가 만약 늦어지면 그 세 사람에게 무슨 소릴 듣게 될지. 물론 나도 휩쓸리게 되겠지. 남의 아내들에게 혼나긴 싫다.

"그럼 난 잠깐 다녀올게."

"아리스, 다음에 보자."

나는 쿤의 손을 잡고 【텔레포트】를 사용해 벨파스트로 전이했다.

일단 벨파스트 국왕 폐하에게 베헤모스에 관해 알려 두자. 메시지로 사정을 설명하자 곧장 토벌해도 좋다는 허가 메시지가 도착했다. 쓰러뜨린 다음엔 베헤모스의 소재를 값싸게 넘겨 달라는 추신도 있었지만. 역시나 야무진 분이다.

베헤모스가 있는 마을에는 한 번도 가 본 적이 없어서 근처의 가도로 나갔다. 여기서 레긴레이브를 타고 날아가자.

나는 【스토리지】에서 오랜만에 레긴레이브를 불러냈다. 레긴레이브의 콕핏은 넓지는 않지만 어린이 한 명 정도는 여유롭게 탈 수 있다.

내가 쿤을 데리고 레긴레이브에 올라타려고 하자, 어쩐 일인지 쿤이 안절부절못하기 시작했다.

"아버지…… 부탁이 있는데요……."

딸의 부탁. 기쁜 일이지만 왜일까. 내 머릿속에서 위험 신호가 울리기 시작하는데.

"……뭔데?"

"제가 레긴레이브를 조종해 보면 안 될까요?! 꼭 베헤모스를 잡는 모습을 보여 드릴게요!"

그렇게 나오기냐……. 별달리 문제가 될 일은 아니긴 하지만…….

"혹시 조종 경험은? 프레임 기어 말고 레긴레이브 조종 경험을 얘기하는 거야."

"개조된 레긴레이브라면 한 번 타 본 적이 있어요. 그렇지만 개조 전에는 타 본 적이 없어서, 꼭 타 보고 싶어요."

아무래도 미래에서는 레긴레이브가 개조된 모양이었다. 레긴레이브 Mk-Ⅱ라든가?

조종 방법은 크게 바뀌지 않았다니 괜찮겠지만……. 아니면 수동 차에서 오토 차로 바뀐 정도일 뿐인가?

"그래…… 한 번 타 볼래?"

"고마워요, 아버지!"

쿤이 안겨드니 기분이 나쁘진 않았다. 참, 내가 생각해도 너무 관대하다. 여기에 린이 없어서 다행이야……. 무슨 말을 듣게 될지.

일단 콕핏에 올라타 좌석을 쿤에 맞춰 앞으로 당겼다. 그리고 난 뒤에 공간을 만들어 그 안으로 들어갔다. 많이 좁네…….

쿤이 콘솔 중앙에 내 스마트폰을 끼우고 레긴레이브를 기동시켰다.

"갑니다!"

일어선 레긴레이브가 【플라이】를 기동해 기세 좋게 하늘로 날아올랐다.

관성의 법칙에 몸이 흔들려 뒤로 밀린 나는 좁은 콕핏 안에서 뒤통수를 크게 부딪쳤다.

"자, 잠깐만! 출력을 조금만 낮춰!"

"아, 알겠어요! 생각보다 파워가 강하네요……."

크게 흔들리는 콕핏. 앗, 콕핏의 충격 흡수 장치가 꺼져 있었구나.

쿤도 그 사실을 깨달았는지 척척 콘솔을 움직여 출력과 균형을 안정시켰다.

역시 대단하다고 할지, 불안정했던 레긴레이브는 곧장 안정을 되찾았다. 콕핏 안의 충격 흡수 시스템도 정상적으로 기동되었다.

"후우, 이제 괜찮아요. 그런데 베헤모스는요?"

"여기서 3시 방향. 120킬로미터 정도 가면 있어."

나는 콘솔에 장착한 스마트폰의 지도를 가리키면서 대답했다.

레긴레이브는 천천히 하늘을 날기 시작했다. 처음에는 구불구불 날았지만 곧장 안정을 찾았다.

"하늘을 나는 기체는 그다지 조종해 보질 않아서……. 린제 어머니의 헬름비게에도 한 번밖에 못 탔어요."

"추락할 가능성이 있잖아. 탈출 기능이 있긴 해도 만에 하나의 일도 있는 법이니…… 앗, 보인다."

정면 모니터에 우리가 찾는 마수가 비쳤다. 크네. 레긴레이브보다 훨씬 큰데? 저게 평범한 마수라니 믿을 수 없어.

숲속에 거대한 몸을 숨기고 있던 마수는 가까이 다가오는 우리를 발견하고는 고개를 하늘로 쳐들었다.

머리 양쪽에 커다란 물소 같은 뿔과 코끝의 코뿔소 같은 뿔을 지닌 베헤모스는 등에도 몇 개인가 뿔이 나 있었다.

몸에 털이 없는 베헤모스의 외피는 마치 칠흑 갑옷을 두른 것처럼 단단해 보였다.

"소재에 상처가 나게 공격하면 안 되겠죠? 솜씨 좋게 잡아야 할 텐데요……."

"맞아. 미리 말해 두는데, 프라가라흐는 두 개만 써. 그 이상은 안 돼."

형상을 변화시켜 온갖 상황에 대처가 가능한 레긴레이브 전용인 프라가라흐는 상당한 마력을 소모한다.

솔직히 말해 쿤의 마력이면 어느 정도까지가 안전한지 나는 판단할 수 없었다. 하지만 이런 일로 무리를 하게 할 수는 없으니까.

"어디 보자. 프라가라흐 기동. 【형상 변화: 정검】."

레긴레이브 등 뒤에서 정재 판자가 두 개로 분리되더니 천천히 검의 모습으로 변화했다. 이건 역시 익숙해질 필요가 있다.

"가거라!"

정검 두 개가 미사일처럼 베헤모스를 향해 발사되었다. 하지만 날아간 검은 두 개 모두 베헤모스가 아니라 엉뚱한 방향으로 날아가 지면에 꽂혔다.

"에구구."

"똑바로 안 날아가요!"

쿤이 분하다는 듯이 소리쳤다. 처음이니 어쩔 수 없나.

프라가라흐는 숫자가 많아질수록 각각의 검을 따로 움직이기가 힘들다.

프레임 기어가 자동으로 수정해 편하게 조종할 수 있는 시스템도 있지만 그래선 임기응변으로 대처할 수 없어 레긴레이브에는 그런 시스템을 탑재하지 않았다.

쿤은 몇 번이고 베헤모스에 검을 꽂으려 했지만 좀처럼 닿지 않았고, 닿을 듯하면 베헤모스가 훌쩍 피하는 그런 상태였다.

"이젠 그냥 손에 들고 싸워야 하지 않을까?"

"으으······. 알겠습니다."

이대로 더 시간을 소비하면 해가 저물고 만다. 어두워지면 명중률은 더욱 떨어질 테니, 이번엔 그냥 평범하게 싸우는 게 좋을 듯하다.

쿤은 되돌린 정검을 양손에 들고 베헤모스 앞에 착지했다.

〈크아아아아아아아아아!〉

하늘에서 집요하게 공격했던 상대를 본 베헤모스는 화가 머리끝까지 차오른 듯했다. 당연히 화가 날 수밖에…….

〈크아아아!〉

베헤모스가 땅을 울리며 우리를 향해 돌진했다. 쿤이 피하며 정검을 아래로 휘둘렀지만 베헤모스에게 적중되지는 않았다. 움직임이 생각보다 빠른데?

몸을 뒤로 돌린 베헤모스가 다시 태클을 걸려고 했다.

"【형상 변화: 도검】!"

쿤이 손에 든 검 두 개를 합성해 커다랗게 휜 검을 만들었다.

양손으로 검을 든 레긴레이브가 베헤모스의 돌진을 피하면서 검을 옆으로 휘둘렀다.

검은 베헤모스의 어깻죽지를 베었고, 대미지를 입은 베헤모스는 땅에 고꾸라졌다.

"해냈어요!"

"아직이야. 봐, 바로 일어섰잖아."

상처가 깊지는 않았는지, 베헤모스는 어깨에서 피를 흘리면서도 곧장 일어섰다.

〈크아아!〉

베헤모스가 다시 우리를 향해 달려왔다. 쿤이 그에 맞춰 검을 겨눈 순간, 베헤모스의 뿔이 눈 부신 빛을 발했다.

"꺄악?!"

"우오오?!"

모니터에서 갑자기 섬광이 보여 나는 무심코 눈을 감았다. 다음 순간, 쿠웅! 하는 충격과 함께 레긴레이브가 베헤모스와 부딪쳐 멀찍이 날아가 버렸다.

다행히 콕핏 안에는 충격이 완화되어 전달된 듯했지만, 그래도 강력한 충격이 우리를 덮쳤다.

레긴레이브 본체는 숲의 나무들을 쓰러뜨리며 밀려가다 바위에 격돌하고서야 움직임을 멈췄다.

"쿤, 앞을 봐! 또 돌진해 오고 있어!"

"네, 네에!"

암벽에 기댄 모습으로 쓰러진 레긴레이브를 계속해서 공격하려고 베헤모스가 돌진해 왔다.

〈크아아아아아!〉

레긴레이브가 아슬아슬하게 하늘로 날아올라 피한 덕분에, 돌진해 온 베헤모스는 암벽과 충돌했다.

"위, 위험했어요……."

"어떻게 할래? 바꿀까?"

상대하기 힘들 것 같으면 대신 해치울까 하고 물었지만, 쿤은 고개를 절레절레 저었다.

"괜찮아요. 다음 공격으로 제압하겠어요."

쿤은 그렇게 단언하더니, 레긴레이브를 조종해 베헤모스 앞에 내려섰다.

베헤모스는 이번 공격으로 결판을 짓겠다는 듯이 힘차게 우리를 향해 돌진해 왔다. 조금 전이랑 같은 상황인데, 쿤은 어떻게 할 생각이지?

레긴레이브가 검을 겨눈 순간, 베헤모스가 다시 섬광을 발했다.

"지금이에요! 【형상 변화: 아스피스】!"

섬광 직후 다시 쿠웅! 하는 충격이 레긴레이브를 덮쳤다.

하지만 레긴레이브는 이번엔 뒤로 날아가지 않고 베헤모스의 돌격을 커다란 원형 방패로 막아냈다.

그럼에도 베헤모스의 힘은 엄청나서, 레긴레이브를 뒤로 밀려나게 할 정도였다. 그러나 점차 힘이 약해지더니 베헤모스는 힘없이 그 자리에서 쓰러졌다.

쓰러진 베헤모스의 머리에는 커다란 구멍이 뚫려 있었다. 쿤이 만든 커다란 가시가 달린 방패에 스스로 돌격하여 자멸하고 만 것이다.

베헤모스의 가죽은 단단하다. 평범한 방패였으면 우리가 오히려 당했을지도 모른다.

하지만 최강의 경도를 자랑하는 정재(晶材)로 만든 아스피스를 뚫기는 불가능했다.

"해냈어요!"

"응, 해냈구나. 잘했어."

베헤모스의 머리가 처참해서 가치가 조금 떨어졌겠다는 생각이 들었지만 굳이 찬물을 끼얹는 소리는 하지 않았다.

자, 사냥은 성공했는데 베헤모스는 어떻게 해체하면 될까. 모험자 길드에 맡기면 좋겠지만 크기가 이렇게 크니, 브륀힐드에서 해체하기에는 일손이 부족할지도 모른다.

그럼 벨파스트의 모험자 길드에 부탁할까. 어차피 벨파스트에 판매할 거기도 하고, 우리는 아리스의 건틀릿을 만들 분량과 쿤이 원하는 소재만 있으면 충분하니까.

베헤모스를【스토리지】에 넣고 그러한 취지를 국왕 폐하에게 전달하자 당연하게도 왕도 밖에서 해체하라며 어떤 장소를 지정해 주었다. 이렇게 큰 마수를 왕도에서 해체할 순 없긴 하지.

쿤은 레긴레이브를 조종해 벨파스트의 왕도인 아레피스로 가다가 왕도에서 조금 떨어진 가도 옆에 해치운 베헤모스를 쿠웅 하고 내려놓았다.

그러자 잠시 후, 모험자 길드의 대표가 나타났다. 이미 국왕 폐하에게 이야기를 전해 들었는지, 길드는 고맙게도 사람들을 총동원해 해체를 담당하겠다고 했다.

일단은 아리스의 건틀릿을 만드는 데 사용할 가죽 부분을 먼저 건네받았다. 쿤이 원하는 소재는 며칠 기다려야 한다.

원래 무두질하여 껍질을 가죽으로 가공하려면 시간이 걸리지만, 바빌론의 '연금동'에서는 순식간에 그 시간을 단축할 수 있다. 내일이면 건틀릿은 완성되겠지.

어느덧 날이 저물어 베헤모스 주변에는 횃불이 불타고 있었다. 소재가 썩기 전에 밤새도록 해체 작업을 한다는 모양이었다. 직접 잡아 와 놓고 이런 소릴 하긴 뭐하지만, 아무쪼록 무리는 하지 않았으면 하는 바람이다.

"돌아갈까?"

"오늘은 아버지와 같이 놀아서 무척 즐거웠어요!"

쿤이 구김 없는 미소를 지었다. 놀아줬다고는 생각하지 않았지만…… 그렇게 생각해 준다면 나도 기쁘지.

쿤의 손을 잡고 【게이트】를 지나 브륀힐드 성의 거실로 전이했는데, 린이 심기가 불편한 듯 팔짱을 끼고 눈앞에 서 있었다. 어? 화났나?

"……늦으면 늦는다고 한마디 연락을 해 줘야 하는 게 아닐까? 아빠로서?"

"부모가 같이 있는 거니 괜찮지 않을까 해서……."

"호오……. 그 아이의 부모는 당신 한 명이었어? 다른 한 사람에게는 아무 말 안 해도 된다는 걸까?"

"아냐. 그런 얘기는 아니지!"

아차. 엄청나게 화가 났나 보다. 이럴 줄 알았으면 빼먹지 말고 연락할걸! 쿤이랑 지내는 시간이 너무 즐거워 완전히 잊고 말았다.

땀을 삐질삐질 흘리는 나를 보고 옆에 있던 쿤이 키득거리며 웃었다. 이건 웃을 일이 아냐!!

"괜찮아요, 아버지. 어머니는 혼자만 빼놓고 놀아서 삐졌을 뿐이니까요."

"……삐지긴 누가?"

린이 얼굴을 빨갛게 물들이며 고개를 획 돌렸다. 어? 그런 거였어?

"어머니는 일단 삐지면 오래 가니 아버지는 어서 기분을 풀어 드려야 해요. 내일 같이 데이트라도 하면 어떤가요?"

"안 삐졌다니 그러네……?! ……하아, 이제 됐어. 화내는 내가 바보지."

린이 한숨을 내쉬며 고개를 가볍게 가로저었다.

휴우. 아무래도 용서해 주신 모양이다. 린의 딸답게 쿤은 교섭술이 뛰어난 듯했다.

"우우, 부모님과 딸의 대화이군요……."

"부러워요……."

"좋겠구먼. 우리도 이렇게 대화해 보고 싶으이."

거실에 있던 야에, 린제, 스우의 시선이 나를 날카롭게 찔렀다. 부모님과 딸의 대화라. 별로 실감은 안 나지만.

그렇게 보였다니 조금 기쁜걸?

아직은 아직 익숙하지 않아 얼떨떨하지만.

"후후. 어머니, 밥 먹으러 가죠. 한바탕 날뛰었더니 배가 고파요.”

“한바탕 날뛰었다니…… 정말 뭘 하고 왔길래?”

쿤이 곤혹스러운 표정을 짓는 린의 손을 잡고 식당으로 걸어 갔다. 그 뒷모습은 아무리 봐도 자매 같기만 했다. 참 신기한 느낌이다.

나도 내일까지 아리스를 위해 건틀릿을 만들어야지. 안 그 랬다간 아리스네 아빠가 난리일 테니까.

나는 입수한 베헤모스의 소재를 ‘연금동’의 플로라에게 전 해 주기 위해 【게이트】를 열었다.

쿤이 온 지 2주.

특별히 새로운 정보도 없고, 새로운 아이가 나타날 낌새도 없는 가운데 시간은 계속 지나갔다.

그 사이에 엔데, 에르제, 야에, 힐다, 이 네 명은 모험자로서 열심히 활동하며 랭크를 올리는 데 전념했다.

그 노력 덕분에 에르제, 야에, 힐다, 세 사람은 멋지게 은색 랭크가 되었고, 엔데는 드디어 금색 랭크까지 올라갔다. 세 번째 금색 랭크 모험자의 탄생이다.

현재 전 세계의 금색 랭크 모험자는 레스티아의 선선대 국왕인 갸렌 할아버지, 그리고 나와 엔데, 이렇게 세 사람뿐이다. 곧 세 명이 더 추가될지도 모르지만.

엔데는 금색 랭크가 되자 여러 곳에서 스카우트 제의가 오는 듯했다.

기사단장 대우를 하며 맞아들이겠다는 나라도 있었다는 듯하지만, '난 당분간 이 나라 밖으로 안 나갈 거야. 가려면 아빠 혼자 가' 라는 아리스의 말을 듣고 전부 거절했다는 모양이다.

엔데도 못 말리는 딸 바보가 되어 가고 있다.

아리스는 가끔 성에 놀러 와 에르제와 훈련을 하기도 했지만, 그 이외에는 계속 엄마들과 딱 달라붙어 지냈다. 메르, 네이, 리세를 포함해 넷이서 걷고 있으면 엄마와 딸이라기보다는 네 자매처럼 보이기도 했다.

우리 쿤도 린과 나란히 걸으면 자매로밖에는 안 보이지만, 시간을 넘어서 왔으니 당연하다면 당연한 일인지도 모른다.

그거야 어쨌든.

"너희는 대체 계속 뭘 만드는 거야?"

나는 뭐가 뭔지 알 수 없는 부품에 마법을 부여하기도 하고, 조립했다가 해체하기를 반복하는 세 사람에게 물었다.

바빌론 박사, 에르카 기사, 그리고 나의 딸인 쿤에게.

이 세 사람은 계속 바빌론에 틀어박혀 개발과 연구를 계속했다. 솔직히 말해 뭘 만드는지 물어봐 두지 않으면 너무 불안해 견딜 수가 없었다.

"왜, 펠젠에서 마도 열차를 만들었잖아? 그걸 고렘으로 만들 수 없을까 해서."

"열차를 고렘으로?"

"평상시에는 객차를 끄는 기관차, 비상시에는 변화해 거대한 고렘이 되는 거지……."

"자자, 잠깐만!"

기관차를 고렘으로 만드는 것까지는 좋다. 운전사가 필요

없고, 마력 배터리로 보조하던 마력을 고렘의 G큐브로 공급하면 비용도 많이 저렴해질지 모르니까. 마력 배터리를 판매하려고 했던 우리 나라로서는 장사 끝이지만.

그건 괜찮은데, 변형해 거대한 고렘이 된다니 그게 필요한가?

의문스러워하는 나에게 에르카 기사가 설명해 주었다.

"객차가 탈선하거나 다른 객차를 연결하려고 할 때 편리해지잖아. 그리고 열차를 습격하려는 도적을 막는 대비책도 돼."

"음……."

"거기다 쿤한테 들었는데 미래에는 거수가 비교적 자주 출몰한대. 세계 융합의 영향이겠지만, 지금부터 대책은 필요하잖아?"

그렇게 많이 나타나나? 두 개의 세계가 융합한 탓에 마소 웅덩이가 늘어났으니, 거기서 생활하는 마수가 변이할 거라고는 예측하고 있었지만.

"아버지의…… 아, 죄송해요. 미래의 아버지 말인데, 과거에 출현한 거수와 비교해 보면 많이 크지 않고 그다지 강하지도 않다고 하셨어요. 빨간색 랭크인 모험자 몇 명이 쓰러뜨릴 수 있는 개체도 있고요. 가끔 강한 개체가 나타나기도 하지만요."

흐음. 세계 융합으로 만들어진 마소 웅덩이에서 태어난 거수와 옛날부터 있던 마소 웅덩이에서 태어난 거수의 차이인가……? 양식과 자연산의 차이 같은 건가? 그렇다면 고렘 열차가 변형해 거수를 퇴치하는 방법도 괜찮을까……? 괜찮나?

"이미 미래에는 이 고렘 열차가 흔하게 달리고 있는데요? 제가 그 개발에 참여하게 될 줄은 생각도 못 했지만요."

아~. 그렇게 되는 건가……. 이미 결정된 미래구나. 설마 앞에 인간의 얼굴이 달린 기관차를 만들진 않겠지……?

엄마가 말하길, 난 어릴 적에 그게 무서워서 빽빽 울었다는 모양이던데. 제발 부탁이니까 더는 이상한 장치는 달지 말아 줘…….

내가 생각하길 포기한 그때, 전화벨 소리가 울렸다. 내 스마트폰이 아니네. 쿤인가?

쿤이 주머니에서 스마트폰을 꺼내 전화를 받았다. ……스마트폰 케이스에 장식이 참 많이 달려 있네…….

혹시 이 전화는…….

"네. 여보세요? ……지금 어디인가요? …………네에…… 알겠습니다. 절대 거기서 움직이지 말아 주세요. 그럼 장소를 첨부해 메시지를 부탁해요. 네. 부디 절대 움직이지 마시길."

삑. 쿤이 전화를 끊었다. 한숨을 내쉬고, 얼굴까지 찌푸리고 있는데…….

"방금……."

"세 번째예요. 프레이 언니네요."

"!!!"

프레이. 프레이가르드. 힐다와 나의 딸로 둘째이자 쿤에게는 언니다. 야쿠모, 쿤에 이어 세 번째 아이인데, 나이가 많은 아이들에 집중되어 있네. 무슨 원인이라도 있는 걸까?

"프레이 언니는 마인국 헬가이아에 출현하셨대요."

"헬가이아?"

마인국은 서방 대륙에 있는 마족과 아인들의 나라다. 세계가 융합된 이후에는 같은 지형인 이그리트 왕국 바로 옆에 거울을 마주 본 것 같은 모습으로 존재한다.

뱀파이어 로드인 '마인왕' 이 다스리는 섬나라로, 마인왕은 예전에 해적들이 왕비인 크로디아 씨를 납치했을 때 만난 적이 있다.

세계 융합 후, 헬가이아는 옆 나라인 이그리트 왕국과 교류를 시작해, 지금은 배로 무역까지 시작했다고 들었다. 프레이는 그 헬가이아에 출현했구나.

띠롱. 쿤의 스마트폰에 메시지가 도착했다는 알림이 왔다. 쿤은 곧장 그 메시지를 내 스마트폰으로 전송해 주었다.

문장 없이 지도가 첨부되어 있을 뿐인 메시지였다. 이건…… 숲속인가? 지도에는 커다란 건물 하나랑 작은 건물 몇 개가 있을 뿐인데…….

"도적단의 근거지예요. 이제부터 섬멸하러 간다고 하기에 일단은 기다리라고 해 뒀어요."

"뭐어?!"

도적단?! 잠깐만! 지금 뭐 하는 거야?!!

"뭐라고 하면 좋을까요. 프레이 언니는 기사도 정신이 넘치는 분으로, 이런 악당들을 그냥 보고 넘어가지 못하는 성격이에요."

"물론 훌륭한 성격이긴 한데! 설마 혼자서 해치울 셈이야?!"

이 건물이 근거지라면 도적이 10명, 20명은 아닐 텐데? 100명 가까이 있을지도 모른다. 작은 군대라 해도 과언이 아니다. 아무리 강하다지만 10살 정도인 여자아이가 혼자서……!

"이, 일단은 힐다한테 전화를……!"

"어서 가셔야 할 거예요. 도적단이 덤비지 않는다면 괜찮지만, 프레이 언니는 공격당하면 그냥 참고만 있는 분이 아니니까요."

"왜 그렇게 호전적이야?!"

"호전적인 성격과는…… 조금 다르지만요."

쿤이 곤란하다는 표정을 지으며 고개를 살짝 갸웃했다.

힐다에게 연락하니 마침 훈련장에 있다고 하기에, 나는 통화를 계속하면서 쿤과 함께 그곳으로 전이했다. 그러자 눈앞에 깜짝 놀란 표정을 짓고 있는 힐다가 나타났다.

"꺅?! 무, 무슨 일인가요?! 쿤도 같이……."

"지금은 얘기할 시간이 없어, 힐다! 프레이를 데리러 갈 거니 같이 가자!"

"네? 프레이라니……. 앗, 제, 제 아이요?!"

갑자기 나타난 나를 보고 놀란 힐다의 손을 잡고 나는 헬가이아로 전이를 시작했다. 마왕국의 의뢰로 텐터클러 퇴치를 위해 한 번 가 본 적이 있고, 헬가이아는 비교적 가까운 편이니 【텔레포트】로도 문제없다.

"앗, 서방님?! 힐다 님과 어디 가시는지요?!"

"야에, 미안해! 설명은 나중에 해 줄게!"

사라져 가는 경치 속에서 힐다와 마찬가지로 훈련장에 있던 야에가 크게 당황했지만, 이미 전이를 끝낸 우리는 헬가이아의 숲속에 있었다.

"여, 여기에 제 딸이 있나요……?"

"쳇. 위치가 조금 어긋났나? 어디 보자, 방향은…… 여긴가?"

숲 저편에서 건물 같은 뭔가가 보였다. 저건…… 작지만 요새인가? 마인왕이 통치하기 전에는 이 헬가이아에도 내전이 벌어졌다는 이야기를 들었는데……. 그때 쓰고 폐기된 요새일까?

"서두르자. 빨리 안 가면 프레이랑 도적단이 싸움을 시작할지도 몰라……."

"도, 도적단?! 자, 잠깐만요. 토야 님?! 그, 그게 무슨 말인가요?!"

그 사실을 몰랐던 힐다가 눈을 동그랗게 뜨고 나를 다그쳤다. 워워, 진정해. 일단은 잡은 멱살부터 놓고 얘기하자. 힘이 너무 많이 들어갔잖아. 숨쉬기 힘들어요…….

호흡 곤란에서 벗어난 나 대신에 쿤이 힐다에게 지금까지의 자초지종을 설명해 주었다.

"혼자서 도적단에 쳐들어가다니! 무슨 생각을 하는 건가요?!"

"나한테 그런 말을 해 봐야⋯⋯."

나는 화를 내면서도 빠르게 숲속을 달리는 힐다의 뒤를 쫓았다. 이제 한낮을 조금 지났을 뿐인데 이 숲은 어둡네. 울창하게 우거진 나무의 잎이 햇볕을 차단했다.

"지도의 위치는 이 근처인데⋯⋯."

두리번거리며 주변을 둘러봤지만 사람 모습은 보이지 않았다. 도적단 영역인데 큰 소리로 부를 수도 없고⋯⋯.

"쉿. ⋯⋯아버지, 힐다 어머니. 조용히 해 주세요."

쿤의 목소리를 듣고 우리는 움직임을 딱 멈춘 채 귀를 기울였다. 어? 뭐지? 무슨 소리가 들리는 듯한데?

"음냐음냐⋯⋯."

⋯⋯들렸다. 방금 그건 뭐였지?

"여기예요."

쿤이 낮은 나무가 우거진 지역을 성큼성큼 걸어가자 조금 트인 공간이 나타났다. 그곳을 보니 소녀 한 명이 나무 밑동에 주저앉아 있었다.

아니다. 주저앉아 있는 게 아니라, ⋯⋯자나?

나무에 등을 기댄 채 숨소리를 내는 작은 소녀는 어깨까지 뻗은 하늘거리는 금발을 지녔고, 움직이기 쉽도록 몸의 일부만 가린 갑옷을 입고 있었다. 이 아이가 프레이인가?

갑옷은 어딘가 모르게 힐다의 갑옷과 비슷했지만, 양팔과 양다리에 장비된 건틀릿과 그리브는 외모와 어울리지 않게 투박했다. 무기는 하나도 장비하지 않았는데, 무투사인가?

"언니. 프레이 언니. 일어나세요."

"응~……? 쿤, 벌써 왔어……? 조금 더 늦게 와도 괜찮은데……. 한숨도 못 잤어……."

쿤이 어깨를 흔들어 깨우자 프레이가 눈을 떴다. 천천히 눈을 떠서 보니, 눈동자는 어머니인 힐다처럼 맑은 파란색으로 빛나고 있었다.

자는 모습만 봐서는 잘 느낄 수 없었지만, 눈을 뜨니 확실히 알겠다. 이 아이는 틀림없이 나와 힐다의 딸이다. 옆에 서 있는 공주 기사 소녀와 많이 닮았다.

"……어머니?! 아버지도 있네! 와아! 역시 조금 젊어! 좀 느낌이 이상해~!"

눈을 뜬 프레이가 벌떡 일어나더니 우리를 향해 달려왔다. 그리고 곧장 우리를 향해 몸을 내던졌다. 앗, 애가……!

상당히 힘차게 몸을 내던졌지만 우리는 딸을 정면으로 받아주었다. 아야아야아야! 갑옷 때문에 아파!

"혹시, 프레이…… 프레이가르드인가요……?"

"맞아. 프레이야. 어머니. 못 알아봤어?"

"미안해요, 처음 만나다 보니······."

"그렇구나. 맞아, 그랬어."

프레이는 우리에게서 휙 떨어지더니 헤실~ 하고 웃었다.

"아버지도 못 알아봤어?"

"그거야 그렇지. 그런데 힐다랑 많이 닮았다고는 생각했어."

"그래? 그렇게 생각했다니 기뻐~."

성격은 많이 다른 듯하지만.

힐다는 빈틈없고 야무진 이미지지만, 프레이는 멍한 이미지다. 뭐라고 하면 좋을까, 느긋한 느낌? 귀엽긴 하지만.

쿤보다 더 어린아이 같다. 쿤이 너무 어른스러운 건지도 모르지만.

"그보다도 프레이 언니. 왜 도적단 근거지를 쳐들어가려고 한 거예요?"

"그, 그게 문제예요! 위험하잖아요?!"

쿤이 우리도 궁금했지만 뒤로 미뤘던 질문을 하자, 힐다도 그 질문에 반응해 프레이를 다그쳤다.

"그건 있지, 정신을 차려 보니 난 여기서 남쪽에 있는 작은 마을 근처에 있었거든. 그런데 도적들이 매달 그 마을을 습격해 식량을 빼앗아 간다더라고. 너무하지? 그래서 내가 물리치려고 한 거야."

"아, 아무리 그래도 직접 나서서 그렇게 할 필요는······!"

"기사라면 약한 자의 방패가 되고 검이 되어야 한다. 어머니가 항상 해 주던 말인데?"

"윽······! 말한 기억은 없지만, 말했을 것 같긴 해요······."

왜 그런 소릴 하느냐는 듯, 고개를 갸웃하는 프레이를 보고 힐다는 어쩔 줄을 몰라 했다.

"그, 그래도 아직 어린이인데······."

"도적단에 살해당한 마을 사람도 있어. 어서 해치우지 않으면 더 큰 피해가 발생할 거야. 할 수 있을 때 해야지. 어른이든 어린이든 상관없어. 힘을 가지고 있다면 사용해야 해."

이건······ 놀라운걸? 느긋한 성격이지만 생각은 야무지다. 주변에 휩쓸리지 않고 스스로 생각해 행동으로 옮긴 건가.

그 강한 의사는 틀림없이 힐다의 딸이라 할 만했다.

그러자 힐다는 포기했다는 듯이 작게 한숨을 내쉬었다.

"······후우. 무슨 말을 하고 싶은지는 알겠어요. 도적단을 그냥 둘 수는 없으니까요. 우리도 협력할 테니 어서 처리하고 브륀힐드로 돌아가요."

"어? 정말?! 야호~!"

만세~라고 하듯 양손을 들어 올리며 기뻐하는 프레이. 뭐라고 하면 좋을까. 태평한 반응이네. ······훈훈해.

그건 그렇다 치고.

"프레이는 무기가 없는데, 무투사야?"

"응? 아닌데? 무기라면 봐, 【스토리지】에 있어."

프레이가 그렇게 중얼거리자, 공중에 마법진이 나타나더니 그곳에서 날 길이가 1미터 50센티미터 정도 되는 거대한 대검이 떨어졌다.

푸욱! 지면에 꽂힌 그 대검은 손잡이 이외의 칼날 부분이 모두 정재로 만들어진 수정(水晶) 대검이었다.

"프레이는【스토리지】를 사용할 줄 아는구나……."

"영차."

프레이가 자신의 키보다도 큰 대검을 가볍게 들어 올렸다. 우와!! 엄청난 힘이야……! 아,【그라비티】마법이 부여되어 무게가 가벼워진 건가?

"그게 사용하는 무기인가요?"

"프레이 언니는【스토리지】안에 다양한 무기를 넣어서 가지고 다녀요. 상황과 때에 따라 무기를 바꿔 싸우는 게 프레이 언니의 스타일이죠. 기사로서는 좀 별나지만요."

"뭐어~? 아닌데~? 어머니가 기사도란 싸우는 방식이 아니라 신념이라고 말했었어. 그치~?"

"말한 기억은 없지만, 말했을 것 같긴 해요……."

힐다가 뭐라 형용할 수 없는 표정을 지으며 하늘을 올려다보았다. 여러 무기를 사용한다는 걸 보면, 프레이는 힐다처럼 검에 특화된 기사라기보다는 다양한 무기를 사용하는 만능형 기사라는 걸까?

검이라면 힐다, 야에, 모로하 누나가 훈련을 시켜 줬을 테니 걱정할 필요 없는데. 아, 도끼나 활이라면 카리나 누나가 가르쳐 줬으려나?

"내가 사용하는 무기는 거의 다 아버지가 만들어 줬어~. 다 합해서 100개 정도 돼. 【패럴라이즈】나 【모델링】이 부여되어 있어서 스턴 모드가 되기도 하고, 날이 없는 상태가 되기도 해!"

"큭~! 딸한텐 너무 약해서 탈이네?!"

자기 일인 만큼, 화를 내기도 그렇고 어이없어하기도 그렇고 잘 모르겠다! 장난감을 주듯이 무기를 줬다고?! 너무 살벌하잖아!

"그렇군요. 제 검과 같네요. 그 무기라면 살상력을 상황에 맞춰 바꿀 수 있어요. 도적단을 상대하더라도 무의미한 살생을 하지 않을 수 있겠네요."

"응. 다 붙잡아서 속죄하게 할 거야. 악당은 용서할 수 없어. 뼈 하나둘 정도는 각오해야겠지만!"

"그 말에는 저도 동의해요."

이거 뭔가요. 아내와 딸이 살벌한 대화를 하고 있는데요. 더 화기애애한 대화를 할 수는 없는 걸까?

쿤이 굳은 표정으로 웃고 있는 나에게 다가와 조용히 말을 걸었다.

"걱정 안 하셔도 괜찮아요. 이게 프레이 언니의 평소 모습이니까요. ……덧붙이자면 우리 남매 중에 화나면 제일 무서운 사람이니 조심해 주세요."

……그래? 느긋하고 여유로운 분위기만 봐서는 상상하기

힘들지만, 평소에는 얌전한 사람이 화나면 더 무섭다고들 하니까. ……얌전한 성격이라고 하기도 어려워 보이지만.

"아버지. 도적단은 몇 명인지 알겠어~?"

"응? 아, 잠깐만. 어디 보자……. 어? 검색이 안 돼……. 저해 결계가 펼쳐져 있나?"

헬가이아는 원래 뒤쪽 세계였으니 마법 결계는 거의 없으리라 생각했는데.

헬가이아는 마인…… 마족의 나라이니, 마법을 사용할 수 있는 종족이 많다고 해도 이상하지는 않다. 예전에 이 요새에 있던 마법사가 저해 결계 마법을 부여해 뒀을 가능성도 있다. 그렇기에 도적단도 이곳을 근거지로 삼았을지 모른다.

대략 100명 전후라고 생각하지만, 마족은 신체 능력이 뛰어나 상대하기 힘든 상대도 많다. 수행하는 고렘도 있을 테니, 숫자가 꽤 많을지도 모른다.

"쿤은 싸울 수 있겠어?"

"어머니와 마찬가지로 저도 어둠 속성 이외의 모든 마법을 사용할 수 있지만, 싸울 때는 항상 이걸 사용해요."

쿤이 들고 있던 '스토리지 카드'를 한 번 휘두르자, 별나게 생긴 총 두 정이 출현했다. 이건…… 마법총인가?

"그리고 이 아이요."

'스토리지 카드'에서 메카 폴라, 즉, 파라가 떨어져 내려오더니 척척 자리에서 일어섰다.

"전투 능력도 있어?"

"'왕관' 정도는 아니지만 나름대로 잘 싸워요. 특수 능력은 없으니 내장 장비만으로 싸워야 하지만요."

쿤이 설명을 하자 파라가 양손에서 짧은 손톱을 쭉 빼냈다. 손톱에서 파직파직하고 불꽃이 튀었다. 전격 손톱이었어?

그래도 이 정도면 괜찮으려나?

"에헤헤. 어딘지 모르게 즐거워. 꼭 가족끼리 피크닉 가는 기분이라서."

"그러네요. 이런 말을 할 상황은 아니겠지만, 조금 즐거운 기분이 들어요."

"피크닉이라니. 조금…… 아니지, 많이 다른 거 같은데……."

요새를 올려다보며 나란히 서서 미소 짓는 모녀. 너희는 왜 그렇게 즐거워해?

"그럼 가 보자. 도적 퇴치하러."

처음 만난 딸과 처음 하는 공동 작업이 도적 퇴치일 줄이야……. 프레이의 말을 듣고 나는 작게 한숨을 내쉬었다.

◇ ◇ ◇

"죽여 주마! 죽여 주마아아아아아아!"

적동색 살결을 지닌 거대한 몸의 오거족이 통나무를 붕붕 휘두르며 이쪽을 향해 빠르게 다가왔다. 힘이 장사야. 저 공격을 맞았다간 그냥은 끝나지 않을걸?

맞는다면 말이지만.

"이영차~."

오거가 아래로 휘두른 통나무를 훌쩍 피한 프레이는 오거의 거대한 팔 위로 달려 올라가 대검으로 뒤쪽 경부를 힘껏 내리쳤다.

"우억?!"

오거가 고꾸라졌다. 목은 베이지 않았다. 대검은 날을 세우지 않은 듯했다.

"이 꼬마가! 까불지 마라!!"

창을 든 워울프가 프레이를 향해 혼신의 찌르기 공격을 날렸다.

그럼에도 프레이는 당황하지 않고 들고 있던 대검을 주저 없이 내던졌다.

내던진 대검은 【스토리지】에 수납되었고, 곧장 허리춤에 있던 손끝에서 새로운 【스토리지】를 통해 다른 무기가 빠져나왔다.

그건 도신의 무늬가 아름답게 빛나는 사무라이의 검. 프레이는 그걸 칼집에서 단숨에 빼내더니 워울프가 가지고 있던 창을 아래에서 두 동강으로 잘라 버렸다.

"아니?!"

"까분 적 없어."

눈을 휘둥그렇게 뜬 워울프의 뒤쪽 경부에 프레이가 검을 휘둘렀다. 나는 잠시 이번엔 정말로 목이 잘리는 줄 알았는데, 순간적으로 칼날이 없는 상태로 전환한 듯 그런 일은 벌어지지 않았다. 무기를 자유자재로 사용하네…….

의식을 잃은 워울프가 지면에 쓰러졌다.

프레이는 곧장 검을 【스토리지】에 수납하고, 이번에는 검 대신에 은색 활을 꺼내 붙잡더니 재빨리 활시위를 당겨 휘융하고 나무 위로 활을 쏘았다.

"크헉?!"

나무 위에 있던 다크엘프가 머리부터 지면으로 떨어졌다. 저건…… 【패럴라이즈】가 부여된 활인가? 프레이는 활까지 사용하는구나. 저건 아마도…… 아니지, 틀림없이 카리나 누나한테 배운 거야.

다시 활을 【스토리지】에 넣은 프레이는, 이번엔 핼버드를 들고 켄타우로스와 맞붙었다.

"【스토리지】를 저렇게 사용하다니……. 저렇게 빨리 수납하고 꺼내는 게 가능해?"

프레이가 【스토리지】를 사용하는 모습을 보고 놀랐다. 【스토리지】는 일단 수납하고 꺼내기 위한 절차가 있으니, 웬만해선 저렇듯 빠르게 꺼낼 수는 없을 텐데.

"프레이 언니의 무기에는 【어포트】가 부여되어 있으니까요. 무기가 알아서 튀어나와요."

"아, 그렇게 만든 거였구나……. 잠깐만. 저 무기를 만든 사람은 미래의 나잖아……."

내가 놀라서 멍하니 있자, 옆에 있던 쿤이 【스토리지】의 비밀을 알려 주었다.

이야기하면서도 쿤은 손에 든 두 정의 권총, 아니, 두 정의 마법총을 쏘아 습격해 오는 하피를 물리쳤다.

그 옆에 있던 파라도 깡총깡총 뛰어다니며 전격 손톱으로 사티로스를 마비시켰다. 쟤도 실력이 상당한걸……?

"레스티아류 검술, 일식(一式) 풍진(風刃)~!"

"레스티아류 검술, 오식(五拭) 나선(螺旋)!"

문득 정면으로 시선을 돌려서 보니, 프레이와 힐다의 검이 대형 고렘에 작렬하는 순간이었다.

발사한 바람 칼날이 고렘의 목을 베었고, 회전을 넣은 필살 찌르기가 고렘의 배에 바람구멍을 냈다. 오오, 모녀의 첫 공동 작업.

당연하지만 프레이도 레스티아류 검술을 사용할 줄 아는구나.

"멋진 칼 솜씨예요. 열심히 실력을 쌓은 모양이네요."

"에헤헤, 어머니한테 칭찬받았다~!"

쑥스러워하면서도 프레이는 손을 멈추지 않았고, 검이 번뜩

일 때마다 도적들이 쓰러졌다. 마치 장난을 치듯 손쉽게 검을 튕겨내고 피하고 쏘고 때려눕혔다.

헉, 그 커다란 해머는 뭐죠?!

"꽈앙~!"

초중량 무기가 배에 작렬하자 고렘이 요새의 성벽까지 날아가 산산조각으로 부서졌다.

지금까지의 생각이 틀렸다. 나는 무기에 【그라비티】가 부여되어 있어 프레이가 가볍게 대검을 휘두른다고 생각했는데, 그건 잘못된 생각이었다.

저건 【파워라이즈】다. 사용하는 사람의 힘을 크게 증가시키는 무속성 마법. 프레이는 【스토리지】와 【파워라이즈】를 사용할 수 있었구나.

마음가짐은 틀림없는 기사지만, 전투 스타일이 기사다운가 하면 꼭 그렇지는 않아 보이는데……. 그 짧은 언월도 두 개를 손잡이로 연결한 듯한 무기는 이름이 대체 뭔가요?

"죽어라!"

"어이구."

멍하니 있었더니 워타이거 깡패가 나를 향해 칼을 휘둘렀다. 이러고 있으면 안 되지. 전투 중이잖아. 검을 뒤로 뛰어 피한 나는 브륀힐드를 빼내 마비탄을 발사했다.

"크헉?!"

마비탄 한 방에 워타이거는 혀를 내밀며 그 자리에서 쓰러졌다. 도적들도 이젠 대략 절반 정도까지 줄어든 건가? 난 거의 손을 대지 않았지만.

아내와 딸은 싸우게 하고 혼자만 방관해선 안 되겠지? 좋아. 아빠도 힘낼게!

그렇게 결심한 순간, 요새의 성벽을 무너뜨리고 양손에 커다란 도끼를 든 탑승형 고렘이 나타났다. 순간적으로 프레임 기어를 표절한 로봇인 철기병이 아닌가 생각했는데, 이 고렘은 그것보다도 완성도가 더 좋았다.

"너희는 누구냐?! 마인왕의 부하들이냐?!"

머리가 없는 탑승형 고렘에 고스란히 몸을 노출한 채 올라탄 사람은 창백한 피부에 붉은 눈의 남자였다. 뱀파이어인가……? 혹시 이 사람이 우두머리일지도?

"마인왕하고는 관계없지만, 마인왕도 곧 여기에 도착할 테니 안심해."

여길 습격하기 전에 【게이트 미러】로 이곳에서 뭘 할지 잘 전해 두었다. 외국에서 함부로 날뛸 수는 없으니까. 곧장 토벌대와 함께 온다고 대답을 받았지만, 어차피 우리가 모두 해치울 수 있으리라 생각한다. 도적을 토벌해도 좋다는 허가는 이미 받았으니 우리가 섬멸해 버려도 문제는 없겠지.

"이 자식이! 네놈들 같은 꼬마들에게 누가 당할 줄 아느냐?!"

꼬마? 나랑 힐다도 포함해 그렇게 부른 건가? 결혼도 했고, 여기에는 딸도 있는데. 미래에서 온 아이지만.

장수종인 뱀파이어어이니 나나 힐다도 어린애처럼 보일 수밖에 없나?

쿵쿵. 고렘이 땅을 울리면서 도끼를 치켜들고 우리를 향해 돌진했다. 느리네.

"레스티아류 검술, 삼식(三式) '참철(斬鐵)'!"

힐다가 상대에게 뛰어들더니 뱀파이어가 탑승한 고렘의 팔꿈치 부근을 검으로 휘익 베어 버렸다. 그러자 도끼를 든 고렘의 굵은 오른팔이 쿠웅, 하는 소리를 내며 지면에 떨어졌다.

"아니?!"

거대한 돌격창을 치켜든 프레이가 놀라는 뱀파이어 남자의 앞을 가로막았다.

"에잇!"

프레이가 창을 던지듯 돌격창을 힘껏 던졌다. 그건 원래 그렇게 쓰라고 있는 무기가 아니지 않나……?

프레이가 던진 돌격창은 탑승형 고렘의 배에 꽂혔고, 타고 있던 뱀파이어 남자는 튀어나와 지면으로 떨어졌다.

"큭……!"

"자, 이제 편히 쉬세요."

"크아아아아아?!"

뱀파이어 남자가 일어서려고 했지만, 쿤이 마법총으로 가차 없이 전격을 날렸다. 뱀파이어 남자는 그대로 털썩 쓰러졌다. 어? 결국 난 아무 일도 안 했네……?

"보, 보스가 당했다?!"

"도, 도망쳐라!"

"놓치지 않겠어요."

"놓치지 않을 거야~."

두목이 당해 이리저리 도망치는 도적들을 프레이와 힐다가 잇달아 붙잡았다.

도적단 모두가 움직이지 못하게 되기까지 그리 오랜 시간이 걸리지는 않았다.

"브륀힐드 공왕. 힘을 빌려주어 진심으로 감사한다."

"아니요. 저야말로 함부로 행동해서 죄송합니다."

잠시 후, 마인왕이 병사를 이끌고 왔다. 마인국 헬가이아의 국왕인 마인왕은 뱀파이어 로드였다.

뱀파이어 로드란, 이름 그대로 뱀파이어의 군주로 1000년 이상 살아온 뱀파이어의 상위종이다. 도적단의 두목도 뱀파이어였다는 모양이지만 격이 다르다.

"그자는 원래 우리 나라의 귀족이었는데, 설마 도적에 적을 둘 만큼 영락했을 줄이야."

병사들에게 연행되어 가는 도적단의 보스를 보고 한숨을 내쉬는 마인왕. 뱀파이어라고 해서 뱀파이어 로드에게 거역하지 못하는 건 아니구나.

영화나 소설과는 달리 이곳의 뱀파이어는 피를 빨아 상대를 노예로 만드는 능력도 없는 모양이고.

"마인족에도 의견이 많이 엇갈리고 있어서 말이야. 과거에 인간에게 학대받았던 자도 많아 인간과는 교류를 꺼리는 자도 있네. 특히 연로한 자들 중에 그런 자들이 많아. 저자도 그 중의 한 명이지. 인간을 싫어하는 거야 상관없어. 그러나 인간이 밉다고 화살을 동포에게 돌려선 용서할 수 없다."

그건 그렇지. 마을 사람들에게 그런 일은 아무 상관도 없는 일이니까. '너희를 위해 인간과 싸우려는 거다. 그러니 돈과 식량을 내놔라'라고 해서는 공감 그 이상도 그 이하도 아니다.

"헬가이아가 동맹으로 들어오기는 역시 어려울까요?"

"아니. 이그리트와 교류도 하게 되어 동맹에 참가하는 방향으로 의견이 모이고 있네. 아직 난색을 보이는 자도 몇 명인가 있지만 얼마 안 있어 찬성하게 될 테지."

다행이다. 동맹에 참가하면 여러모로 도움이 된다. 한 걸음 전진이려나?

"그런데 그 아이는…… 아내의 친척인가?"

마인왕이 힐다와 프레이를 번갈아 보더니 그렇게 물었다. 그야 닮았으니, 보통은 여동생이나 친척이라고 생각하겠지.

"네에, 그렇다고 할 수 있죠."

자세하게는 설명할 수 없어서 일단은 그렇게 대답해 두었다.

프레이가 '아냐, 딸이야' 라고 반론을 하려고 했지만, 쿤이 프레이의 입을 손으로 막았다. 나이스야.

아무튼, 도적단은 모두 붙잡아 헬가이아에 넘겨주었다. 우리에게 보상금을 주려고 했지만, 나는 습격당한 마을의 부흥을 위해 써 달라고 하며 거절했다. 그 대신이라고 하긴 뭐하지만, 도적들의 망가진 고렘 중에서 쓸 만한 부품이 있으면 가지고 갈 생각이다.

언젠가 헬가이아가 동맹에 가입한다는 소식을 알리길 기대하면서 우리는 브륀힐드로 돌아갔다.

◇ ◇ ◇

"맛있어! 역시 루 어머니의 요리는 최고야!"

"정말 착한 아이네요!"

바빌론의 '성벽' 안 식당에서 수제 오므라이스를 먹는 프레이의 머리를 루가 얼굴 가득 미소 지으며 쓰다듬었다. 참 맛있게도 먹네. 먹는 모습은 야에를 닮았어. 같이 생활하다 보면 어딘가 모르게 닮기도 하고 그러는 걸까?

"음……. 힐다 님이 너무 부럽습니다……."

"야에는 차라리 낫지. 딸이 이미 지금 시대로 오긴 왔잖아. 배부른 소리야."

야에의 투덜거리는 소리를 듣고 에르제가 입을 삐죽였다. 이것만큼은 어쩔 수 없지. 먼저 태어난 아이들만 출현하는데, 순서의 무슨 법칙이라도 있나?

"하지만 와도 만나지 못해선 별로 의미가 없다고 해야 할까요. 자꾸 걱정이 앞서니……."

"어? 야쿠모 언니 아직 안 왔어?"

오므라이스를 오물거리며 먹던 프레이가 물었다.

일단 오긴 왔는데 검술 수행을 한다며 여러 나라를 돌아다니는 모양이라고 내가 설명을 해 주자, 프레이가 크게 한숨을 내쉬었다.

"참 언니다워. 일단 여기에 와서 인사를 한 다음에 가면 될 텐데. 언니는 정말 못 말려. 루 어머니, 한 그릇 더 주세요!"

프레이는 조금 화를 내면서도 오므라이스를 먹는 손길을 멈추지 않은 채 깔끔하게 먹은 다음, 한 그릇 더 달라고 요청했다. 우리도 같은 오므라이스를 먹고는 있는데, 먹는 속도가 차원이 다른데요? 야에의 딸 아니지?

"그렇지. 프레이는 몇 살인가요?"

"응? 난 11살이야. 야쿠모 언니랑 동갑!"

프레이가 린제의 질문에 냅킨으로 입을 닦으며 대답했다.

야쿠모랑 동갑이구나. 그럼 야쿠모가 겨우 몇 개월 정도 더 일찍 태어났다는 거야?

아내가 여러 명인 이상 그럴 가능성도 생각했지만…….

야에랑 힐다가 같은 해에 출산을 한다라. 많이 바쁘겠어…….

잠시 미래 생각에 푹 빠져 있던 나에게 유미나가 말을 걸었다.

"그런데 토야 오빠. 프레이나 쿤을 성안 사람들에게는 어떻게 설명하실 건가요?"

"아, 그거? 어떻게 하면 좋을까……."

사실을 말하자면, 성안 사람들에게는 아직 쿤과 프레이를 제대로 소개하지 않았다.

쿤은 성 아랫마을에 가기도 했지만 첫날부터 거의 바빌론에서만 지냈고, 프레이도 일단은 바빌론으로 데리고 왔으니까.

나이를 생각해 내 여동생이라고 소개할까 했는데…….

"들키지 않을까요?"

"들키겠지요……."

힐다와 프레이, 린과 쿤을 보면 혈연관계가 있다는 점을 쉽게 유추할 수 있다. 굳이 따지자면 아내들의 여동생이라고 말해야 더 그럴듯할지 모른다.

그런데 린이야 어떻게 넘어갈 수 있을지 몰라도 힐다는 레스티아의 공주님이었으니까. 여동생이라고 말했다간 언제부터 레스티아 선왕 폐하에게 둘째 딸이?! 같은 의문이 생기고 만다.

최악의 경우엔 레스티아 선왕 폐하에게 숨겨둔 딸이 있었다!! 같은 스캔들로 발전할 가능성도 있다.

"그러네요. 토야 오빠의 '친척'이라고 해 두면, 좀 뒤죽박죽
이라도 다들 이해하고 넘어가지 않을까요?"

으응? 좀 걸리는 표현인데요, 마나님? 그 뒤죽박죽이 여러
분의 아이들이기도 하거든요?

……아무튼 좋다. 쿤은 스스로【미라주】를 사용할 수 있으
니 괜찮을 테지만, 프레이는 그럴 수 없어 나는 축제 때 사용
했던 변장용 별 모양 배지를 건네주었다.

물론 우리에게는 효과가 없게 설정해 두었다. 환영을 둘러
낯선 소녀의 모습으로 생활해선 쓸쓸하니까.

루의 수제 오므라이스를 만끽한 프레이는 바로 성에 있는 기
사단 훈련장에 가 보고 싶다고 말했다.

이런 면으론 힐다가 역시 빈틈없이 교육을 시켰나 보다.

배지를 단 프레이를 데리고 지상으로 내려가 보니 훈련장에
서는 여전히 우리 기사들이 열심히 훈련에 몰두하고 있었다.
물론 지도하는 사람은 검의 신인 모로하 누나였다.

"어라? 오라버니시군요."

"응?"

우리를 같이 따라온 야에가 그런 말을 했다. 살펴보니 기사
단 멤버들 사이에 섞여 야에네 오빠인 주타로 씨가 목도를 들
고 모로하 누나와 대련하는 중이었다.

야에네 오빠인 주타로 씨는 검술 수행을 위해 지금은 약혼자

인 아야네 씨와 함께 브륀힐드에 머물고 있다. 그리고 저렇듯 매일 모로하 누나에게 지도를 받고 있다는 모양이었다.

뭐라고 하면 좋을까. 주타로 씨를 보면 야쿠모가 수행을 떠나 돌아오지 않는 것도 이해가 된다……. 검술에 열중하는 코코노에 가문의 혈통을 이어받았으니……. 앗, 쓰러졌다.

"안녕, 다들 이렇게 모여서는 무슨 일이야. 응? 그 아이는…… 혹시 네가 힐다네의 프레이려나? 여기에 왔었구나?"

위장용 배지를 차고 있는데도 간단히 정체를 꿰뚫어 본 모로하 누나. 역시 신족에겐 안 통하나.

"에헤헤. 응, 왔어. 모로하 언니."

"모로하 언니?"

프레이의 말을 듣고 나는 조금 어색하다는 생각이 들었다. 언니라니? 항렬로 보면 '모로하 아주머니' 여야 할 텐데?

"이건 있지, 카렌 언니가 우리한테 절대 '아주머니' 라고 부르지 말라고 했거든. 그래서 모로하 언니도 모로하 언니라고 불러!"

카렌 누나 탓이었냐. 이상한 데 집착을 한다니까……. 두 사람 모두 신족이라 더는 늙지 않으니 별로……. 아니지. 늙지 않기에 '아주머니' 라는 호칭이 무서운지도 모른다. 실제로 '아주머니' 이긴 하지만.

"나도 훈련에 참가하고 싶어! 어머니와 시합을 하고 싶거든! 아버지, 괜찮지?!"

눈을 반짝이며 나를 바라보는 프레이. 그래도 되나……? 슬쩍 보니 힐다도 작게 고개를 끄덕였다.

엔데네의 아리스도 그렇고, 프레이도 그렇고, 왜 다들 부모님이랑 싸우고 싶어 하는 건지 참…….

"목검으로 훈련하는 거니 【스토리지】를 써서 무기를 바꿀 순 없어."

"괜찮아. 시합용 무기도 미리 잘 준비해 뒀거든. 봐!"

프레이가 팔을 한 번 휘두르자 끝을 고무로 감싼 커다란 창이 손안에 나타났다. 오호라. 이렇게 훈련용 무기를 사용해 그 전투 스타일을 연습했던 건가?

"그럼 괜찮겠네……. 아, 그래도 위험한 짓은 하면 안 된다?"

"괜찮아~. 좋아! 시합하자~!"

늘어뜨린 목소리로 대답한 프레이는 훈련장의 울타리를 껑충 뛰어넘어 모로하 누나가 있는 곳으로 다가갔다.

힐다도 다른 기사의 목검을 빌려 마찬가지로 모로하 누나에게 다가갔다.

쓰러져 있던 주타로 씨가 일어서서 두 사람의 시합에 방해가 되지 않도록 자리를 피해 우리에게 다가왔다. 어? 프레이가 무슨 말을 하나 보네?

주타로 씨는 고개를 갸웃하며 나와 야에 곁으로 걸어왔다.

"왜 그러시나요?"

"아니요. 저 아이를 어디서 만났던가 싶어서요. 절 보고 '잘

봐줘, 주타로 삼촌!' 이라고 말을 했거든요."

기억을 떠올리듯이 또 고개를 갸웃하는 주타로 씨.

아, 그렇구나. 힐다와 마찬가지로 어머니인 야에의 오빠이니, 주타로 씨도 프레이에겐 일단 '주타로 삼촌'이 되는 거였어.

"삼촌이라……. 삼촌……. 전 아직 스물세 살인데요……. 그렇게 늙어 보이나요……?"

삼촌이라고 불러서 충격을 받았는지, 주타로 씨가 풀이 죽었다. 마음은 잘 압니다.

"너, 너무 심각하게 받아들일 필요는 없습니다, 오라버니. 그러다 대머리가 됩니다."

"대, 대머리?! 난 아직 머리가 빠지진 않았다만?!"

야에의 딴지 덕에 우리는 간신히 어물쩍 넘어갈 수 있었다. 대머리가 돼도 괜찮아요, 주타로 씨. 좋은 발모제가 바빌론에 있으니까요.

그렇게 장난스러운 대화를 하는 중에 모녀의 대결이 시작되었다.

"아~! 졌어~!"

거칠게 숨을 내쉬며 훈련장에 대자로 누운 프레이가 그렇게 외쳤다. 힐다는 그런 프레이의 목덜미에 목검을 겨누고 있었다.

"아직 힐다 님이 한 수 위인 듯합니다."

조금 안심이 된다는 듯이 야에가 중얼거렸다. 그래, 부모로서는 질 수 없지.

그렇다기보다는 세계신님한테 받은 결혼반지의 힘도 있으니, 너희는 종속신에 가까운 실력을 지니고 있거든? 신족이 아닌 이상에야 너희한테 이길 사람은 없을걸?

"그건 그렇고……. 이렇게 잔뜩 가지고 있다니 대단해."

나는 훈련장에 잔뜩 굴러다니는 프레이의 훈련용 무기를 보고 조금 놀랐다.

목검, 목도, 연습용 창, 거기에 큰 나무망치까지, 꺼내고 또 꺼내는데 100개 가까이는 있는 듯하다. 최후의 방어 병사라는 *무사시보 벤케이냐.

프레이의 【스토리지】 사용법은 【어포트】로 무기를 끌어들여 이용하는 것이다.

프레이가 낀 건틀릿의 손바닥과 무기를 쥐는 부분에 있는 작은 수정체. 그런 곳에 신기를 포함한 【어포트】가 부여되어 있어, 마력을 흘리면 한순간 제각각 자석처럼 끌어당긴다. 그

---

*무사시보 벤케이(武蔵坊弁慶): 일본의 헤이안 시대에서 가마쿠라 시대에 활동한 승려로, 주군인 미나모토노 요시쓰네를 끝까지 지키다가 죽었다고 한다.

덕분에 프레이는 마법 이름을 영창할 필요도 없이 순식간에 【스토리지】 안에서 무기를 불러들일 수 있는 건데, 그 무기가 이렇게 많을 줄은 몰랐다.

【스토리지】는 그 이름대로 창고나 마찬가지로, 잘 정리만 해 둔다면 생각한 물건을 쉽게 꺼낼 수 있지만 엉망으로 정리해 두면 가끔 엉뚱한 물건을 꺼내기도 한다.

사실은 나도 당황하면 가끔 엉뚱한 물건을 꺼내기도 한다……. 조만간 정리할 생각이긴 하지만…… 나, 나야 뭐 어떻든 간에 상관없는 일이고.

프레이는 어느 무기가 어디에 들어 있는지 머릿속에 잘 정리해 둔 거겠지. 번호라도 매겨 뒀나? 아니면 종류별로?

대체 무기가 얼마나 많이 들어가 있는 건지. 프레이는 그걸 상황에 맞춰 적합한 무기를 정확하게 꺼냈다. 그건 정말 대단한 일이다.

프레이는 계속해서 다양한 무기를 꺼내 힐다에게 도전했지만 힐다는 그걸 하나하나 제대로 상대하며 제압해 버렸다.

일단 보면, 프레이는 모든 무기를 적절히 잘 사용하긴 했지만, 숙련도는 뛰어나 보이지 않았다. 전투 스타일이 저러니 어쩔 수 없는 일인지도 모르지만.

특화형이라고는 할 수 없지만, 만능형임엔 틀림없다. 다양한 상황에 임기응변으로 대처하며 싸우는 것도 '강함'의 일종이라 생각한다.

"역시 어머니는 강해~."

"프레이도 강했어요. 가슴을 펴세요. 역시 제 딸인걸요?"

"에헤헤. 그렇긴 해!"

힐다가 프레이의 손을 잡고 일으켜 주더니, 바로 프레이를 껴안았다. 음, 이제 마음을 터놓을 수 있게 된 모양이네.

"고, 공왕 폐하……. 저 아이는 누구인가요?"

"아~. 제 친척? 같은 아이예요."

"폐하의 친척……. 그렇군요. 어쩐지……."

프레이의 실력을 보고 전율하던 주타로 씨가 내 말을 듣더니 곧장 그러면 그렇지 하는 반응을 보였다. 흐음. 너무 깊게 생각하지는 말자. 대머리가 되니까.

"실력이 상당한걸? 싸우는 방식도 재미있고. 대체 무기를 얼마나 가지고 있길래?"

"아버지가 만들어 준 무기 외에도 아주 많아~. 던전이나 유적에 가서 잔뜩 입수했거든. 싸움에 도움이 안 되는 무기나 소중한 무기는 내 방에 장식해 뒀어."

모로하 누나의 질문에 그렇게 대답하는 프레이. 무기가 가득 장식된 방이라니……. 한창때의 딸아이 방이 무기투성이라니 그래도 되는 건가…….

싸움에 도움이 안 되는 무기라면, 반짝거리는 장식이 달린 의례용 검이나 내구성이 약한 무기겠지?

"맞다! 아버지, 아버지! 나, 가고 싶은 곳이 있어!"

프레이가 크게 그런 소릴 하면서 나에게 다가왔다. 주타로 씨가 "아버지?"라고 하며 의아한 표정을 지었지만 이번엔 그냥 모른 척하고 넘어가자.

가고 싶은 곳? 쿤은 바빌론이었는데 가고 싶은 무기점이라도 있나? 앗. 드워프가 운영하는 대장간이라든가?

"굉장해! 전격을 날리는 해머야! 디자인도 멋져~!"

"그래! 알겠냐?! 넌 참 보는 눈이 있구나!"

방에 장식된 무기를 바라보면서 눈을 반짝이는 소녀와 마초남.

누군가 하면, 미래에서 이제 막 온 우리 딸과 마법 왕국 펠젠의 국왕 폐하였다.

프레이가 데리고 가 달라고 말한 곳은 바로 이곳, 펠젠 국왕 폐하의 무기 컬렉션 룸이었다.

여기는 동서고금의 다양한 위인, 영웅, 의적 등이 소유했던 무기가 가득 전시된 곳이다.

설마 이런 곳에 오고 싶다고 할 줄이야…….

"이, 이건 폭군 라스토리가 사용했다는 마검 블러디스?! 앗,

이 흠집은 설마?!"

"크으으, 그 흠집을 눈치채다니! 그래! 그 흠집은 일찍이 현제(賢帝) 팔스가 가지고 있던 이 성검 팔시아스가 낸 것이다! 어떠냐, 굉장하지?!"

"굉장해! 마검이랑 성검이 같이 있다니! 감동이야~!"

서로 엄청 마음이 잘 맞네……. 어린 여자아이와 마초 아저씨가 흥분하며 무기 토크를 나누는 장면이라니, 상당히 비현실적인 느낌이 든다.

"교육을 잘못한 걸까요……?"

"아니……. 취미가 하나 정도는 있어야 삶이 심심해지지 않으니 괜찮지 않을까?"

매우 복잡한 표정을 지으며 프레이를 바라보는 힐다에게 나는 위로라고도 하기 힘든 말을 건넸다.

딸이 무기 마니아라는 점만 따져도, 좋다고 해야 할지 어떻다고 해야 할지 판단이 서지 않는다만.

"저 이가 저렇게 이야기하는 모습은 처음 봐요. 이렇게나 흥분하다니."

펠젠 국왕 폐하의 약혼자인 엘리시아 씨가 즐겁다는 듯이 웃었다.

엘리시아 씨는 레굴루스 제국의 제2 왕녀. 루의 두 번째 언니다.

두 사람의 결혼식은 몇 개월 앞으로 다가와 있다. 지금은 우리의 결혼식을 참고해 여러모로 준비하느라 바쁘다는 듯했다.

그러고 보니 '패션 왕 자낙'의 자낙 씨가 펠젠 왕국에서 웨딩드레스 주문이 들어왔다고 말했었지?

우리가 결혼식에서 입은 웨딩드레스가 사람들에게 좋은 평가를 받은 모양이었다. 그리고 그 웨딩드레스를 자낙 씨네 가게가 만들었다는 사실이 알려지자 귀족들의 주문이 쇄도했다나 뭐라나.

자낙 씨도 곧장 웨딩드레스 부문을 만들어, 지금은 아주 바쁜 나날을 보내고 있다고 한다. 번창한다니 더할 나위가 없다.

"폐하의 친척이라고요? 그렇다면 우리와도 먼 친척이겠네요."

"하하……. 네에, 그렇게 되는 건가요……?"

나는 엘리시아 씨의 말을 듣고 어색한 웃음을 지으며 대답하는 게 고작이었다.

루의 자매인 이상, 엘리시아 씨는 나의 처형에 해당한다. 즉, 먼 친척 정도가 아니라 프레이에게는 피가 이어지지 않은 이모에 해당한다.

이런 점이 복잡하단 말이지……. 프레이에겐 피가 이어진 삼촌인 레스티아 국왕 폐하도 있고.

"그런데 공왕 폐하. 새로운 세계…… 서방 대륙의 고렘 말인데, 여기서 제조할 수는 없을까요?"

"고렘 말인가요? 능력이 없는 공장제^{팩토리}라면 불가능하지는 않

팩 토 리

겠지만, 동력 부분인 G큐브, 두뇌 부분인 Q크리스털만큼은 아직 어려울 거예요. 그걸 만들려면 숙련된 기술과 희소한 금속이 필요하거든요."

특히 Q크리스털은 어렵다. 바꿔 말하면 그건 고렘의 행동 프로그램 뭉치다. 박사의 말에 따르면, 행동 프로그램은 각인 마법으로 기본 바탕이 되는 행동 이념 등을 새긴 뒤, 타입에 따라 다양하게 분리해 나가는 방식이라고 한다. 그게 고렘의 성격, 간단히 말해 개성과 관련이 있다.

그리고 그건 각국 공장 고유의 재산이나 마찬가지라 쉽게 공개되지 않는다. 우리한테는 그것마저도 만들어 낸 에르카 기사가 있지만.

"그런가요……. 아쉽네요……."

어라라? 엘리시아 처형이 풀이 죽어 버렸네?

아, 처형은 마법공학을 배우러 펠젠에 유학을 왔었던가? 그 기간 중에 펠젠 국왕이 한눈에 반하게 된 거였지?

원래 마도구나 그와 관련된 물건에 흥미가 있는 사람이었어.
^{아 티 팩 트}

"아, 고렘 부품이라면 있어요. 분명 G큐브랑 Q크리스털도 있었을 거예요……."

"저, 정말인가요?! 보여 주세요!"

풀 죽어 있던 엘리시아 씨가 조금 전과는 달리 눈동자를 반짝이며 나에게 바짝 다가섰다. 너, 너무 가까워요. 가깝다고요,

처형.

아무래도 이 컬렉션 룸에서 꺼내기는 어려운 물건이라, 우리는 펠젠성의 안뜰로 이동했다.

널찍한 장소로 나온 나는 얼마 전에 쓰러뜨린 헬가이아 도적들이 가지고 있던 고렘의 잔해를 【스토리지】에서 꺼냈다.

"어머나, 어머나! 이게 고렘의 부품인가요?"

"네, 맞습니다. 어디 보자…… 이거요. 이 가슴 부분에 들어가 있는 정육면체가 G큐브고, 여기의…… 머릿속의 홈이 파여 있는 수정체가 Q크리스털이에요."

나는 잔해의 부품을 비집어 열고 G큐브와 Q크리스털을 가리켰다. 그러자 엘리시아 씨는 흥미롭다는 듯이 주변의 구조를 조사했다.

"마력 회로가 여기에서 이렇게……. 그렇구나. 어? 그런데 이 에테르 라인이 얽히면 여기는 움직이지 못하지 않나……?"

중얼거리면서 엘리시아 씨가 고렘의 부품을 요리조리 확인했다. 조금 전과는 눈빛이 완전히 다른데요…….

"엘리시아는 우수한 마공사니까. 마도 열차 제작에도 엘리시아가 참여했지. 엘리시아는 이제 틀림없이 펠젠에서도 다섯 손가락 안에 꼽히는 기술자일 걸세."

"우와?! 정말인가요……?!"

살짝 얼떨떨해하던 나에게 펠젠 국왕이 설명해 주었다. 그 정도 수준이었어? 조금 놀랐다.

당연히 바빌론 박사나 에르카 기사 정도는 아니겠지만, 그래도 굉장하다. 펠젠 국왕으로서는 그야말로 왕비에 어울리는 둘도 없는 인재를 구했다는 건가.

"쿤이 있으면 대화가 잘 통하겠어~."

맞다. 프레이의 말대로 기술 분야에 정통한 사람이라면 쿤과 서로 마음이 잘 맞으리라 생각한다.

"저어! 공왕 폐하! 이 고렘의 G큐브와 Q크리스털…… 아니요, 이 모든 부품을 양도해 주실 수는 없을까요?"

"네?"

오싹할 정도의 박력을 내뿜으며 엘리시아 씨가 그런 부탁을 했다.

사실은 세계의 융합 이후로, 리프리스 왕국과 파나셰스 왕국의 땅이 연결되어 고렘 기술 등은 예전에 뒤쪽 세계였던 곳에서 예전의 앞쪽 세계였던 곳으로 유출되기 시작했다.

리프리스, 벨파스트, 리니에, 파르프 등, 동방 대륙의 서쪽 나라들은 그 수혜를 받을 확률이 높지만, 펠젠이 있는 동쪽 나라들은 아무래도 그러기가 힘들다. 엘리시아 씨가 이런 부탁을 하는 그 마음을 모르지는 않는다.

원래 도적들한테서 몰수한 거니 상관없으려나? 고대 기체^{레거시}도 아니니까.

내가 잠시 그런 생각을 하자, 망설이고 있다는 생각이 들었는지 펠젠 국왕도 나에게 거듭 부탁했다.

"브륀힐드 공왕, 나도 부탁하네. 돈이라면 섭섭지 않게 낼 생각이고, 뭐하면 내 컬렉션 몇 점과 교환해도…….'

아뇨, 그건 필요 없어요.

그런 생각을 했는데, 뒤에서 프레이가 눈을 반짝이며 나를 쳐다보았다. 어? 가지고 싶어? 음, 어떻게 할까…….

"알겠습니다. 그럼 이 아이에게 컬렉션 하나를 양도해 주세요. 대금은 그것으로 대신하겠습니다."

"와~! 해냈다~! 아버지, 너무 좋아~!"

프레이가 나에게 안겨들었다. 너무 응석을 받아 주는 걸까……? 정말 엔데의 딸 바보 같은 면을 비웃지 못하겠어.

""아버지?""

"아, 신경 쓰지 말아 주세요."

힐다가 쓴웃음을 지으면서 고개를 갸웃하는 두 사람을 보고 손을 저었다.

"그렇게 결정됐으면 바로 고를게!"

"잠깐! 내가 고르마!! 절대 양보할 수 없는 물건도 있으니까!"

다시 컬렉션 룸으로 달려간 프레이를 펠젠 국왕이 다급히 뒤쫓아 갔다. 사이가 좋네.

"우후후. 이걸 해석하면 펠젠에서도 고렘을 만들 수 있을지도 몰라요. 정말 기대돼요!"

여기는 여기대로 떼어 낸 G큐브와 Q크리스털을 엘리시아 씨가 싱글거리며 바라보고 있었다. 펠젠 왕가의 앞날이 불안하다는 생각이 들었지만 그건 그냥 비밀로 해 두자.

"프레이 언니, 오랜만이야~. 잘 있었어?"

"잘 있었지~. 아리스도 건강해 보여 다행이야~."

카페 '파렌트'에서 다시 만난 아리스와 프레이가 서로 하이
파이브를 했다.

같이 앉은 쿤은 하이파이브를 하지 않고 테이블클로스의 아
래를 들여다보았다.

"쿤, 뭐 해?"

"아니요. 그냥요."

"왕비님들도 이젠 그런 일 안 하지 않을까?"

쿤이 왜 이런 행동을 했는지 알고 있는 아리스가 말했다. 쿤
도 그건 잘 알았다. 하지만 혹시 모르니 확인을 했을 뿐이었다.

아무것도 없다는 사실을 확인한 쿤은 다시 자리에 앉아 테이
블에 놓여 있던 홍차를 입에 머금었다.

하지만 시선은 테이블에 놓인 뒤로 휘어진 검은 단검을 향해
있었다.

"……그런데 프레이 언니? 그 흉흉한 물건은 뭔가요?"

"마침 잘 물어봤어! 이건 절영검 '섀도에지'라고 하는데, 200년 전에 레굴루스 제국에 있던 의적 메디우스가 사용했던 마검이야!"

"또 이상한 무기를……."

흥분해서 설명하기 시작한 언니를 쿤이 차가운 눈으로 바라보았다. 이 언니는 별난 무기나 방어구를 매우 좋아한다. 던전섬에서 저주받은 무기를 주워온 일도 한두 번이 아니었다.

평소에는 밝고 정의감 넘치는 언니지만, 별난 무기와 방어구만 보면 바로 넋이 나간다.

쿤도 마도구만 보면 비슷해지니 너무 남의 얘길 할 만한 입장은 아니다. 이런 점은 서로 닮은 자매라 할 수 있었다.

"손잡이도 도신도 새카맣네~? 이상한 마력이 느껴지는데 별난 능력이라도 있어?"

"그 말대로야! 이 섀도에지에는 진귀한 특성이 있어! 봐 봐!"

아리스에게 그렇게 대답을 하더니, 프레이는 주저하지 않고 칠흑처럼 검은 나이프를 테이블에 꽂았다.

이건 다름 아닌 가게의 테이블이다. 아리스와 쿤도 역시 이래선 당황할 수밖에 없었다. 출입금지를 당하면 어떻게 하지? '파렌트'의 간식을 먹지 못하게 돼서는 곤란하다.

그런데 테이블에 칼을 꽂은 곳과는 다른 장소에서 칠흑처럼 검은 칼끝이 삐죽 튀어나왔다. 그 사이에 걸쳐 있는 것은 프레이의 왼손 그림자.

왼손 그림자의 팔꿈치 부분에 꽂은 나이프가 그림자의 손끝 부분에서 튀어나왔다.

"이건…… 전이 마법?"

"맞아! 섀도에지는 같은 그림자 안에서라면 어디에 있든 칼끝을 도달하게 만들 수 있어. 사정거리라든가 자신이 볼 수 있어야만 한다는 세세한 조건은 있지만."

쿤은 바로 그 검이 얼마나 무시무시한지 깨달았다. 그림자 안을 꿰뚫는 검. 그 능력을 모르는 상대라면 완벽한 기습 공격을 성공시킬 수 있다.

대면한 상대의 그림자와 자신의 그림자가 연결되어 있으면, 그곳을 통해 발밑을 공격할 수도 있지 않을까? 암살에 적합한 무시무시한 무기다.

"야쿠모 언니도 비슷한 기술을 사용하긴 하는데요……."

"그건 정말 치사하지? 【게이트】로 칼끝만 전이시키는 그거잖아. 야쿠모 언니도 '무차별'일 때가 아니면 안 쓰지만."

아리스가 질린다는 표정으로 두 사람을 바라보았다. 방금 이야기에 나온 두 사람의 언니 야쿠모는 기본적으로 성실하고 정정당당한 승부가 신조라 기습에 가까운 기술은 별로 좋아하지 않는다.

하지만 별로 좋아하지 않는다고 해서 사용하지 않는다는 말은 아니다. 아버지와 어머니는 필요하다면 주저 없이 사용하라고 당부해 두었다.

정정당당한 승부는 물론 중요하지만, 무엇을 더 중요하게
지켜야 하는지 잘 생각해 보라고도.

반드시 지켜야만 하는 것보다 자신의 작은 자존심을 앞세우
지 말라는 이야기였다.

그건 프레이도 마찬가지로, 때와 장소에 따라서는 기사도
정신에 따라 비겁한 전법도 사용한다. 브륀힐드의 기사도란
자신의 긍지를 지키기 위한 수단이 아니기 때문이다.

야쿠모 이야기가 나오자, 아리스가 "아." 하고 뭔가가 떠올
랐다는 듯이 쿤을 돌아보았다.

"그런데 쿤 언니. 얼마 전에 전화로 우리가 이곳으로 오는 순
서가 어떠니 하는 말을 했었는데, 그게 무슨 말이야?"

"그거 말이구나? 어디까지나 가설에 불과하지만, 우리가 차
원진(次元震)에 말려들었을 때의 일, 기억해?"

"기억하지. 그때는 그 '핵'이 폭주해서————."

프레이가 기억을 떠올리듯이 공중을 바라보았다. 그 '시간
이 멈춘 순간'을 잊을 수 있을 리가 없었다.

"그때 우리 위치를 떠올려 봐. 그때 야쿠모 언니는 어디 있었
어?"

"어~. 분명 나랑 같이 있었지?"

쿤의 질문에 아리스가 대답했다.

"정확하게 떠올려 봐. 누가 앞에 있었어?"

"뭐? 누가 앞에 있었냐니……. 으음…… 아, 야쿠모 언니가

앞이었나? 그 순간에 앞으로 뛰어나가려고 했으니……."

"그럼 야쿠모 언니 앞에는?"

"그 앞에는 쿤 언니랑 프레이 언니가 있었잖아. 잊어버렸어?"

"앗! 혹시……!"

프레이가 눈치챘는지 크게 소리쳤다. 그러자 프레이의 여동생은 고개를 작게 끄덕였다.

"맞아요. '핵' 에서 가장 거리가 멀었던 아리스가 가장 처음에 과거인 지금 세계에 도착했어요. 그다음은 야쿠모 언니, 저, 프레이 언니예요."

"……? 알겠다! 차원진이 발생한 '핵' 에서 멀리 떨어진 순서로 이곳에 도착한 거구나!"

아리스도 겨우 정답을 알아채 프레이처럼 크게 말했다.

"어디까지나 가설이라 정확할지 어떨지는 알 수 없지만."

"그렇다면 다음으로 이곳에 나타날 사람은……."

프레이는 그때, 자신 앞에 있던 두 사람을 떠올렸다.

그 두 사람은 거의 같은 장소에 있었다. 더 정확하게는 둘이 붙어 있었던 것 같다. 그 두 사람은 자매 중에서도 특히 사이가 좋았다. 서로의 어머니들이 자매이니 당연하다면 당연한 일이긴 하지만.

쿤도 역시 같은 사람을 떠올리고 있었다. 자신들 앞에 있던 에르나와 린네, 그 두 자매를.

"에잇!"

"윽?!"

"거기까지."

프레이의 목검이 젊은 여성 기사의 옆구리에 닿자마자 딱 멈췄다. 그와 함께 심판인 힐다가 두 사람의 모의전의 종료를 선언했다.

"아~. 못 이겼네."

"프레이, 굉장하다. 이렇게 작은데."

"역시 폐하의 친척이라 해야 할까⋯⋯."

동료를 응원하던 다른 여성 기사들이 한숨을 내쉬었다. 저래 봬도 프레이는 금색 랭크 모험자(미래에서의 일이지만)다. 어지간하지 않고서야 평범한 기사에게 쉽게 질 리가 없다.

"에헤헤. 이겼어. 근데 언니. 오른 다리의 움직임이 도중에 바뀌었는데, 삐었어?"

"어? 으, 응. 아까 하단 베기를 시도하다가⋯⋯."

대전 상대인 여성 기사가 오른 다리를 살짝 올리더니, 통증을 확인하듯이 가볍게 움직였다.

"아버…… 아아아, 폐, 폐하~! 고쳐 줘~!"

"알았어~."

여성 기사에게 【큐어힐】을 사용해 주자, 여성 기사가 황송하다는 듯이 꾸벅꾸벅 계속 인사를 했다.

태연하게 국왕을 마구 부려 먹고 있으니, 당연히 어색하겠지. 부려 먹는 사람도 사실은 공주님이지만.

시합이 끝나자 프레이는 순식간에 여성 기사들에게 둘러싸였다. 최근 며칠 사이에 프레이는 기사단, 특히 여성 기사들 사이의 마스코트 같은 존재가 되었다.

바빌론에 틀어박혀 있는 시간이 긴 쿤과는 달리 프레이는 다른 사람들과 교류하길 좋아하는 듯했다. 거기다 붙임성이 있어 사람들이 매우 귀여워한다.

"토야 님, 굉장히 싱글벙글한 표정이세요."

"앗, 이러면 안 되지."

힐다의 주의를 받고 나는 표정을 다잡았다.

인기 많은 딸을 보니 어쩐지 너무 기뻐서.

문득 나에게 주의를 줬던 힐다를 쳐다보니 싱글벙글한 미소가 나오려는 표정을 최선을 다해 참고 있었다. 지금 남한테 주의를 줄 입장이 아니잖아……. 둘 다 딸 바보냐. 이걸 부부는 닮는다고 하는 걸까……?

복잡한 기분에 휩싸여 가는데, 품에 넣어 두었던 스마트폰이 울렸다. 누구지?

……윽. 이걸 받아 말아……. 전화를 건 사람이 누구인지 표시를 보고 조금 망설이긴 했지만 안 받을 수도 없는 일이라, 나는 통화 버튼을 눌렀다.

"네, 여보세요……."

〈여어, 잘 있는 듯하니 다행이군, 브륀힐드 공왕 폐하!〉

"너도 쓸데없이 힘이 넘쳐 보이는걸……?"

바보처럼 잔뜩 들뜬 목소리를 들으니 조금 신물이 나 나는 전화를 귀에서 조금 떨어뜨렸다. 목소리가 너무 커!

전화를 건 사람은 파나세스 왕국의 로베르 왕자. 일명, 호박 팬츠 왕자님이었다.

파란색 왕관인 '디스토션 블라우'의 마스터이기도 하다.

이 사람과는 몇 번인가 만났는데, 흥분 지수가 높고 오버액션이 심해서 같이 있으면 정신적으로 피로해진다. 전화로도 그 힘은 약해질 줄을 몰랐다. 다른 왕관 마스터들이 성가셔하는 이유를 알 것 같다.

"그래, 무슨 일이야?"

〈실은 공왕 폐하가 만나 줬으면 하는 분이 있어서. 레아 왕국의 국왕 폐하다.〉

"레아 왕국?"

레아 왕국이라면……. 분명 서방 대륙의 북쪽에 떠 있는 나라. 일찍이 결계로 격리되어 있던 앞쪽 세계의 파레리우스 왕국과 좌우 대칭인 섬나라다. 파나셰스 왕국에서 보면 바다 건너 북서쪽에 있는 나라였다.

"레아 왕국의 국왕과 만나라고?"

〈그래. '성목(聖木)' 관련 일 때문에.〉

성목. 그건 사신(邪神)이 흩뿌렸던 '신마독'을 정화하기 위해 내가 마공국 아이젠가르드의 중심에 심은 정화 능력을 지닌 큰 나무였다.

성목 관련으로 레아 왕국이 하고 싶은 말이 뭘까?

만나는 거야 문제는 아니니, 나는 일단 알겠다고 말하고 약속 날짜를 잡았다.

레아 왕국이라면, 엘프의 왕이 통치하는 녹음이 우거진 왕국이었지? 이곳의 대수해(大樹海) 지역 같은 곳일까?

딱히 나쁜 평판은 들어본 적이 없으니 만나도 문제는 없으리라 생각한다. 레아 왕국은 남서쪽에 있는 레판 왕국과 남동쪽에 있는 파나셰스 왕국 이외에는 교류를 하지 않는다는 모양이긴 하지만. 바로 남쪽에 있는 빙국 자드니아는 얼마 전까지만 해도 옆 나라인 염국 다우반과 일촉즉발인 상태였으니 어쩔 수 없었을지도 모른다.

성목을 심은 사람이 나라고 널리 알려져 있으니, 국교가 있는 파나셰스를 통해 연락한 걸까……?

뭐가 됐든 일단 가 보면 알겠지.

◇　◇　◇

　레아 왕국에는 나와 함께 유미나와 린이 따라가게 되었다. 유미나는 외교적으로 많은 도움이 되고, 린은 다종족과 교섭을 하는 데에 익숙하다. 원래 미스미드의 외교 대사이기도 했으니까.

　그건 다 좋은데…….

　"레아 왕국은 많은 유적이 잠들어 있는 나라로, 옛날의 대전에 사용된 고대 기체(레거시)가 다수 발굴된 나라예요. 아버지라면 혹시나 아직 본 적 없는 고렘이나 특수한 부품을 발견하게 될지도 모르겠네요."

　"쿤, 너……. 놀러 가는 게 아냐."

　"알고 있어요, 어머니. 외교도 하면서 '겸사겸사' 발견했으면 해서요."

　어이없다는 말투를 섞어 나무라는 린을 보고 쿤이 장난스럽게 웃었다.

　레아 왕국에 간다고 하니 쿤도 같이 가게 해 달라고 부탁을 했다. 쿤이 말하길 레아 왕국의 국왕 폐하와는 만나 본 적이 있다는 모양이었다. 물론 미래에서의 이야기다.

　"준비는 됐나? 그럼 블라우, 열어 주게."

로베르가 그렇게 말하자, 옆에 있던 파란색 고렘이 내밀었던 손을 빙글 돌렸다.

그러자 주변의 풍경이 흐물거리며 일그러졌다가 금세 서서히 원래대로 돌아오기 시작했다. 파란색 왕관, '디스토션 블라우'의 능력인 【공간 왜곡】이다.

일그러졌던 공간이 완전히 원래대로 돌아온 뒤의 그곳에는 녹색 세계가 펼쳐져 있었다.

이곳이 레아 왕국의 왕도인 판인가. 왕도인 만큼 다양한 건물이 즐비해 도시 같은 모양새를 갖추고 있었지만 주변 어디를 봐도 녹음이 풍성했다. 마치 숲속에 도시가 펼쳐져 있는 것만 같았다. 사람들이 오가는 거리에는 활기가 넘쳤고, 미소가 가득했다.

"역시 엘프가 많네요."

거리를 걷는 사람들을 보고 유미나가 그런 감상을 남겼다.

정말 많긴 하네. 엘프뿐만 아니라 인간은 물론 수인, 여기서는 드래고뉴트라고 불리는 용인족도 있었지만, 역시 엘프가 많이 보였다. 언뜻 보기에 비율은 7:3 정도일까?

"수백 년 전부터 다른 종족도 이주해 살고 있다는 듯지만, 레아 왕국은 원래 엘프들의 나라니까요. 나라의 중요한 직책도 대부분 엘프가 자리 잡고 있고요."

쿤의 설명을 들으니 현 상황이 잘 이해되었다. 엘프는 원래 숲에 사는 사람들. 이 녹음이 풍성한 왕도도 그런 의향을 고려

한 거겠지.

똑바로 뻗은 길 끝에는 숲을 배경으로 솟아 있는 왕성이 보였다. 저게 엘프 왕의 성인가. 왕성의 뒤쪽에는 왕성만큼이나 큰 거목이 뻗어 있었다. 크네.

"제군! 그럼 왕성으로 가 볼까! 레아 국왕 폐하가 우리를 기다리고……."

슬슬 시간이 됐나 하는 시점에 로베르 왕자가 털썩! 쓰러지더니 코를 골기 시작했다.

어쩔 수 없는 수면. 그게 파란색 왕관 능력을 사용하는 대가였다. 브륀힐드에서 레아 왕국까지는 거리가 꽤 머니까. 잠을 꽤 오래 자겠는데?

로베르에게 【리콜】로 레아 왕국에 관한 기억을 전해 받아, 내가 【게이트】를 여는 방법도 있었지만 쿤이 한 번쯤은 블라우의 【공간 왜곡】을 보고 싶다고 졸라서 이렇게 되었다.

로베르도 거기에 넘어가서 자기가 직접 【공간 왜곡】으로 레아 왕국까지 데려다주겠다고 말을 꺼냈다. 파나셰스 왕국의 기사들도 같이 있으니 잠들어도 우리가 돌보지 않아도 된다는 생각에 그냥 내버려 뒀지만.

쓰러진 로베르를 익숙한 동작으로 짊어진 파나셰스의 기사들과 함께 레아 왕국으로 가려는데, 고렘 마차 한 대가 우리 앞으로 다가와 천천히 정차했다.

"파나셰스의 로베르 전하와 브륀힐드 공왕 폐하이시죠? 왕

궁에서 여러분을 맞이하러 왔습니다."

말이 아니라 무한궤도가 달린 고렘이 끄는 미니버스 같은 마차에서 엘프 남성 한 명이 내려섰다. 긴 금발을 뒤로 묶은 스무 살 초반으로 보이는 청년이었다. 흰 장갑을 끼고, 검은 집사복을 입고 있는데, 왕가의 관리인인가? 너무 젊어 보인다는 생각도 들지만, 엘프라면 그것도 당연한 일이니까.

그런 생각을 하는데 뒤에 있던 쿤이 쭉쭉 내 소매를 잡아당겼다. 응? 왜 그래?

"아버지. 저 사람이 레아 왕국의 엘프 왕이에요."

"뭐?!"

쿤의 말을 듣고 마차에서 내린 엘프 청년에게 시선을 되돌렸다. 어? 이 사람이 임금님이야?! 그런데 왜 집사복을 입고 있어?

"나중에 정체를 밝혀 깜짝 놀라게 하려던 게 아닐까요? 장난을 좋아하는 임금님이니까요."

"성가신 임금님이네."

쿤의 말을 같이 듣고 있던 린이 한숨을 작게 내쉬더니 고개를 절레절레 흔들었다.

단순한 장난일까? 어쩌면 우리가 어떤 사람인지 직접 확인해 볼 생각인지도 모른다.

엘프들은 경계심이 강해서 좀처럼 본심을 밝히지 않는 사람도 많다. 표면상으로는 우호적이라도, 마음은 터놓지 않는 경우도 있다는 모양이다. 지금은 눈치채지 못한 척을 하는 게 더 나을까?

"왜 그러시는지요?"

"아니요. 국왕 폐하께서 직접 맞이하러 나와 주시니 영광입니다. 하지만 집사 차림이라니 별난 취향이시군요. 놀랐답니다."

린이 웃음을 지으며 그렇게 말하자, 집사복을 입고 있던 청년이 놀랍다는 듯이 눈을 휘둥그렇게 떴다. 아차. 우리 아내도 전혀 뒤지지 않을 만큼 장난을 좋아했었어…….

잠시 놀란 표정을 짓던 엘프 청년은, 작게 웃더니 가볍게 양손을 들었다.

"이거야……. 일부러 로베르 전하가 잠드신 틈에 온 것인데, 아무래도 소용없는 짓이었나 보군요. 어떻게 아셨나요?"

"국왕 폐하가 발산하는 숨길 수 없는 기품……이라고 하면 될까요."

린이 태연하게 이런 대답을 했지만, 거짓말이에요. 미래에서 온 딸이 알려 주었습니다.

"그런 걸 발산한 적은 없다만. 아무튼, 레아 왕국에 어서 오게. 나는 레아 왕국 국왕, 아빈 레아윈드다."

"브륀힐드 공국 제5 왕비인 모치즈키 린이라고 합니다. 그리고 이 사람이……."

"브륀힐드 공국 국왕, 모치즈키 토야입니다."

"브륀힐드 공국 제1 왕비, 모치즈키 유미나입니다."

나와 결혼을 하여 린과 유미나도 모치즈키라는 가문의 이름을 쓰게 되었다. 그와 동시에 브륀힐드의 왕비이기도 하니, 브륀힐드도 가문 이름이다.

가문의 이름은 둘 중 어느 것을 사용하든 상관없다는 모양이었다. 국가 이름이 가문 이름에 들어가지 않는 왕가도 꽤 많으니까.

그러니 린은 모치즈키 린이기도 하고, 린 브륀힐드이기도 하다. 마찬가지로 유미나도 모치즈키 유미나이기도 하고 유미나 브륀힐드이기도 하다.

난 토야 브륀힐드라고 이름을 소개할 생각은 없다. 어감도 안 좋으니.

"이 아이는 누구지?"

"처음 뵙겠습니다, 레아 국왕 폐하. 공국 왕가의 일원인 모치즈키 쿤이라고 합니다. 삼림 왕국이라 이름 높은 레아 왕국을 보고 싶은 마음에 공왕 폐하에게 간곡히 부탁해 동행하게 되었습니다."

스커트의 끝을 집고 한 발을 뒤로 뺀 다음 무릎을 굽혀 인사하는 쿤. 오, 제법 그럴듯한걸? 아, 공주니까 역시 그런 점은 교육을 받았으려나?

"그리고 폐하께서 소유하신 녹색 왕관 '그란 그륜'을 한 번 봤으면 해서요."

"하하하. 짐보다도 그륜인가. 이봐, 꼬마 아가씨가 이런 말을 하고 있다만?"

엘프 왕이 말을 걸자 마차에 연결된 대형 고렘의 상반신, 다시 말해, 가슴부터 얼굴에 걸친 부분이 덜커덩 하고 뒤로 밀렸다.

그리고 그 안에서 작은 손이 나오더니, 옆에 있는 파란색 고렘과 아주 비슷한 기체가 우리 앞에 모습을 드러냈다.

지금까지 봤던 '왕관'과 마찬가지로 작은 3등신 몸에, 컬러는 전체적으로 녹색 계통이었다.

지금까지 봤던 왕관과 비교하면 어딘가 여성스럽다는 느낌이 들었다. 머리 뒤에 뻗어 있는 방열판 같은 부품이 포니테일처럼 보이기도 하고, 몸도 둥근 부분이 많았다. 허리의 부품도 스커트처럼 보이고.

고렘에 성별이 있는지 없는지야 어쨌든, 탑재된 Q크리스털의 특성에 따라 여성적인 개성을 가진 개체도 분명히 있다. 에르카 기사의 고양이형 고렘인 '바스테트'도 그렇고.

"풍성한 대지와 어머니인 수목을 관장하는 자. 이자가 '그란 그륜'. 2000년에 걸친 나의 파트너다."

〈처음 뵙겠습니다. 크라운 시리즈, 형식 번호 CS-06「그란 그륜」입니다.〉

와, 언어 기능도 뛰어난가 보다. 이 고렘도 왕관이니, 뭔가를 대가로 내놔야 능력을 사용할 수 있겠지? 엘프 왕을 보니, 신체적인 대가는 아닌 듯한데…….

문득 옆을 보니 쿤이 눈을 반짝이며 녹색 왕관을 바라보고 있었다.

"미래에선 본 적 없었어?"

"네. 기본적으로 저희는 세계회의에 참가할 수 없고, 레아 국왕 폐하도 그륜을 데리고 오지 않으셨거든요. 처음 보는데, 참 귀여운 고렘이네요!"

귀여워……? 응, 그렇게 보이기도 하려나?

"자, 타게. 성으로 안내하지. 그륜, 부탁한다."

〈알겠습니다.〉

그륜은 다시 대형 고렘 안으로 들어갔다. 고렘이 조종하는 고렘이라니, 이상한 느낌인데? 그런데 우리의 짐승형 프레임 기어인 오버 기어도 마찬가지인가?

무한궤도가 달린 고렘이 끄는 마차는 의외로 빨랐다. 돌바닥을 망가뜨리지 않고 달리는 걸 보면, 고무로 만든 무한궤도인 걸까? 마차 안도 크게 흔들리지는 않았다. 서스펜션 같은 장치가 잘 장비된 거겠지.

잠시 뒤 도착해 보니, 레아 왕국의 왕성은 매우 환상적인 성이었다. 거대한 나무를 배경으로 세워져 있는 흰 성벽에는 나무들이 얽혀 있고 덩굴이 우거져, 마치 자신이 녹색 성이라고 자임이라도 하는 듯한 분위기를 내뿜었다.

이야기를 들어보니, 이 성은 4000년 전부터 존재했다고 한다. 보호 마법과 비슷한 힘이 작용하고 있는지, 겉모습은 그다지 낡아 보이지 않았다.

성안의 구조도 조금 연대가 느껴지긴 했지만, 너무 오래되었다는 느낌은 받을 수 없었다.

마차에서 내려 성안을 걷는 레아 국왕과 그륜의 뒤를 따라 걸었는데, 아무래도 이 둘의 목적지는 성안이 아닌 듯했다. 이대로 쭉쭉 나아가면 성 밖으로 나가게 되는 게 아닌지…….

레아 국왕의 표정에 히죽거리는 듯한 미소가 떠올랐다. 또 뭔가 꾸미고 있는 건가?

이윽고 막다른 곳에 있던 커다란 양문형 문을 그 앞에서 경비를 서고 있던 엘프 기사 둘이 힘껏 밀어서 열었다.

"와……!"

"어머나……!"

"호오…….."

끼이익……. 그런 소리와 함께 문이 열려 보니, 문 너머는 나무들 틈 사이로 햇볕이 쏟아지는 숲속이었다.

우리의 정면에는 여기로 오는 동안 성의 뒤쪽으로 보였던 큰 나무가 높다랗게 솟구쳐 있었다.

"영수(靈樹) 레아윈드다. 엘프들의 어머니이신 나무, 영혼이 돌아가는 장소……였던 영수지."

였다?

이 영수란, 대수해의 신목, 대신수(大神樹)처럼 정령이 깃들어 있지는 않은 듯했다. 정령은커녕 뭔가 이상한 느낌마저 드는데? 생명력이 안 느껴져.

"눈치챘는가? 그래, 이 영수는 이미 수명을 다해 숨이 끊어졌네. 수목 안에 남은 마력 덕분에 겉보기에는 아무렇지도 않아 보이지만, 앞으로 몇 개월이면 말라 죽기 시작하겠지."

그래서였구나. 수명이 다한 수목이어선 아무리 회복 마법을 사용해도 살아나지 않는다. 이 영수라는 나무는 수천 년이나 되는 오랜 세월 동안 이곳에서 레아 왕국을 지켜봤었겠지. 그 역사를 생각하면 절로 감개무량한 감정이 샘솟았다.

"레아윈드는 자신의 역할을 다했다. 하나, 영수는 우리 나라의 상징. 이대로는 국민의 안녕이 흔들릴 수밖에 없어. 우리는 새로운 영수를 맞이하고 싶네."

"새로운 영수요?"

"그래. 그래서 브륀힐드 공왕을 만나고 싶었던 거야. 그대가 만들었다고 하는 아이젠가르드의 '성목'. 그걸 우리 나라의 새로운 영수로 맞이하고 싶네."

"성목을요?"

아이젠가르드의 성목. 그건 사신과 싸우던 중에 흩뿌려진 '신마독'을 정화하기 위해 심은 성스러운 나무다.

단, 그걸 만든 사람은 내가 아니라 농경의 신인 코스케 삼촌이지만.

그 성목을 이 나라의 새로운 상징으로 삼겠다니, 설마 아이젠가르드에서 그걸 뽑아서 가져오자는 건가?

동영상을 빠르게 재생하듯이 영수는 순식간에 시들어 버렸다. 나뭇잎뿐만 아니라 나뭇가지와 줄기마저 산산조각이 나며 부서지기 시작했다. 마치 먼지처럼 거대한 영수가 사라져 갔다.

혹시 이게 그륜의 왕관 능력인가……?!

영수가 완전히 먼지로 변해 사라진 그 자리에 레아 국왕이 성목의 묘목을 솜씨 좋게 심었다.

"오랜 생명을 이어받은 새로운 생명이여, 이 땅에서 눈을 떠라. 대지의 축복이 있기를!"

"어?!"

"우와!!"

레아 국왕이 그런 말을 하자마자, 방금 심었던 성목이 쑥쑥 자라났다. 이게 뭐야……?!

우리가 말을 잇지 못할 만큼 놀라는 사이에도 성목은 쑥쑥 성장했다. 이것도 그륜의 능력인가……?!

"이게 【식물 지배】……. 식물뿐만 아니라, 가공된 목재마저도 조종할 수 있는 녹색 왕관 '그란 그륜'의 왕관 능력……!"

놀라면서도 쿤이 그렇게 설명해 주었다. 역시 그렇구나! 그런데 이 능력은 계약자가 큰 대가를 치러야 하지 않나……?!

"큭……!"

그 사실을 깨달은 내 귀에 레아 국왕이 고통스러워하는 목소리가 들렸다. 성목은 이미 원래 있던 영수의 절반 정도의 크기까지 성장했다. 그륜이 발산한 녹색 파동은 어느덧 멈춰 있었다.

레아 국왕은 비틀거리며 그 자리에서 무릎을 꿇더니, 그대로 고꾸라지고 말았다.

왕관 능력의 대가는 생명을 빼앗을 수도 있다. 설마……!

"괘, 괜찮으세요?!"

내가 다급히 달려가 레아 국왕을 안아 올렸는데, 지금까지 들어본 적이 없을 만큼 커다란 '꼬르르르르르륵……' 하는 소리가 배에서 들려왔다. 응?

눈이 공허해진 엘프 왕이 메마른 목소리로 중얼거렸다.

"배가, 고프다……."

어? 대가가, 그거야……?

"녹색 왕관의 대가는 '배고픔'. 극도의 기아 상태가 되어 자칫하면 죽음에 이르지. 물론 그렇게 될 정도로 능력을 사용할 생각은 없다만……."

꼬르르르르르르륵………. 배를 계속 울리면서, 엘프 왕이 침대에 누워 퀭한 눈으로 그런 소릴 했다.

그렇게 배가 고프면 빨리 뭐라도 좀 드세요! 그런 말을 하고 싶었지만, 그럴 수는 없다는 모양이었다.

레아 국왕이 누워서 사람들이 가져온 사과를 하나 손에 들자, 사과가 순식간에 모래처럼 부서지더니 먼지가 되어버렸다. 우어어?!

"이처럼 대가를 지불하는 사이에 난 아무것도 먹을 수 없다……. 이번에는 대략 20일 정도인가……."

"그렇게나요?!"

"엘프는 원래 많이 먹지 않고 사는 종족이니 버티지 못할 정도는 아니지. 물은 마실 수 있으니 쉽게 죽지는 않지만, 최초의 공복감만큼은 고통스러워서 말이야……."

그러고 보니 얼마 전에 빨간색 왕관의 사용자인 니아가 말했었다. 조심만 하면 보라색 왕관 이외에는 '대가' 탓에 죽지는 않는다고.

그 보라색 왕관마저도 이제는 나의 【크래킹】으로 왕관 능력을 사용할 수 없게 됐지만.

그런데 굶주림과 함께 닿은 음식을 먼지로 만들어 버리는 【대가】라.

예전에 비슷한 이야기를 읽은 적이 있다. 닿은 물건을 모두 황금으로 만들어 버리는 힘을 신에게 받아 왕이 무척 기뻐했는데, 음식까지 황금이 되는 바람에 굶어 죽었다는 이야기.

【대가】란 내가 사용하는 【저주】와 비슷할지도 모른다. 강제

적으로 상대에게서 뭔가를 빼앗는 종류의【저주】말이다.

하지만 이건 저주와는 달리 뭔가를 원했기에 지불하는 대가라 해제를 하기 어렵다.【리커버리】를 써도 회복은 안 되겠지.【크래킹】으로 그륜의 능력을 망가뜨리면 해제될지도 모르지만, 이 왕은 그걸 원하지 않는다.

"걱정할 거 없어. 오랜 세월 사용해 왔던 능력이다. 익숙해. 아슬아슬한 한계가 어디인지 난 잘 알고 있고, 버틸 수 없을 정도로 능력을 사용할 생각은 없으니까 괜찮아."

쿤의 이야기에 따르면, 녹색 왕관의 능력은 식물 조작이라고 하는 모양인데, 그 능력은 매우 넓은 범위에 미친다는 듯했다. 단, 범위가 넓어지면 넓어질수록 능력의 질도 떨어지는 내【프리즌】과 같은 약점을 지니고 있었다.

살아 있는 나무뿐만 아니라 가공된 목공 제품까지 조작할 수 있다고 한다. 옛날에는 레아 왕국을 침공한 적군의 대군단을 한꺼번에 바다에 가라앉힌 적도 있다니, 굉장한걸? 아니지. 배 바닥에 구멍만 뚫으면 되니 간단한 건가?

"굳이 그걸 급격히 성장시킬 필요가 있었나요? 내버려 둬도 자랄 텐데요……."

"영수는 이 나라의 상징이다. 국민의 안녕을 위해서는 눈에 보이는 영수가 필요해. 연약한 묘목보다 굵고 듬직하게 자란 영수를 봐야 사람들이 더 안심하지 않겠나?"

그거야…… 그렇다면야 그렇긴 하지만요. 이 방의 창문에서 성목이 보이는데, 실제로도 성안 사람들이 기뻐하며 기도하고 있을 정도니까.

나무 내부를 휘도는 마소가 말라 영수의 생명이 이미 다했다는 사실은 국민 모두가 알고 있었다. 모두 어서 새로운 영수가 생기길 원했다. 이 임금님은 그걸 위해 자신의 몸을 희생한 것이다. 쉽게 할 수 있는 일이 아니다.

아무리 그래도 지금부터 20일이나 아무것도 못 먹는다니 힘들 텐데……. 익숙하다고 말은 했지만, 익숙하다고 해서 편하다고는 할 수 없겠지.

"브륀힐드 공왕. 이번에는 아무리 감사해도 모자랄 정도이니…… 우리 나라가 뭔가 사례를 하고 싶네. 이 레아에는 유적이 매우 많지. 거기에서 출토, 발견된 고대의 마공 기계가 보물전에 잠들어 있네. 괜찮다면 그걸 몇 개 정도 주고 싶은데……."

"아니요, 마음 쓰지 않으셔도 괜찮습니다. 원래 그건."

"마음 써 주셔서 감사합니다! 레아 왕국의 보물, 가능하다면 공왕 폐하와 함께 살펴보겠습니다!"

원래 성목은 코스케 삼촌의 공적이다. 내가 사양하려고 했는데, 그보다도 먼저 쿤이 잽싸게 앞으로 나서더니 그렇게 대답해 버렸다.

이보세요, 따님. 마음은 알겠지만 너무 필사적이잖아.

"음……. 그럼 공왕 폐하 여러분을 보물전으로 안내해 드려라."

"네!"

이 나라의 재상이라는 엘프 청년(겉모습은)에게 안내를 받아 우리는 보물전에 가 보았다.

레아 국왕은 이제 물을 많이 마시고 바로 잠을 청한다는 모양이었다. 그래야 공복을 느끼지 않는다고 한다. 대가를 지불해야 하는 기간이 끝나면 루의 요리라도 보내주자.

파나셰스의 로베르도 전이 능력을 사용한 대가로 아직 잠들어 있으니, 우리만 먼저 보물을 받아 이곳을 떠나기로 했다.

세계 동맹 가입 이야기도 하고 싶었지만, 임금님이 저런 상태여서야 하기 힘드니, 다음에 할까.

"이곳입니다."

안내를 받아 도착해 보니, 그곳의 문 앞은 온갖 자물쇠와 경비 고렘으로 엄중하게 보호를 받고 있었다. 재상은 그 자물쇠를 하나하나 열었다.

문이 열려서 보니, 그곳에는 금은보화는 물론 몇 개인가 마공 기계도 같이 보관되어 있었다.

고렘도 있었다. 고대 기체이겠지. 웬만큼 비싸지 않고서야 공장제 고렘을 보물전에 넣어 둘 리가 없다.

고렘뿐만 아니라 일부 부품, 용도를 알 수 없는 기계 등, 얼핏 봐선 잡동사니처럼 보이는 물건도 있었지만, 쿤은 눈을 반짝이며 보물전 안을 이리저리 뛰어다녔다.

쿤이 나를 돌아보더니, 얼굴을 붉히며 양손의 주먹을 작게 위아래로 흔들었다. 뭐니. 귀엽잖아.

"아, 아버, 폐, 폐하! 저거요, 저거!"

"아……. 좋아. 마음에 드는 물건으로 골라."

"감사합니다! 역시 최고야!"

쿤이 나를 꼬옥 안았다. 나도 같이 안아주려고 했는데, 쿤은 곧장 나에게서 떨어져 보물전 안으로 가 버렸다. OH…….

"달링, 너무 헤벌쭉하잖아."

"맞아요. 엄연히 한 나라의 국왕이니 더 의연하게 행동하세요."

"아, 알겠습니다……."

린과 유미나가 성큼성큼 다가오더니 나의 양옆을 차지했다. 내가 그렇게 헤벌쭉했었나……? 그런데 그건 어쩔 수 없잖아!!

콧노래를 부르고 깡총깡총 뛰면서 브륀힐드성의 복도를 이동하는 쿤. 쿤은 양손에 레아 왕국의 보물전에서 받아온 농구공 크기의 기계 뭉치를 들고 있었다.

작은 엔진처럼도 보이지만 뭔지는 나도 잘 모르겠다. 금속이긴 할 텐데, 무게는 무척 가벼웠다. 나도 들어봤는데 마치 플라스틱처럼 가벼웠다.

"그래서 그게 뭐니?"

"마침 잘 물어보셨어요, 어머니! 이건 분명 '정령로(精靈爐)'일 거예요!"

"정령로?"

들어본 적이 없는데……. 쿤이 말하길 고렘에 탑재되는 G큐브는 빛에서 마력을 만들고 증폭시키는 고렘의 동력원이자 심장부인데, 그 G큐브를 넣은 물건이 고렘의 마동기라고 한다.

정령로란 그 마동기의 바탕이 된 기관이라는 모양이었다.

만물에는 모두 정령이 깃든다. 그 정령의 힘을 빌려 마력을 증폭시키는 기관이라는 듯했다.

서방 대륙…… 뒤쪽 세계였던 곳에도 정령은 존재한다. 태고에 뒤쪽 세계 사람들은 정령의 힘을 빌려 고렘을 움직였다는 건가.

"고렘인지 아닌지는 모르겠지만요. 고렘이 만들어진 건 뒤쪽 세계의 세계대전 중이라고 하니까요."

"아, 이곳에 프레이즈가 출현했던 시대보다도 더 이전 시대의 물건이구나……."

그런데 상당히 깔끔하네. 5000년 이상 된 물건이라고는 생각하기 힘들다. 보호 마법이 걸려 있나?

우리한테 있는 프레임 기어 중에도 그만큼이나 오래된 물건이 있지만.

"이걸 분석하면 새로운 발견을……! ㅋㅎㅎㅎㅎㅎㅎㅎ!!"

"여보, 어쩌지? 딸이 무서워……."

"여보, 어쩔 수 없어. 그런 딸인걸."

부모로서 이 모습은 세상 사람들에게 보여선 안 된다는 생각이 들 만큼, 쿤이 사악하게 웃었다.

"그럼! 전 바빌론에 가겠습니다!"

"저녁 먹기 전엔 돌아와."

"네~!"

또다시 깡총깡총 뛰면서 쿤이 바빌론과 연결된 전이실로 갔다. 저 아이는 자기 취미와 관련된 일만 되면 성격이 확 변하네.

우리가 어이없다는 듯이 한숨을 내쉬자 옆에 있던 유미나도 작게 한숨을 내쉬었다.

"귀엽네요. 제 아들이나 딸도 어서 왔으면 좋겠어요……."

"무슨 소리야. 저 아이도 네 딸인걸? 다들 형제자매니까."

린의 말을 듣고 유미나가 잠시 멍한 표정을 지었지만, 금세 후후, 하고 작게 미소 지었다.

"그러네요. 저도 엄마네요."

쿤은 유미나를 '유미나 어머니'라고 부른다. 저 아이들은 태어났을 때부터 아홉 명의 어머니가 존재하는 것이다.

저 아이들에게는 친어머니와 의붓어머니를 구별하지 않는지도 모르겠어. 쿤은 유미나나 다른 어머니들도 놀릴 정도니. 그에 비하면 역시 린을 더 거리낌 없이 대하는 듯도 하지만.

유미나의 마음도 충분히 이해한다. 하지만 남은 아이들이

세계의 어디에 나타날지 알 수 없는 상황이니 우리는 기다리는 수밖에 없다.

일단 주요 왕도 등에는 코교쿠의 부하 새들이 '눈' 역할을 해 주길 바라며 몰래 파견해 두었다.

주로 야에의 딸인 야쿠모를 포착하기 위한 거지만. 야쿠모는【게이트】를 사용하니 좀처럼 발견하기 쉽지 않단 말이지…….

참나. 수행이라면 이 나라에 와서 야에나 모로하 누나랑 하면 될 텐데. 이 아빠는 우리 딸이 무슨 생각을 하는지 잘 모르겠구나.

레아 왕국을 방문한 지 일주일 정도가 지났다. 쿤은 전혀 지상에 내려올 생각을 안 했다. 바빌론의 '연구소'에 틀어박혀 박사, 에르카 기사와 함께 셋이서 뭔가를 계속 개발하는 중인 모양이었다. 쿤은 방콕족 소질이 있는걸? 완전히 인도어(indoor)파다.

반대로 힐다와 그 딸인 프레이는 아웃도어파다. 말이 아웃도어지, 엔데네 딸인 아리스와 매일같이 시합하고 있을 뿐이지만.

"시합하니 생각나는데…… 미스미드의 무술 대회는 언제 열렸더라?"

나는 옆에 앉아 있는 린제를 바라보았다. 나 외에 점심 식사를 하러 온 사람은 에르제, 린제, 사쿠라, 스우, 이렇게 네 명이었다.

다른 사람들은 일이 있거나, 일정상 오지 못한 듯했다. 우리 사이에서는 흔한 일이다.

"분명 오늘부터였을, 거예요. 그렇지? 언니?"

"응, 맞아. 아~아. 참가하고 싶었는데."

린제가 날짜를 알려 주자 에르제는 점심인 오므라이스를 덥석덥석 먹으면서 아쉽다는 듯이 중얼거렸다. 안 되지. 네가 나가면 큰일 나.

이미 에르제, 야에, 힐다, 이 세 명은 세계에서 정상급 실력을 지녔으리라 생각된다. 세 사람에게 대항할 수 있는 사람은 모로하 누나를 비롯한 신족을 제외하면 장수종인 엘프나 드워프 같은 종족 중에 몇천 년은 수행에만 몰두한 달인들뿐이지 않을까?

"이번엔 미스미드 국내에서 열리는 대회니까, 거기에 다른 나라의 왕비님이 출전해서는 역시 곤란해."

"나도 알아……. 왕비님도 불편한 점이 많네."

미스미드의 수왕 폐하는 옛날부터 무술 대회를 열고 싶어 했지만 가신들은 모두 반대했다. 예산이 없다는 게 가신들의 반대 이유였는데, 브륀힐드에서 열린 무술 대회를 보고 새로운 요리 노점을 내고, 참가 요금 등으로 이익을 내면 자기들도 가능하겠다고 생각한 모양이다.

미스미드 수왕 폐하는 그런 점을 근거로 재상인 그라츠 씨나 가신들을 설득해 겨우 개최하는 데 성공했다.

안전성을 높이기 위해 무투장의 방어 장벽 설치, 부상자 이전, 회복 마법 등의 부여도 필요했는데, 그건 내가 했다.

이번에는 미스미드의 국내 대회인 모양이지만, 마도 열차가 달리기 시작하면 외국에서도 참가자가 오게 되지 않을까?

혹시 수왕 폐하도 참가하나? 우리 나라에서 열린 대회 때는 벨파스트의 레온 장군과 붙어서 비기는 바람에 일찍 탈락했다는 모양이던데.

그때는 기라와 싸우다 쓰러지는 바람에 보지 못했지만, 굉장한 시합이었다고 들었다. 누가 녹화를 해 줬으면 볼 수 있었을 텐데.

"참가는 못 해도, 관전은 괜찮지 않겠는가?"

"음~~~. 수왕 폐하라면 기쁘게 허가를 해 주기야 하겠지만⋯⋯."

스우의 제안을 듣고 나는 조금 망설였다. 정말 관전만으로 끝난다면야⋯⋯. 우승자, 또는 수왕 폐하 자신과 시범 경기를 하자는 명목으로 에르제를 끌어들이지는 않을까?

미스미드에서 열리는 제1회 무술 대회인데, 다른 나라의 왕비가 출전해 우승자나 그 나라의 국왕을 흠씬 패버리면 난처하고 말고 정도의 문제가 아니잖아.

역시 이번에는 그냥 넘어가는 게 가장 좋지 않을까?

내가 그런 결론을 내렸는데, 코교쿠가 텔레파시로 말을 걸었다.

〈식사 중에 죄송합니다. 파견해 두었던 '눈'에게서 중요한 정보가 들어왔습니다. 일단은 직접 확인해 주십시오.〉

〈좋아. 보내줘.〉

나는 각지에 파견해 두었던 코교쿠의 부하인 새와 시신경을 링크시켰다.

조금 시간이 지나자 내 뇌리에 선명한 동영상이 떠올랐다. 새의 시각 정보를 인간의 시각 정보로 바꾼 거겠지.

어딜까? 여기는…… 사람이 많네. 무슨 이벤트장인가? 수인들이 많으니, 미스미드려나?

앗, 역시 미스미드다. 귀빈석에 재상인 그라츠 씨가 있고, 저 무투장은 내가 방어 결계를 부여했던 곳이다. 무술 대회가 열리는 대회장인가?

계단 모양인 관객석은 수인과 아인들로 가득 차 있었다. 흥행 성공이네.

새의 시선이 무투장 중앙을 향했다. 누가 싸우고 있네. 무술 대회 시합 중인가.

한 사람은 커다란 목검을 든 수염 난 거한. 곰…… 수인인가? 그리고 또 한 명은…….

"?!"

벌떡! 나는 무심코 의자에서 일어나고 말았다. 놀란 아내들의 시선이 나에게 집중되었지만, 나는 그 시선을 보낸 아내 중의 한 명인 린제를 돌아보았다.

왜냐하면 지금도 내 뇌리에 흐르는 영상에 린제와 똑같이 생긴 아이가 있었기 때문이다.

"왜, 왜 그러시나요, 토야 씨?"

"아, 아니. 지금 코교쿠가 텔레파시를 보냈는데……! 어~~. 앗, 보여 주는 게 더 빠르겠구나."

나는 서둘러 【미라주】를 발동해, 식탁의 공중에 내가 보고 있는 영상을 비추었다. 음성은 없다. 영상뿐이다.

"……어?"

"여기가 어디야? 무투장……?"

"아이들이 싸우고 있구먼?"

"린제?"

잘 어울리지 않는 건틀릿을 양손에 장비하고 곰 수인인 거한을 향해 한달음에 달려가는 린제와 똑같이 생긴 6~7세 정도의 여자아이.

소녀가 번개처럼 돌진하자, 곰 남자가 대검의 도신으로 방어하려고 했다.

소녀는 그걸 보고 갑자기 점프하더니, 아무것도 없는 공중을 지그재그로 이동하며 곰 남자를 향해서 이동했다. 공중을 차며 움직이고 있어?!

그리고 소녀가 바로 주먹을 날리자, 대검이 부서지면서 곰 남자는 시합장 밖으로 야단스럽게 날아가 버렸다. 곰 남자는 몇 번인가 바닥에 튕기고 나서야 데굴데굴 구르다가 움직임을 멈췄다.

""""""아니?!""""""

영상을 보던 우리가 동시에 소리쳤다. 방금 그건 뭐지?!

눈을 휘둥그렇게 뜬 채, 에르제가 옆에 있는 여동생과 화면의 소녀를 번갈아 보며 비교했다.

"자자자, 잠깐만?! 혹시 이 아이는⋯⋯?!"

"린제의 딸⋯⋯ 린네 같아."

"이렇게까지 쏙 빼닮지 않았나. 틀림없을 게야."

사쿠라도 스우도, 화면의 소녀와 린제를 번갈아 보며 비교해 보았다. 정말 닮았네⋯⋯. 당연하다면 당연한 일이지만.

어깨 부근에 맞춰 자른 은발에 헤어밴드. 눈빛은 살짝 에르제를 더 닮았다고 해야 할까? 입고 있는 옷까지 비슷하네. 그야말로 미니 린제라 할 만했다.

"우, 우와아아아아아아! 와, 와와, 왔어요! 와와, 왔어요?!"

"왜 의문형이야⋯⋯?"

"어어, 어쩌면, 어어어, 어어, 어쩌면, 좋을까요, 이럴 때는 어쩌란 거지?!"

"린제, 좀 진정하자."

나는 정신을 못 차리는 린제에게 말을 걸었다. 그 마음을 모르진 않지만, 나는 이미 세 번째라 린제처럼 크게 동요하지는 않았다.

"앗?!"

"어?"

에르제가 갑자기 소리쳐서 돌아보니, 화면 안에서는 린네가 관객석을 향해 손을 흔들고 있었다. 그래서 그 방향을 따라가 보니, 가장 앞줄에 있던 같은 또래의 소녀가 린네를 향해 살짝 손을 들어 주는 모습이 보였다.

"에르제와 똑같구먼……."

"얘는 에르제의 딸인 에르나일 거야."

"어? 어어?! 내, 내 딸?! 와, 왔다?! 온 거야?!"

에르제가 두리번거리며 주변에 있는 스우와 사쿠라를 번갈아 보았다. 그리고 당황해서 어쩔 줄 모르겠다는 듯이 손을 휘적거렸다.

"어어, 어쩌면, 어어어, 어어, 어쩌면, 좋을까요, 이럴 때는 어쩌란 거지?!"

"에르제, 진정하자. 똑같은 말을 반복하고 있어."

아까 린제의 말이랑 똑같아……. 쌍둥이라지만 그런 점까지 똑같을 필요는 없지 않을지.

화면 속에서 관객석에 앉아 있는 소녀는 은발의 롱 헤어로 에르제와 똑같이 생긴 아이였다. 하지만 조금 눈빛이 부드럽고 어른스러운 인상이었다. 이 아이도 에르제와 비슷한 옷을 입고 있는데, 혹시 미래의 린제가 직접 만든 옷인가?

"토, 토야 씨! 당장 미스미드로 가요!"

"그, 그래! 이걸 보고 있느니 직접 이곳으로 가는 게 더 나아!"

"아, 알았어. 알았으니까……!"

아내 두 사람이 바짝 다가와 부탁하는데 내가 거절할 수 있을 리가 없었다. 재촉을 받은 나는 【게이트】를 무투장 관객석 뒤편의 사람들 눈에 잘 띄지 않는 곳에다 열어 미스미드로 이동했다.

그런 나를 밀어제치듯이 에르제와 린제가 뒤에서 뛰어나왔다. 이어서 사쿠라와 스우도 미스미드로 이동했다.

무투장 밖으로 이동한 린네가 안쪽에 마련된 대기실로 돌아갔다.

그걸 본 린제가 딸을 뒤쫓으려고 했지만, 나는 팔을 붙잡아 멈춰 세웠다.

"잠깐! 저 아이는 일단 시합 참가자잖아. 함부로 만나러 가면 대기실에 있는 다른 참가자한테 방해가 될지도 몰라."

"그, 그렇지만……!"

"린네는 나중에 만나고, 먼저 관객석에 있는 에르나부터 만나세. 만나고 있으면 어차피 린네도 우리한테 오지 않겠는가."

린제가 떨떠름한 표정을 지었지만, 스우의 말을 이해했는지 곧 고개를 끄덕였다.

"어디 보자, 어디 보자…… 앗! 저기야!"

에르제가 가리킨 곳을 보니 에르제의 딸인 에르나가 보였다. 딱 우리가 있는 곳의 반대편 관객석 가장 앞줄이다.

계단 모양 관객석의 후방인 이곳이라면 가장 앞줄에 있는 사람들도 간신히 보이긴 하지만, 저렇게 북적이는 곳에서 용케도 발견했네. 어머니의 직감인가?

저 위치라면 빙글 돌아가야 하네. 달려가려는데 에르제의 목소리가 들렸다.

"사쿠라! 【텔레포트】 부탁해!"

"알았어."

순식간에 시야가 바뀌었다. 잠깐만……!

【텔레포트】한 우리를 보고 주변 사람들이 기겁했다. 사쿠라도 권속화의 영향으로 이 정도의 인원이라면 한꺼번에 【텔레포트】가 가능하게 됐다. ……그렇지만, 이래선 너무 눈에 띄잖아……!

애네들 뭐야?! 어디서 나타났지?! 당황과 의심이 뒤섞인 눈길 중에 단 하나, 우리를 어리둥절하게 바라보는 눈이 있었다.

"엄마?"

에르나가 갑자기 나타난 에르제를 꼼짝하지 않고 빤히 바라보았다.

"어, 어어어, 에르나지……?"

"아……. 흑……. 흐윽……!"

에르제가 뭐라고 말을 걸면 좋을지 몰라 우물쭈물하는데, 우리를 어리둥절하게 바라보던 에르나의 얼굴이 서서히 일그러졌다. 그 두 눈에서는 굵은 눈물방울이 줄줄 흘렀다.

"엄마……! 엄마아아아! 우아앙……. 엄, 엄마다……! 만나고 싶었어……! 얼마나 만나고 싶었는지 몰라……!"

긴 은발을 흩뜨리며 에르나가 에르제에게 매달려 엉엉 울었다.

갑자기 에르나가 껴안자 에르제는 당황해 어쩔 줄 몰라 했지만, 곧 작게 미소 지으며 엉엉 우는 딸을 부드럽게 안아주었다.

저기…… 아빠도 있는데?

좀처럼 울음을 그치지 않던 에르나를 진정시키기 위해 우리는 일단 무술 대회장 밖으로 나갔다.

설치된 수많은 노점의 벤치 중 하나에 자리를 잡고 앉아 지금까지 무슨 일이 있었는지 조금씩 에르나에게 물어보았다.

"뭐? 가우의 대하(大河)에?!"

"응……. 우리는 미스미드에 있는 다리 위로 나왔는데 그 다리가 썩었는지 갑자기 무너졌어. 그래서 린네랑 같이 아래로 떨어져서……."

"다, 다친 데는?! 괜찮았어?!"

에르나 옆에 있던 에르제가 걱정스럽다는 듯이 놀란 목소리로 물었다. 그걸 보고 에르나가 난처하다는 듯이 웃었다.

"응. 다치진 않았어. 아슬아슬하게 강에는 안 떨어졌거든. 그런데 둘 다 들고 있던 스마트폰을 강에 떨어뜨렸어. 그래서 아무 데도 연락을 못 하게 되다 보니……."

아~~. 그래서였구나.

박사가 만든 양산형 스마트폰에는 도둑맞거나 잃어버려도 문제가 없도록 【어포트】나 【텔레포트】가 부여되어 있다.

하지만 그걸 사용해 스마트폰을 회수할 수 있는 사람은 나뿐이라 두 사람은 어떻게 해 볼 도리가 없었던 거겠지.

"어떻게든 브륀힐드와 연락을 해야겠다고 생각했는데 무술 대회 얘기를 듣게 됐어. 분명 수왕 폐하도 참가할 테니, 폐하한테 연락을 해 달라고 부탁할 생각이었던 거야……."

"훌륭해! 열심히 잘 생각했구나! 역시 내 딸이야!"

꼬옥. 옆에 있던 에르나를 꼭 껴안고 뺨을 비비는 에르제. 에르나는 부끄러운지 얼굴을 붉혔다.

그래. 이렇게 엄마인 에르제, 린제와 똑같이 생겼다. 이 아이들을 수왕 폐하가 본다면 분명 나한테 연락을 했겠지. 가만히 있었어도 오늘이나 내일 중에 연락이 왔을 거란 얘긴가.

그런데 어쩌지? 양산형 스마트폰에는 시리얼넘버를 새겨서 그 번호를 이용해 회수하는데, 아무래도 미래에서 부여한 스마트폰의 번호까지는 알 길이 없다. 가지고 있던 본인도 모를 테고.

귀찮지만 나중에 【서치】를 사용해 회수할까.

그런 생각을 하는 내 앞에서 에르제의 반대편 자리에 앉아 있던 스우가 질문을 던졌다.

"에르나와 린네는 몇 살인가?"

"어~. 우리는 둘 다 일곱 살이야. 내가 한 달 더 빨리 태어났으니 언니고."

얘기를 들어보니 에르나는 여섯째 딸, 린네는 일곱째 딸이라는 모양이었다. 쿤이 셋째 딸이니 그 사이에 두 명이 더 있는 건가. 그리고 린네의 아래로는 두 명이 더 있고.

유미나, 루, 스우, 사쿠라 중에 누구의 아이인지는 알 수 없지만.

스우와 사쿠라가 자신들의 아이에 관해 물어보려고 했지만, 에르나는 '어~. 저어, 그게……' 라고 말끝을 흐리며 말하려고 하지 않았다. 아무래도 토키에 할머니가 가급적 말하지 말라고 타일러 둔 듯했다.

딸이 난처해하자 에르제가 두 사람의 질문을 차단했다. 두 사람이 마지못해 포기하자 질문 공세에서 벗어난 에르나가 가슴을 쓸어내렸다.

그와 동시에 어디에선가 꼬르르륵…… 하는 귀여운 소리가 들렸다.

돌아보니 에르나가 배를 누르며 얼굴을 빨갛게 물들이고 있었다.

"그, 그게, 아직 밥을 안 먹어서……."

"그러고 보니 우리도 점심을 먹던 도중이 아니었나. 여기서 가볍게 식사를 하세. 이보게, 점주! 그 닭꼬치구이를 세 개씩 인원수대로 부탁하네!"

"알겠습니다!"

스우가 노점의 점주에게 주문했다. 【스토리지】 안에 음식이 가득 들어가 있지만 음식 노점이 즐비한 이곳에서 그걸 꺼내 먹으면 아무래도 눈치가 보인다.

모처럼 축제가 열리는 곳에 왔는데 축제 음식을 안 먹으면 손해 아닌가. 나는 바로 나온 닭꼬치구이를 하나 들어 옆에 앉아 있던 린제에게도 건네주었다.

"자, 린제도 먹어."

"네, 네에……."

미소 지으며 그걸 건네받는 린제. 시합에 출전한 딸이 걱정인지 조금 힘이 없는 미소였다. 린제의 시선은 서로 포옹하고 있는 에르제와 에르나를 향해 있었다.

"걱정 안 해도 돼. 그 정도 실력이라면 웬만한 상대에겐 지지 않아. 역시 린제의 딸이야."

"고마워, 사쿠라."

사쿠라가 격려하자 린제가 미소를 지었다. 그런데 그 아이는 금색, 은색 랭크 수준으로 강하던데······. 아까 그 모습을 봐선 예선은 가볍게 돌파할 듯하고, 어쩌면 우승할지도······. 그래선 상황이 좀 난처해지지 않나?

"이미 목적은 달성했으니, 린네는 기권하라고 하면 어떨까?"

"저어, 아빠······. 그건 어려울 거야."

에르나가 머뭇거리며 말을 걸었다. ······에르제에 비하면 나와는 거리를 두는 듯한데. 나, 날 싫어하는 건 아니겠지······? 아까 펑펑 울었으니, 부끄러워서 그런 거라고 믿고 싶다.

"린네는 이런 시합을 아주 좋아하거든. 진다면 몰라도 도중에 그만두라고 하면 무척 싫어할 거야. 최악의 경우엔 울지도 몰라. 져도 울겠지만······."

어린아이는 어린아이라는 건가.

쿤이나 프레이는 어른스러워서 그런 생각이 안 들었지만, 린네는 어린이다운 모양이었다.

"그런데······. 이 대회는 일단 미스미드 주최잖아. 그것도 기념할 만한 제1회 대회야. 다른 나라의 일반인이라면 몰라도 왕가 관계자가 출전해서는 별로 좋을 게 없다는 생각이 들어······."

물론 '딸입니다' 라고 말할 생각은 없지만, 이렇게까지 에르제, 린제와 닮았으니 틀림없이 관계자라 생각하지 않을까? 딸이든 친척이든 좋을 게 없다는 점에서는 다를 게 없다.

본선에서 져준다면 문제없지만, 실력을 보니 결승에서도 이겨 간단히 우승해 버릴 듯한데…….

흐음, 마음이 복잡해. 아버지로서는 끝까지 승리해 우승해 줬으면 했지만, 국왕이라는 입장에서 보면 좀 곤란하다.

미스미드로서는 자국 사람이 우승하길 바라기도 할 테고. 그래야 대회도 더 불타오른다.

"린네의 그 힘은 대체 어디서 나오는 거야? 역시 무속성 마법 덕분이야?"

"으, 응. 맞아. 【그라비티】."

에르제의 질문에 순순히 대답하는 에르나. 아……. 그래서 그렇구나. 그거였어.

나도 자주 사용하는 그거다. 적에게 공격이 적중하는 순간에 무기를 무겁게 만드는 그거. 린네는 내 스마트폰처럼 원격 조작으로 무겁게는 할 수 없으니, 몸에 장비한 건틀릿을 무겁게 만들어 위력을 올리는 거겠지.

"시합 중에 마법을 써도 되는 겐가?"

"직접 상대를 공격하는 마법이나, 회복 계열 마법이 아니라면 사용해도 된대. 아까는 【테일 윈드】를 사용하는 사람도 있었어."

스우의 의문에 에르나가 대답했다. 【테일 윈드】. ……순풍을 일으켜 자신의 속도를 올리는 바람 마법인가. 나는 거의 사용하지 않지만. 【액셀】이나 【부스트】가 있으니까.

사쿠라도 에르나에게 질문했다.

"린네가 공중을 발로 차면서 뛰는 그것도 마법이야?"

"그건 【실드】를 발판으로 삼아 뛰는 거야. 눈에는 안 보이니까 허공을 차서 뛰어오르는 것처럼 보이지만……."

【실드】였구나! 와아, 그렇게 활용하는 방법도 있었다니……. 【실드】는 금방 사라지지만 그래도 1~2초는 버틴다. 발판으로 삼아 공중을 뛰어다니기에는 충분한 시간이다. ……다음에 해 보자.

그런데 의외로 【그라비티】랑 【실드】까지, 무속성 마법을 두 개나 가지고 있네…….

그런 생각을 했는데, 에르나는 그보다 더 많이 가지고 있었다. 【멀티플】, 【리커버리】, 그리고 【부스트】를 사용할 줄 안다고 한다. 자신과 같은 무속성 마법을 사용할 줄 안다는 말을 듣자 에르제가 얼마나 기뻐하는지.

쿤의 【프로그램】도 그렇고, 에르나의 【부스트】도 그렇고……. 그리고 사쿠라의 딸이라는 요시노도 【텔레포트】를 사용할 줄 안다니, 역시 무속성 마법은 유전이라고 생각할 수밖에 없다. 물론 다른 딸들의 무속성 마법도 유전이라면 유전이지만……. 나의 유전.

"그럼 린네는 어떻게 할까?"

"무작정 가서【텔레포트】로 데려오면 돼."

"아니, 그건 좀……."

사쿠라가 노골적인 제안을 했지만 나는 난색을 보였다. 그랬다가 엉엉 울기라도 하면…….

"지면 불만 없이 돌아오겠지. 수왕 폐하한테 부탁해서 강한 사람이랑 일찍 붙게 하면 되잖아?"

"글쎄……. 아까 시합을 보니 웬만큼 강한 사람이 아닌 이상에야……."

"그럼【미라주】로 다른 사람으로 변해 내가 싸울까? 아리스처럼 린네도 내 제자나 마찬가지라고 하니까."

에르제가 엄청난 제안을 하는데, 그것도 한 방법인가……? 수왕 폐하나 재상인 그라츠 씨라면 억지로 참가시킬 수 있을 것 같기도 한데…….

"아니. 린네가 에르제의 제자라면 싸우는 방법을 보고 알아챌 가능성도 있어. 한다면 내가……."

"제가 나갈게요."

"어?"

옆자리에서 살짝 손을 든 린제를 보고 우리 모두는 어리둥절한 표정을 지었다.

"언니랑 에르나를 보니, 저도 딸이랑 놀고 싶어졌거든요."

논다니. 생긋 웃으며 그런 말을 하는데, 한마디로 치고받는 싸움이거든요? 딸과의 첫 교류가 싸움이라니 아무래도 이상하지 않아?

"하나, 린제는 마법사가 아닌가? 공격 마법을 사용하지 않고 싸울 수 있겠는가?"

"상대를 혼쭐내는 게 아니라, 규칙이 있는 시합에서라면 어떻게든 싸울 수 있어. 지금까지 그런 훈련이라면 잘 받아왔기도 하고."

린제는 다른 아내들보다 눈에 띄게 강하지는 않지만, 그렇다고 약한 사람도 아니었다. 솔직히 말하면 웬만한 모험자는 도저히 상대할 수 없을 만큼 강했다. 바빌론의【도서관】에 있던 고대 마법이나 합성 마법, 정령 마법까지 전부 습득을 했으니 말이다.

거기에 더해 세계신님이 보내준 결혼반지의 힘도 있고.

"에르나. 린네는 조금 우쭐대는 면이 있지? 이번 대회도 '간단해, 간단!' 이라고 말했을 것 같은데?"

"으, 응. 굉장해. 어떻게 알았어?"

"후후. 알지. 어릴 적에 나와 가까운 사람이 그런 말을 자주 했거든."

"리, 린제?! 아, 아이, 아이 앞이잖아!"

린제의 말을 듣고 당황한 듯 외치는 에르제. 무슨 말인지 눈치를 챈 우리는 에르제를 뜨뜻미지근한 눈길로 쳐다보았다. 그런 말을 했었구나…….

"딸이 얼마나 성장했는지 확인하는 것도 엄마의 임무가 아닐까, 해요. 어떤가요, 토야 씨?"

"린제가 그러고 싶다면 상관없지만……."

린제가 린네를 흠씬 때리거나 그러지야 않겠지. 힐다와 프레이가 시합을 했을 때처럼 다치지 않게 제압해 패배를 인정하게 하면 그만이지만……. 장외 패배도 있으니, 그렇게 하지 못할 건 없으려나?

어쩐다. 고민하는데 내 품에서 스마트폰이 울렸다. 어? 미스미드의 재상, 그라츠 씨한테서네?

"네, 여보세요?"

〈브륀힐드의 공왕 폐하. 혹시 지금 미스미드에 와 계시는지요?〉

"네. 어떻게 아셨나요?"

〈하하하. 특별관람석에서 보니 공왕 폐하와 일행분들의 모습이 보였습니다. 괜찮다면 이곳으로 모시고 싶습니다.〉

그라츠 씨가 있는 곳은 제일 높은 곳에 만들어진 VIP석. 거기서 우리를 알아채다니 참 대단한걸? 그라츠 씨는 새 수인이니 눈이 좋아 그런가?

모처럼 초대하시니 가 보자. 이번 일로 상담도 해 보고 싶으니까.

◇ ◇ ◇

"어라라? 에르나 언니가 없네……. 화장실에 간 건가?"

대기실 창문으로 대회장을 바라보는 린네. 조금 전까지 저기에 있던 같은 나이의 언니가 없었다. 무슨 일이 있었나 싶어 조금 불안해졌다. 스마트폰이 없으면 정말 불편하다.

대기실에서는 승리한 참가자들이 각자 휴식을 취하거나, 스트레칭을 하거나, 명상을 하면서 시합을 대비해 각자의 방법으로 집중력을 높이고 있었다.

승리한 사람은 린네를 포함해 열두 명이다. 그중에 두 사람은 부상으로 지금은 의무실에 갔다.

회복 마법이라고 해서 만능은 아니다. 부상이 너무 심하면 기권할 수도 있다. 흘린 피는 되돌아오지 않고, 체력까지는 회복되지 않으니까.

기권한 사람이 나오면 부전승으로 올라가는 사람도 나오는데, 린네는 크게 신경 쓰지 않았지만 참가자의 대부분은 부상자 중에서 기권하는 사람이 나오길 바라는 눈치였다.

여기에는 없지만, 승리한 열두 명에 더해 추천 참가자 네 명이 더 출전하게 된다. 즉, 이제부터는 총 열여섯 명이 우승을 다투게 되는 셈인데, 추천을 받아 참가하는 사람 중에는 놀랍게도 이 나라의 왕, 수왕 자무카 브라우 미스미드도 포함되어 있었다.

잠시 후, 대기실의 문이 철컥 열리더니 세 사람이 들어왔다. 한 명은 시합을 진행하는 수인 심판. 또 한 명은 의무실에 갔던 참가자 청년. 그리고 나머지 한 명은 다른 참가자가 본 적이 없는 인물이었다.

"예선을 돌파했던 베일 님이 기권하시어, 새롭게 추천을 받은 한 분이 추가로 참가하게 되었습니다. 린린 님이십니다."

"린린, 입니다. 자, 잘 부탁드립니다……."

소개를 받은 린린이라는 사람은 작은 목소리로 인사를 하더니, 고개를 꾸벅 숙였다. 아무래도 부전승은 없어진 모양이었다.

나이는 16~17세 정도로, 금발을 세 가닥으로 땋은 소녀였다. 허리에는 위에 별 모양이 달린 짧은 지팡이^{완드}를 차고 있었고, 왼쪽 가슴에도 노란색 별 모양 배지를 달고 있었다. 갑옷 차림이 아닌 검은 고딕 양식의 상의와 티어드 스커트 차림이었다. 그리고 다리엔 검은 니삭스를 신고 있었다.

딱 봐도 마법사 타입인 소녀였다. 이번 무술 대회에서는 직접적인 마법 공격이 금지되어 있어 마법사 참가는 드문 일이었지만 전혀 없지는 않았다. 실제로 이곳에 있는 예선 돌파자 중에도 마법을 사용하는 사람이 몇 명인가 있었다.

"그럼 린린 님, 추천 참가자 대기실로 가시지요."

"앗, 전, 여기에 있어도, 괜찮아요. 거기에 있으면 긴장을 해서요."

"……? 그러신가요? 네, 그래도 괜찮기야 합니다만."

심판 청년은 조금 의아하게 생각했지만, 추천 참가자 대기실에는 수왕 폐하가 있다. 너무 긴장한 나머지 실력을 발휘하지 못할까 봐 걱정하는 거라고 생각하기로 했다.

재상인 그라츠 님에게 추천을 받았으니 실력은 뛰어나겠지만, 마법사가 이 대회에서 끝까지 이겨내긴 어려울 테지. 하다못해 긴장하지 않고 싸울 수 있도록 대기실 정도는 자유롭게 고르게 해 주어도 된다고 심판은 판단했다.

"그럼 참가자 여러분은 잠시만 기다려 주십시오."

심판 청년은 그렇게 말하고는 대기실 밖으로 나갔다. 린린이라고 자신을 소개한 소녀에게 사람들의 시선이 쏠렸지만, 그 이후의 반응은 한결같지 않았다. 마법사여서 흥미를 잃은 사람, 반대로 경계하며 노려보는 사람, 신경이 쓰이면서도 일부러 시선을 피하는 사람 등.

그중에서 소녀 한 명만이 노려보거나 하지는 않고, 단지 의아하다는 듯이 린린을 지그~~~~~시…… 바라보았다. 린네였다.

"왜, 왜 그러니?"

"으음……? 저어, 언니. 나랑 어디서 만난 적 있어?"

"뭐?! 처, 처음 만난 것 같은데?!"

"그래……? 그럼 기분 탓인가? 뭐 어때. 여기 앉지?"

린네가 자신이 앉아 있는 긴 의자의 옆자리를 팍팍 두드렸다. 린린이 머뭇거리며 그곳에 앉자 옆에 있던 린네가 환하게 웃으며 손을 내밀었다.

"난, 모치즈…… 아, 아니지, 린네라고 해! 잘 부탁해, 언니!"

"……잘 부탁해, 린네."

미소를 지으며 내민 손을 무심코 잡은 린린이었지만, 내심으론 심장이 터질 듯해서 크게 소리를 지르고 싶은 마음을 필사적으로 참고 있었다.

◇ ◇ ◇

〈우, 우와아아! 귀여워! 린네 귀여워! 이 아이가 나와 토야 씨의……! 아, 안고 싶지만 안 되겠지……?! 따, 딸이————! 너무 귀여운 건에 관하여————!〉

린린, 즉, 변신 배지를 달아 모습을 바꾼 린제는 마음속에서 낭떠러지 위로 이동해 크게 소리를 질렀다. 자신의 딸과 겨우 만나게 되어 흥분도가 최고점에 달했다.

조금 전까지 언니를 부럽다고 생각했는데, 그 마음이 확 달아났다. 이건 정말 참기 힘들다. 귀여운 건 정의다.

"언니는 마법사야?"

"으, 응. 맞아. 이상해?"

"아니! 우리 엄마도 마법사거든. 그래서 마법사가 얼마나 강한지는 알아. 그래도 내가 이길 거니까 그렇게 알아 둬!"

"그, 그러니……?"

으쓱거리며 자신만만한 발언을 하는 모습도 귀여웠다. 린제는 무심코 누그러질 것 같은 표정을 필사적으로 다잡았다.

"린네네 엄마도 마법사였구나?"

"응! 엄마는 있지, 굉장해! 마법도 잘하고, 옷도 잘 만들고, 요리도 잘해! 할 줄 아는 게 많아!"

린제는 흐뭇한 마음으로 린네가 자신에 관해 열심히 설명하는 모습을 바라보았다. 이야기를 듣다가 린제는 물어보고 싶었던 게 있어 질문해 보았다.

"리, 린네는 엄마 좋아하니?"

"가끔 화내면 무섭지만…… 아주 좋아해. 항상 자기 전에 이야기를 많이 해 줘……. 이제 조금만 더 있으면 만나게 될 거야. 에르나 언니랑 같이 만나러 갈 거거든. 그러면……."

마지막은 작고 쓸쓸한 목소리였다. 그런 린네를 린제가 꼭 껴안아 주었다.

"언니……?"

의아하다는 듯이 린제를 올려다보는 린네. 정신이 퍼뜩 든 린제가 린네를 놓아주었다. 무의식적으로 안고 말았다. 분명 이상하게 생각할 거야. 어떻게든 어물쩍 넘어가야 하는데. 그런 생각이 들어 린제가 허둥대며 변명을 했다.

"미, 미안해! 시, 실은, 여동생이랑 닮아서, 그만……!"

자신이 생각해도 궁색한 변명이었다. 그런 생각을 하면서도 최선을 다해 수습하려고 했다.

"언니도 여동생이 있어? 나도 있어. 한 명. 남동생도 있고."

생긋 웃으며 그런 대답을 하는 린네를 보고, 린제는 간신히 어물쩍 넘어갔다는 생각이 들어 가슴을 쓸어내렸다.

모처럼 잡은 기회라 린제가 여동생과 남동생에 관해 물어보려고 했는데, 다시 철커덕하고 대기실의 문이 열리더니, 아까 들어왔던 심판과 미스미드의 병사 두 명이 안으로 들어왔다.

"오래 기다리셨습니다. 대전표가 정해졌으니 아무쪼록 잘 부탁드립니다. 시간이 되면 호출을 할 테니, 그때까지 여기서 대기해 주십시오."

병사 둘이 가지고 온 대전표를 벽에다 붙였다. 참가자들은 그 앞에 서서 자신과 상대할 상대가 누군지, 그리고 승리하면 그 뒤에 누구와 대전하게 될지를 확인했다.

"아! 내 상대는 언니야!"

"그런가 보네."

이렇게 되도록 미스미드의 재상인 그라츠에게 부탁을 했으니 린제는 놀라지 않았다. 물론 린제가 이겨도 다쳤다 같은 이유를 대고 기권할 생각이다. 그러기 위해서도 딸에게는 질 수 없었지만.

"승부구나! 언니는 마법사니까, 조금 봐주면서 할까?"

"……린네. 언니는 린네네 엄마만큼이나 강할 테니까 여유를 부리면 언니한테 당하게 될걸?"

어쩐지 상대를 가볍게 보는 린네에게 주의를 주었지만, 린네는 '우우~~'라며 불쾌한 표정을 지었다. 자존심에 상처를 냈나 싶어서 린제는 조금 당황했다.

"……거짓말하지 마. 우리 엄마만큼 강한 사람은 우리 가족 말고는 아무도 없어! 언니 정도는 내가 쉽게 해치워 줄게!"

어? 그런 얘기였어? 린제가 놀란 표정을 지었다. 이렇게 좋아해 주니 엄마로서 무척 기뻤지만, 역시나 상대를 어딘가 모르게 낮게 보는 면이 있었다. 아직 어린아이니 어쩔 수 없는 면도 있겠지. 린제는 그런 생각에 미소 지었다. 자신의 언니도 이런 성격이었다. 그리운 옛날 생각에 린제는 후후, 하고 소리 없이 웃었다.

린네는 린제를 보다가 고개를 확 돌리더니, 팔짱을 끼고 입을 꾹 다물었다. 어쩌면 가족이 무시당했다는 생각이 들었는지도 모른다.

하지만 린제는 그 삐친 표정마저도 사랑스럽게 느껴졌다. 틀림없이 이 아이는 자신의 딸이다. 신기하게도 그런 생각이 절로 들었다.

"그럼 승부를 내 볼까?"

"누가 질 줄 알고?!"

엄마와 딸은 각자의 마음을 품고 서로 시선을 나누었다.

"거기까지! 승자는 단크스 님!"

압도적인 힘으로 대전 상대를 장외로 날려 버린 호랑이 수인 선수가 주먹을 높이 치켜들었다. 동시에 관객석에서 터질 듯한 환성과 박수가 울려 퍼졌다.

"역시 수인의 스피드와 근력은 얕볼 수 없겠어. 저 사람은 높은 순위를 차지할 것 같아."

에르나 옆에 앉은 에르제가 품평하듯이 그런 말을 중얼거렸다. 그런가요?

우리는 에르나가 원래 앉아 있던 자리로 돌아왔다. 그라츠 씨가 VIP석에서 보시는 게 어떠냐고 권했지만, 에르나가 얘기도 없이 사라져 버리면 린네가 걱정할 테니 사양했다.

린네가 우리의 모습을 봐선 안 되니, 에르나 이외에는 모두 【미라주】로 모습을 바꾸었다.

"린네와 린제의 시합은 몇 번째인고?"

"다다음이었어. 그런데 괜찮을까? 린네도 걱정이지만 린제도 걱정돼……."

내가 작게 한숨을 내쉬자, 에르제가 어이없다는 듯이 날 바라보았다.

"참. 왜 그렇게 오들거려, 꼴사납게. 그 아이도 네 아내잖아? 어중간하게 수행하지 않았어. 화력만큼은 우리 중에 제일 강할걸?"

"규칙상 그 화력을 사용할 수 없어서 걱정하는 거야……. 린네에게 맞아 날아가 버려도 문제고……."

가운데 자리에 앉은 에르나의 머리 위로 에르제와 그런 대화를 하는 중에 환성과 함께 다음 시합이 시작되었다.

용인족 창술사와 개 수인족 검사였다. 이다음 시합인가……. 제발 부탁이니 아무도 다치지 말아 줘.

눈앞에서 펼쳐지는 시합에는 집중하지 못한 채, 나는 쿡쿡 아파 오는 위장을 꾹 눌렀다.

"앗, 에르나 언니가 돌아왔네. ……옆에 있는 사람들은 누구지?"

언니의 모습을 보고 안도하는 동시에 린네의 머릿속에는 작은 의문도 떠올랐다.

자신의 바로 위의 언니인 에르나는 낯을 가리는 편이었다. 처음 만나는 사람과는 쉽게 마음을 터놓고 얘기할 리가 없는 데…….

혹시 누가 시비를 걸었나 싶었지만, 언니가 가끔 보여 주는 미소를 보면 그건 아니라는 걸 알 수 있었다. 마치 가족처럼 서로 웃는 모습을 보니, 린제는 조금 쓸쓸한 감정이 샘솟았다.

대기실 창문으로 밖을 내다보는 린네의 등 뒤로 린린…… 린제가 조용히 다가갔다.

"저 아이가 언니니?"

"응……. 에르나 언니. 언니가 저렇게 즐겁게 다른 사람이랑 얘기하다니 웬일일까."

사실을 모르는 린네만이 이상하다는 듯이 고개를 갸웃했다. 사실은 가족이니까 평범하게 대화를 나눠도 이상하지 않은 일이었다.

"거기까지! 승자는 류겔 님!"

심판의 목소리가 울려 퍼졌다. 아무래도 시합의 승자가 결정된 모양이었다. 실례되는 말이지만 전혀 관심이 없었다. 승자는 용인족 창술사인 듯했다.

〈계속해서 제5 시합이 열리겠습니다. 추천 참가자인 마법사, 린린 님! 맞상대는 이번 대회 출전자 중 최연소인 린네 님!〉

소개가 끝나자 린제와 린네가 대기실 앞 복도에서 대회장 안으로 들어갔다. 관객들은 두 사람에게 박수와 성원을 보냈다.

"승부야, 린린 언니! 반드시 이겨 주겠어!"

"승부, 구나. 나도 안 지겠어!"

린제와 린네는 서로 시선을 나누고 무투장의 좌우로 이동했다. 두 사람이 정면에서 대치하자 그 사이에 있던 심판이 무투장 밖으로 물러났다.

"두 분 모두 준비는 되셨습니까?"

"됐어요!"

"언제든 괜찮아요."

린네가 투박한 건틀릿을 쾅쾅 서로 맞부딪쳤고, 린제는 허리 뒤에 차고 있던 끝이 별 모양인 짧은 지팡이^{워드}를 손에 들고 자세를 잡았다.

"자, 시작!"

탓! 시작 신호와 함께 린네가 린제와의 거리를 좁혔다. 마법사를 상대할 때의 기본 대처법. 다시 말해, 상대가 마법을 사용하기 전에 가까이 다가가 공격한다는 아주 단순한 전법이었다.

"미안하지만 바로 끝낼게!"

달려오는 린네를 보고 린제는 스텝을 밟듯이 뒤쪽으로 물러섰다.

"【빛이여 내뿜어라, 눈부신 섬광, 플래시】."

"윽!!"

린제가 들고 있던 짧은 지팡이^{워드}에서 갑자기 섬광이 발산되자 린네가 팔로 눈을 감싸면서 몸을 움츠렸다. 빛을 직접 보게 된 린네는 그 자리에서 움직일 수 없었다.

생각보다도 주문을 외우는 속도가 빨랐다. 직접 공격하는 마법은 사용할 수 없다고 생각해 돌진했던 린네였는데, 설마 시력을 잃게 될 줄은 몰랐다.

"으으윽!! 눈을 부시게 만들다니 비겁해, 언니!"

린네는 그렇게 외치며 자신의 주변에 【실드】를 펼쳤다. 조금씩이지만 시력은 돌아오기 시작했다. 지금은 버티는 수밖에 없다.

"마법사한테 정면으로 승부를 걸어선 안 돼. 상대의 맹점을 공략할 다양한 수단이 있을지도 모르니까."

"맹점? 그게 뭔데? 차암. 이해하기 힘든 소릴 하고~!"

시야가 원래대로 돌아와 린네가 주먹을 쥐고 자세를 잡았지만 눈앞에는 아무도 없었다. 그래서 린네는 다급히 몸을 뒤로 돌렸다. 하지만 역시 아무도 없었다.

"어?"

그럼 위! 그런 생각에 올려다보았지만 그곳에도 아무도 없었다.

"사라졌어……. 아, 【인비저블】이다! 모습을 감추는 그거!"

"정답이야."

린네가 등 뒤에 【실드】를 펼치면서 기척을 찾았다. 목소리가 들린 방향과 바람의 흐름을 감지하면 대략 어디 있는지 알 수 있을 텐데……. 린네는 그런 생각을 하며 신경을 집중했다.

하지만 그때 심판이 끼어들었다.

"자, 잠시만 기다려 주십시오! 린린 님. 그 모습을 감추는 마법은 장외로 나가더라도 저희는 판단하기 어려우니 금지하겠습니다!"

"아, 그러네요. 네, 알겠습니다."

"우왓?!"

스윽. 린제가 바로 옆에서 나타나자 린네가 깜짝 놀라 다급히 린제에게서 멀어졌다. 어느새?!

"큭?!"

정신을 가다듬고 모습이 보이는 린제를 향해 날아차기를 날리는 린네. 린제의 배에 정확하게 발차기가 적중했다고 생각한 순간, 린제의 몸에 금이 가기 시작했다.

"어?!"

금이 간 린제가 쨍그랑하고 깨졌다. 그리고 얇은 유리처럼 산산이 부서져 지면에 떨어졌다.

"거, 거울?"

"여기야."

돌아보니 멀찍이 있던 린제가 짧은 지팡이^{완드}를 아래로 휘두르는 중이었다. 지팡이를 휘두르자 끝에 달린 별 모양을 한 물체가 마치 수리검처럼 회전하며 커브를 그리더니 린네를 향해 날아갔다.

두껍고 심플한 형태의 별이 유성처럼 린네를 덮쳤다.

"우와앗?!"

린네는 웅크리며 별을 피했다. 부메랑처럼 호를 그리며 날아간 별은 다시 린제가 들고 있던 지팡이와 합체했다.

"그거 뭐야?! 그런 걸 써도 돼?!"

"날붙이도 아니고, 마법 공격도 아니니까. 쇠사슬이 긴 플레일 같은 무기야."

그런 말을 하더니 다시 짧은 지팡이^{완드}를 아래로 휘두르는 린제. 지팡이 끝에 달린 별이 다시 린네를 향해 날아갔다.

속도 자체는 그다지 빠르지 않았다. 계속 피하는 방법도 있었지만, 린네는 생각이 달랐다. 계속 피하기만 해서는 시간 낭비다. 그렇다면.

"분ㆍ쇄!"

자신을 향해 날아오는 별을 향해 린네가 오른손 주먹을 날렸다. 아빠가 준 이 건틀릿이 부수지 못할 물건은 없다. 린네는 그에 더해 타격하는 순간에 【그라비티】를 발동시켜 파괴력을 크게 향상시켰다. 별은 화려하게 부서져 산산조각이 났다.

"어때?"

후후, 하고 콧김을 거칠게 내쉬면서 린네가 가슴을 폈다. 그런 모습도 귀엽게만 보여 린제는 자연히 미소를 짓고 말았다.

그걸 여유로운 미소라고 받아들였는지 린네의 표정이 점점 불쾌하게 변해갔다.

"사람 무시하지 마! 이거면 어때?!"

탓, 탓, 탓! 린네가 아무것도 없는 공중을 발로 차며 3단 점프를 하더니 상공으로 뛰어올랐다. 【실드】를 발판으로 삼은 도약이었다. 린제의 머리 위, 상당히 높은 곳에 도달한 린네가 몸을 한 번 빙글 돌렸다.

"유성각!!"

밑바닥에 미스릴판이 장착된 데다 무게까지 가중된 신발이 유성처럼 린제를 향해 떨어졌다. 원래 이런 기세를 유지하며 차면 자칫 상대가 크게 다칠 수도 있었다.

하지만 린네는 이 무투장 설치에 토야가 관여했다는 사실을 알고 있었다. 브륀힐드의 훈련장과 마찬가지로 사람의 목숨을 지키는 데 특화된 무투장이다. 어느 정도의 대미지까지 무효 처리되는지 정도는 예상할 수 있었다.

그리고 사람을 상대할 때 얼마나 힘을 줄여야 하는지는, 스승님이자 어머니 중 한 명인 에르제에게 철저하게 배워 잘 알았다. 이 정도라면 설사 다친다 해도 틀림없이 회복할 수 있다.

린네는 그렇게 생각했었지만, 발차기가 적중하면서 린제의 모습이 산산이 부서지는 모습을 보고 또 속아 넘어갔다는 사실을 깨달았다.

조금 전에도 지금도 마법을 외우는 모습은 확인할 수 없었다. 무속성 마법인가? 그렇게 생각하며 무투장에 착지해 뒤를 돌아본 린네는 린제 옆에서 작은 반투명 인물을 발견했다.

크기는 30센티미터 정도. 은색 드레스 같은 옷을 걸치고 긴 은발을 나부끼는 소녀였다.

"정령……! 그렇구나! 아까도 지금도 정령 마법을 사용한 거였어!"

〈정답이에요. 조금 더 주의 깊게 관찰했으면 발견할 수 있었을 거예요. 불리할수록 냉정하기는 어렵지만요.〉

린제 옆에 있던 정령이 키득거리며 웃었다. 린네가 있던 시대라면 몰라도, 이 시대에는 정령 마법을 사용할 줄 아는 사람이 거의 없었다. 실제로 미스미드의 왕도에 오기까지, 정령 마법을 사용한 사람은 한 명도 없었다. 그래서 주의를 소홀히 했다.

친엄마인 린제, 의붓어머니인 린, 사쿠라, 유미나, 스우 등도 정령 마법을 사용할 줄 안다. 거의 사용하지 않지만.

린네도 부모님 덕에 정령이라면 몇 번이나 본 적이 있었지만, 이 정령은 본 적이 없었다. 이곳의 언어를 사용할 줄 아는 걸 보니 중급 정령일 거라고 린네는 판단했다.

"이 아이는 거울 정령 '미루아르' 야."

〈미루아르예요. 잘 부탁해요.〉

인형 같은 소녀가 한 발을 뒤로 빼고 무릎을 굽혀 린네에게 인사했다.

린제가 이 정령 마법을 사용한 이유는 중급 정령이라면 정체도 들키지 않으리라고 에르나가 보증해 주었기 때문이다. 에르나의 이야기에 따르면, 미래의 린제는 거의 상급 정령이 나오는 정령 마법만을 사용했다고 한다.

현재의 린제는 아직 상급 정령을 완벽히 다루지 못하니 결국엔 필연적으로 이렇게 될 수밖에 없었지만.

"거울 정령……. 아까부터 그걸로 가짜를 만들었구나?!"

"맞아. 자~알 보면 바로 알 수 있었을 텐데?"

정신이 퍼뜩 들었다. 분명히 대기실에서 처음 만났을 때, 상대의 가슴의 별 모양 배지는 왼쪽에 있었다. 그런데 눈앞에서 미소 짓는 사람의 배지는 가슴 오른쪽에 있었다.

"………! 이것도 가짜……!"

뒤를 돌아보니 이번엔 그곳에 왼쪽 가슴에 배지를 단 린제와 미루아르가 서 있었다. 등 뒤의 린제가 조용히 부서져 내렸다.

〈어머, 역시 눈치챘군요.〉

"우우~~! 정령사면 정령사라고 말해 줘~~!"

"처음부터 자신의 패를 전부 다 밝히다니, 바보나 할 짓이야. 린네도 아직 숨겨둔 힘이 있지?"

"우우……! 이렇게 된 이상…… 【형상 변화 기갑(機甲)】!"

웅웅 소리를 내던 린네의 건틀릿이 철컹! 하고 변형하더니 한층 더 크게 확대되어 펼쳐졌다. 건틀릿 전체에 마법 문양이 떠올랐고, 양팔의 팔꿈치 부근에서는 제트 노즐로 보이는 물체가 좌우에 두 개씩, 총 4개가 뻗어 나왔다.

"그렇게 보고 싶다면 보여 줄게! 후회해도 난 모른다?"

린네의 몸에서 피어오르며 흔들리는 '투기'가 린네 자신의 마력과 일체화했다. 점차 강화되는 그 모습을 린제는 조용히 바라보았다.

"투기법⋯⋯!"

투기법. 자신의 마력을 몸의 일부에 융합시켜 특성을 변화시킴으로 신체 능력을 크게 올리는 전투 기술. 동방 대륙에서는 일부 용인족 등에게 전해져 내려온 오의다.

엔데의 딸인 아리스와 린네는 모두 에르제의 제자라고 한다. 그 아리스가 투기법의 파생인 '발경'을 사용할 줄 안다. 같은 형제⋯⋯ 아니, 자매 제자인 린네가 사용하지 못할 리가 없었다.

"핫!"

"앗?!"

투옹! 린네의 손바닥 아래에서 발사된 기의 덩어리가 린네를 습격했다.

옆으로 이동해 피한 린제의 바로 옆을 지나간 기의 덩어리는 무투장의 마력 장벽에 맞고 사라졌다.

"아직, 아직이야!"

"자, 잠깐만. 이렇게 많다니?! 너무 많아!!"

야구공 크기의 기탄(氣彈)을 연속으로 날리는 린네. 린제도 이번 공격에는 놀랄 수밖에 없었다. 이렇게 쉬지 않고 날려선 피하는 게 고작이다. 마법으로 방어벽을 전개하려고 해도 그럴 틈이 없었다.

"미, 미루. 부탁할게!"

〈알겠습니다, 마스터.〉

미루아르가 휘익 팔을 휘두르자, 거울 여러 개가 린네를 둥그렇게 감싸며 나타났다. 서로 마주 보고 있는 거울 안에 비치는 자신의 수많은 모습에 린네가 잠시 망설이며 움직임이 둔해졌지만, 금세 거울을 향해 기탄을 조준했다.

"전부 다 깨뜨려 주겠어!"

거울 자체는 얇고 약하다. 기탄을 맞자 거울은 바로 파괴되었고, 파편이 반짝거리며 바닥에 떨어졌다. 린제가 기탄의 표적에서 벗어난 시간은 아주 잠시였지만, 린제에겐 그 정도면 충분했다.

"【비여 내려라, 맑디맑은 은혜, 헤븐리 레인】."

"어?"

린네가 얼빠진 듯한 목소리를 흘렸다. 다음 순간, 무투장에만 세찬 비가 내리기 시작했다. 심판은 공격 마법에 해당하는 게 아닐까도 생각했지만, 【워터볼】 등의 물공을 날려서 맞히는 마법도 아니고, 공격으로 보이지도 않아 일단은 그냥 넘어갔다.

실제로 내리던 비는 곧장 그쳤다. 무투장에는 비를 맞아 젖은 생쥐꼴이 된 두 사람이 서 있었다.

"윽~! 이 옷은 엄마가 만들어 줘서 굉장히 마음에 들던 건데……! 이제 용서 못, 꺄악?!"

꽈당~! 린네가 미끄러져 엉덩방아를 찧었다. 다리와 엉덩이가 차가워서 아래를 보니 무투장이 마치 스케이트장처럼 얼어 있었다.

그리고 앞을 올려다본 린네는 그곳에 두 번째 정령이 나타났다는 사실을 깨달았다.

거울 정령보다도 조금 어른스러운 용모에, 반투명한 비취 인광(燐光)을 두른 소녀 정령이.

"비장의 무기는 마지막까지 숨겨야지. 에어, 부탁해."

〈네네~! 에어리얼, 갑니다~!〉

가벼운 대답과 함께 린네의 정면으로 신비한 힘이 몰려왔다.

마치 공기를 부풀린 듯한 풍선처럼, 탄력이 넘치는 '보이지 않는 무언가'가 쭉쭉 린네를 밀어냈다.

"이, 이게 뭐지?! 에잇……!"

그걸 깨부수려고 린네가 혼신의 오른 주먹 스트레이트를 '보이지 않는 무언가'를 향해 날렸다. 하지만 그게 문제였다.

'보이지 않는 무언가'는 파괴되지 않고 린네의 힘을 고스란히 받아들이더니 쿠션처럼 두오옹 하고 튕겨냈다. 그 반동으로 인해 린네는 얼음 위에서 뒤쪽으로 빠르게 미끄러져 갔다.

"이런……! 큭, 【그라비……】!"

린네는 가중 마법을 사용해 자신의 몸무게를 늘려 밀려나는 기세를 낮추려고 했다. 하지만 자신이 날린 주먹의 위력이 엄청나서 기세는 쉽게 멈출 줄을 몰랐다.

갑자기 쿵! 하는 소리가 나서 퍼뜩 정신을 차려 보니 린네는 무투장 밖에 서 있었다. 자신의 무게로 인해 발은 살짝 지면을 파고 들어가 있었다. 밖에 나가기 전에 멈추지 못했다. 린네는 장외로 나가고 말았다.

"아⋯⋯."

"자, 장외! 승자는 린린 님!"

심판의 목소리를 듣고 관객들은 환성과 박수를 보냈다. 후우, 작게 숨을 내쉰 린린, 다시 말해 린제에게 심판이 다가갔다.

"리, 린린 님. 혹시 몰라 여쭤보는 건데, 방금 그건 공격 마법은 아니었지요?"

"아, 네. 굳이 따지자면 방어 마법, 이에요. 부드러운 공기의 벽으로 몸을 지키고, 충격을 튕겨내는 마법이니까요."

"오호라⋯⋯. 린네 님은 자신의 힘에 밀려 튕겨 나가신 셈이군요? 죄송합니다. 불확실한 요소는 저희도 확인해 볼 수밖에 없어서 말입니다."

심판이 판정에 문제가 없다는 신호를 보냈다. 또다시 장내 아나운스가 린린의 승리를 알렸다.

린제가 발밑을 바라보며 멍하니 서 있는 린네에게 다가갔다.

패배했다는 사실이 그렇게 충격적이었던 걸까? 혹시 트라우마로 남지는 않을까 린제는 내심 걱정이 되었다.

"리, 린네……."

"바람 정령……."

"응?"

가만히 중얼거린 린네가 당황스럽다는 눈으로 린제를 바라보았다.

"생각났어. 린린 언니 옆에 있던 아이, 바람 정령이야……."

〈와아, 날 아니?〉

흥미롭다는 듯이 연녹색 옷을 두른 반투명 소녀가 묻자, 린네는 순순히 고개를 끄덕였다.

"바람 정령, 에어리얼. 정령 중에서도 가장 높은 대정령의 한 명. 하지만 바람 정령은……! 어? 그런데 이 시대에서는 그렇지 않은 걸까……?"

뭔가를 중얼거리며 혼란스러워하는 린네를 보고 린제가 살짝 미소 지었다. 비장의 무기였던 바람 정령이지만, 바람 정령을 소환하면 정체를 들킬지도 모른다고 생각을 하긴 했다. 에르나의 이야기에 따르면, 린제는 미래에서도 바람 정령을 부렸다는 모양이니까.

린제의 마법 적성은 불, 물, 빛이다. 바람은 포함되지 않는다.

정령은 마법과 밀접한 관계가 있어 적성이 있는 속성이어야 더 다루기 쉽다. 하지만 린제는 바람 정령과 계약하길 원했다.

일반적으로 상위 정령인 바람 정령은 인간과 계약하지 않는다. 하지만 린제는 토야의 아내이자 권속이다. 에어리얼이 보기엔, 정령왕인 절대적 군주의 아내인 셈이라 거절할 수 없었다. 결코 갑질은 아니었다.

린네를 보니, 엄마가 부리는 정령이 예전에는 다른 사람이 부리던 정령이었다고 오해를 한 듯했다.

계속 고민을 하는 린네 앞에서 린제는 자신이 달고 있는 배지와 같은 배지를 주머니에서 꺼냈다.

"린네……. 너는 정말 강해. 그렇지만 더 강한 사람도 많아. 너희 가족만 강하다고는 할 수 없어."

"……응……. 미안해……."

꺼져 가는 듯한 목소리로 린네가 사과했다. 대기실에서 있었던 그 일을 반성하는 모양이었다. 실제로 졌으니 린네로서는 뭐라고 할 말이 없었다.

"———이런 말을 하긴 했지만 나도 네 가족이니……. 아무런 설득력이 없지만."

"……뭐?"

린제가 고개를 든 린네의 가슴에 자신의 배지와 똑같은 배지를 달아 주었다. 이 배지를 단 사람끼리는 환영 효과가 나타나지 않는다. 이제 린네의 눈에도 린제의 본래 모습이 보이고 있을 것이었다.

린네가 눈을 휘둥그렇게 떴다.

"어, 엄마……?"

"아하하……. 역시 좀 느낌이 이상해. 태어나지도 않은 딸한테 엄마라고 불리다니…… 앗?!"

린네가 스프링처럼 지면을 박차더니 린제에게 뛰어들었다. 그리고는 꼬오옥 힘을 주어 자신의 엄마인 소녀에게 매달렸다.

"엄마………! 엄마다………! 나의…… 어, 어, 엄마. 엄마다……! 엄마~~~! 흑, 흐윽, 흐으윽~~ 우아아아아아아아앙!"

린제를 껴안은 채 엉엉 우는 린네. 린제도 미래에서 온 딸을 부드럽게 안아주었다.

언니처럼 강인한 아이다. 분명 지금까지 계속 울고 싶었지만 꾹 참았던 거겠지. 린제는 눈물샘이 터진 듯이 흐느껴 우는 딸의 눈물을 모두 받아 주고 싶다고 진심으로 생각했다.

"겨우 만났어……! 얼마나 만나고 싶었는지 몰라……!"

"응…… 응……. 미안해……."

시간을 넘어 만난 모녀는 젖은 몸을 녹이듯이 서로를 계속 꼭 안아주었다.

"어? 아빠다~."

어? 상상보다도 반응이 가볍네……. 린제하고는 눈물의 재회를 했는데.

린네는 나를 보자마자 우리가 있는 곳을 향해 달려왔다. 그리고 나와 에르제, 사쿠라와 스우의 주변을 빙글빙글 돌면서 우리를 유심히 뚫어져라 바라보았다.

"왜, 왜 그래……?"

"어~? 스우 어머니 이외에는 거의 안 변했네. 모두 조금 젊어 보이긴 하지만, 재미없게."

"재미없다니……."

"나이가 별로 안 들었다는 거지? 기뻐해야 하는 걸까……?"

서로 얼굴을 바라보는 우리는 제쳐 두고 린네는 살짝 시큰둥하게 뺨을 부풀렸다. 대체 어떤 모습을 상상했길래 그래?

"린네! 나, 나는 변했는가?! 미래의 나는 어른이 되었는가?!"

"어? 어른인데……."

스우가 린네의 그 말을 물고 늘어졌다. 당연히 미래니까 어른이 되었겠지. 아이도 낳았고.

"그 말인 즉슨, 미래의 나는 쭉쭉빵빵이라는 겐가?!"

"……아~. 그렇다고, 해야 하나? 응, 그럴지도……."

"그렇구먼!"

배려했어! 방금 이 아이는 분명 스우를 배려해 줬어! 천천히 스우한테서 시선을 돌리는 린네의 머리를 나는 살짝 쓰다듬어 주었다. 넌 참 착한 아이야……. 틀림없어.

"날 보고 다들 더 깜짝 놀랄 줄 알았는데~."

"먼저 에르나를 만난 데다, 너희를 포함하면 벌써 네 명째니까. 성에 쿤이랑 프레이가 있어. 성 아래에는 아리스도 있고."

"프레이 언니랑 쿤 언니도 왔구나. 아리스도? 아시아 언니가 아직이라니 의외지만."

아시아……. 루의 딸이었지? 너무 연달아 오면 이 아빠도 너무 정신이 없어서 큰일인데.

어색한 웃음을 짓고 있는데, 꼬르르르르륵…… 하고 린네의 배에서 소리가 났다.

"엄마, 배고파……."

"어? 린네는 점심 아직이었어? 어~. 먹고 싶은 음식 있어?"

"엄마가 만든 양배추롤을 먹고 싶어! 커다란 거!"

지구에 갔을 때, 루는 서점에 있던 전 세계의 요리책을 마구 사들였다. 그 덕분에 브륀힐드에서도 점차 지구의 요리를 만들 수 있게 되었다. 이것도 루의 끝없는 노력 덕분이지만, 린제도 자주 루를 돕다 보니 웬만한 요리는 만들 줄 알게 되었다.

"양배추롤은 시간이 걸리니까 돌아가서 먹자. 일단은 자, 이거라도 먹어."

나는 【스토리지】에서 커다란 주먹밥을 꺼내 린네에게 건네주었다.

"와~! 아빠, 고마워! 잘 먹을게~!"

힘차게 입을 크게 벌려 주먹밥을 베어 먹는 린네. 맛있게 잘 먹네.

우물거리며 주먹밥을 먹는 린네의 뺨에 밥풀이 묻자 린제는 그걸 떼어 주었다. ……와, 뭘까. 마음이 누그러지네.

외모는 미니 린제이니, 이러고 있으면 영락없는 자매다.

"임금님, 일단 돌아가자. 다들 기다려."

"응, 그러자."

사쿠라의 재촉하는 말을 듣고, 나는 브륀힐드로 가는【게이트】를 열었다. 수왕 폐하와 그라츠 씨한테는 나중에 사과 메시지를 보내자.

"이제 돌아갈까? 쿤이나 프레이도 분명 기다릴 거야———."

"앗, 아빠. 우리가 가지고 있던 스마트폰, 가우의 대하에 떨어졌어. ……주워 줄 수 있을까?"

"그, 그럼……. 좋아……."

"고마워! 엄마, 가자!"

린네가 린제의 손을 잡고【게이트】안으로 들어갔다. 쓴웃음을 지으면서 에르제, 에르나 모녀도 그 뒤를 따라갔고, 스우, 사쿠라도 떠나갔다.

"그래…… 어차피 회수하려고 했으니 그건 별로 상관 없는데……."

나는 새롭게 가우의 대하로 이어지는【게이트】를 열었다.

강바닥에서 겨우 찾은 스마트폰 두 개를 들고 성으로 돌아가 보니, 새로 온 딸 두 사람은 서로 엄마의 무릎 위에서 작게 숨소리를 내며 자고 있었다.

"둘 다 잠들었어?"

"네. 많이 지쳤었나 봐요……."

"당연하지. 2~3일이긴 해도, 계속 어린이 둘이서 있었으니까. 많이 불안했을 거야."

양배추롤을 먹었던 것으로 보이는 테이블을 사이에 두고 각각 다른 긴 소파에 누워 똑같은 모습으로 잠든 에르나와 린네. 에르제와 린제가 무릎 위에서 잠든 딸들의 머리를 부드럽게 쓰다듬어 주었다.

에르나와 린네는 지갑을 잘 챙기고 있었던 덕분에 어려움 없이 숙소를 잡아 잠을 잘 수 있었다고 한다. 정확하게 말하면 린네가 가지고 있었고, 에르나는 가지고 있지 않았다고 하지만. 아무튼 큰 사건이 벌어지진 않은 모양이니 다행스러운 일이다.

"신기해……. 아직 태어나지도 않은 아이랑 이렇게 지낼 수 있다니. 외모도 외모지만, 이 아이가 자신의 딸이라는 생각이 절로 샘솟아."

"응……. 아주 소중한…… 보물이야. 언니."

후후, 웃으면서 서로 얼굴을 마주 보는 어머니 두 사람.

"자자, 이대로는 감기에 걸릴지도 모르니 두 사람 모두 침대로 옮겨 주자. 【레비테이션】!"

1미터 정도 둥실 떠오른 에르나와 린제를 내가 침실로 옮겨 주었다. 어린이 두 명이니 침대는 하나라도 괜찮겠지.

"토야 씨. 그 침실 말고, 이 침실로 옮겨 주면 안 될까요? 저희도 같이 자고 싶어서요……."

어? 아, 그럼 그렇게 할까……? 이쪽은 침대도 훨씬 크니, 넷이서 나란히 자도 괜찮을 듯했다. 모녀가 내 천(川) 자가 되어서…… 아니지, 네 명이니 천(川) 자는 아닌가?

연결된 커다란 침대에 에르나와 린네를 눕혔다. 에르제와 린제도 잠옷으로 갈아입고 곧장 잔다는 모양이었다.

"잘 자."

"응, 잘 자."

"안녕히 주무세요."

기쁘게 미소 짓는 두 사람에게 취침 인사를 하고 나는 침실 밖으로 나왔다. 그러고 보니 난 아직 아이들이랑 같이 잔 적이 없네. 그런 생각을 하면서 나는 타악, 하고 문을 닫았다.

"린네!"

"아리스!"

후다다닥. 서로를 향해 달려가더니 두 사람은 주먹을 주고 받기 시작했다. 두 사람 모두 웃으면서 이러고 있으니 재회를 기뻐하며 장난을 치는 거겠지만 이런 모습을 보면 흠칫할 수밖에 없다. 얘들아, 성문 앞에서 뭐 하는 거야. 문지기 기사들이 황당해하잖아…….

"야, 토야!! 갑자기 사람을 때리려 하다니 넌 애들 교육을 어떻게 시킨 거야?!"

"너한테만큼은 그런 소리 듣고 싶지 않아. 서로 비슷하잖아……."

나한테 시비를 걸며 허둥대는 엔데와는 달리 그 옆에서 조용히 딸을 지켜보는 아리스의 어머니 세 사람.

"어머나, 즐거워 보이는걸?"

"그래. 아리스와 거의 비슷한 실력이군. 아리스가 더 귀엽지만."

"격렬하게 동의해."

거기 세 사람, 잠깐! 우리 아이가 더 귀엽잖아. 안과에 가 봐야겠는데? 불평 한마디를 해 주려고 했는데 엔데가 끼어들었다.

"괘, 괜찮은 거지?! 다치진 않는 거지?!"

"괜찮다니까. 다친다고 해도 잘 고쳐 줄게. 미래에선 항상 이런다나 봐. 저렇게 둘이서 훈련한대. 에르나, 맞지?"

아리스와 만나게 해 주려고 같이 데리고 온 에르나를 보고 내가 물었다.

"응. 두 사람 모두 전투 스타일이 비슷하니까……. 항상 저렇게 결투를 해. 그리고 엔데 아저씨도 항상 이렇게 허둥댔어."

"엔데 아저씨……."

아저씨라는 말을 듣고 적잖은 충격을 받았는지 엔데가 굳어 버렸다. 등 뒤에서는 메르, 네이, 리세 세 사람이 픕 하고 터져 나오려는 웃음을 참고 있었다.

친구의 아빠니 아저씨라고 불러도 잘못된 건 아니지. …… 아리스는 날 '폐하'라고 불러 주니 정말 다행이다.

남몰래 가슴을 쓸어내리는데, 에르나가 내 소매를 쭉 잡아 당겨 서로 눈이 마주쳤다.

"아빠. 이제 말려야 할걸? 두 사람 다 패배를 인정하지 않으니 놔두면 싸움을 멈추지 않을 거야."

"어? 그래? 【얼음이여 둘러싸라, 크나큰 얼음 기둥, 아이스 필러】."

"앗?!"

"꺅?!"

린네와 아리스 주변의 지면에서 잇달아 얼음 기둥이 솟구쳐 두 사람을 둘러쌌다. 움직임이 봉쇄되자 두 사람은 주먹으로 얼음 기둥을 부쉈지만 부수자마자 얼음 기둥이 또 솟구치니 이내 더는 안 되겠다는 듯이 소리쳤다.

"아빠~! 이거 방해돼~!"

"그쯤 해 둬. 성 아래를 보러 간다며? 놀 시간이 줄어들잖아."

"맞다, 그랬지……."

말을 알아들었다니 다행이야. 나는【아이스필러】마법을 해제했다.

그와 동시에 성에서 에르제와 린제가 밖으로 나왔다.

"엄마."

"엄마~."

에르나와 린네가 각자 엄마를 향해 달려갔다.

"죄송해요. 기다리셨죠?"

"미안미안. 좀 늦었네."

딸들과 손을 잡으며 아리스와 메르, 네이, 리세에게 사과하는 두 사람. 오늘은 다 같이 외출을 하기로 했다. 단, 나와 엔데는 빼고 가는 거지만.

엄마들끼리 할 얘기가 있다나 뭐라나. 아빠들은 아빠끼리 얘기하라는 건가?

"저녁 전에는 돌아올게. 잘 부탁해."

"토야 씨, 다녀오겠습니다."

"다녀올게, 아빠."

"아빠~. 갔다 올게~!"

"갈까, 아리스?"

"응! 나 있지, 파르페 먹고 싶어!"

"엔데뮤온, 저녁밥은 카라에다."

"돈가스 카라에……. 아니, 드래곤 카라에로."

여성 세 사람이 모이면 접시가 깨진다고도 하는데, 어린이를 포함해 여덟 명이나 있으니 굉장하다. 평소에도 몸소 경험해 잘 알고 있긴 하지만.

""잘 다녀와…….""

성문 앞에서 엔데와 함께 아내들과 딸들을 배웅했다. 모두 떠나 보이지 않게 되자, 우리는 누가 먼저랄 것도 없이 한숨을 내쉬었다.

"좀…… 엄마에 비해 아빠한테는 애정 표현이 약하지 않아?"

"그건 그런 것도 같지만……. 딸이기도 하니 어쩔 수 없지 않을까? 싫어하지 않는 것만 해도 어디냐는 생각이 드는데."

우리 둘 다 어딘가 아쉬운 기분이 들었지만, 원래 다 그런 거라고 받아들일 수밖에 없다. 결국 아빠는 엄마를 당해낼 수 없다는 얘기겠지.

"난 집에 돌아가 카라에 만들 준비를 해야겠구나……."

"이제 살림꾼 다 된 티가 나……."

결혼했으니 살림꾼다운 티가 나는 거야 이상하지 않지만, 보통은 아내가 그럴 거라고 생각했었다.

"토야, 용 고기 좀 팔아. 굳이 사냥하러 가고 싶지 않거든."

"있긴 있는데, 너한테는 없어? 용 퇴치 많이 했었잖아."

애는 이래 봬도 나와 같은 금색 모험자다. 평범한 용이 아니라, 아룡이라 불리는 지룡, 비룡 등의 지명 의뢰라면 몇 번이나 맡아서 했을 텐데.

"하하하. 집에 가져간 용 고기가 남아 있을 리가 없잖아. 그날 중에 다 사라져."

"아, 그래서……."

메마른 미소를 흘리면서 엔데가 먼 산을 바라보았다. 그 세 명은 야에보다 더 많이 먹으니……. 얘네 집의 엥겔지수는 상상을 초월하지 않을까?

왠지 너무 안타까워 나는 파격적으로 싼 가격에 용 고기를 팔았다.

엔데는 카라에 재료를 찾으러 성 아래로 내려갔으니, 나는 나대로 임금님으로서 해야 할 일을 처리하기로 했다.

어제는 오후에 해야 할 일을 내팽개치고 미스미드로 가 버렸으니……. 코사카 씨에게 조금 설교를 들어야 했다.

아이들이 잠든 뒤에 설교를 들어 다행이지, 아버지의 위엄을 잃을 뻔했어. 그런 위엄이 있는지 없는지는 모르겠지만.

아이들이 온 뒤로는 이상한 모습을 보여선 안 된다는 생각에 내 나름대로 신경을 쓰고 있다. 일단은 임금님이자 아빠니까. 미래의 나도 그런 일을 신경 쓰느라 고생을 하고 있으려나……?

◇ ◇ ◇

그런 일이 있은 지 3일 후.

"아이젠가르드가요?"

"네. 매우 혼란스럽다고 합니다. 역시 기둥이었던 마공왕이 사라진 영향이 큰 듯합니다."

첩보 부대의 수장인 츠바키 씨가 집무실에서 그런 보고를 했다.

그 나라는 좋든 나쁘든 마공왕이라는 한 국왕에 의해 운영된 나라다. 본인은 나라를 위해서 노력한다는 기특한 생각을 했는지야 의심스럽지만, 그 기술력 덕분에 나라가 혜택을 입었던 건 사실이다.

그 나라의 두뇌라고 할 왕이 쓰러졌을 때, 아이젠가르드에는 후계자가 없었다. 그 사이보그 할아버지는 영원히 살 생각이었을 테니 처음부터 후계자를 세울 생각이 없었겠지.

아이젠가르드는 세계가 융합하면서 떨어진 유성우의 영향으로 대륙에서 떨어져 나갔다. 육지로 이어져 있던 갈디오 제국, 라제 무왕국과도 분리되어 바다를 사이에 둔 별개의 대륙이 되었다.

다행인지 불행인지, 다른 나라의 침략을 걱정할 필요가 없어진 덕에 유론과 마찬가지로 아이젠가르드는 몇 개의 세력으로 분열되었다. 유론과 다른 점이라면 아무도 마공왕의 후계자 자리를 노리지 않았다는 것이다.

나라를 통일하겠다며 황제의 자리를 다퉜던 유론과는 달리 아이젠가르드는 평화롭게 몇 개의 도시 국가로 분열되고 있었다. 그런데 유라가 황금 거목을 출현시켜 아이젠가르드의 주민들을 변이종으로 만들기 시작했다.

우리가 거목을 소멸시킨 덕분에 사태는 수습되었지만 주민이 변이종으로 변해 큰 피해를 본 아이젠가르드의 북방 지역은 혼란이 끊이질 않고 있다는 모양이다.

"그러는 가운데에도 정령이 모이는 성목의 기슭에는 새로운 마을이 만들어지는 중이라고 합니다. 변이종으로 변하는…… 그곳에서는 '금화병(金花病)'이라고 하는데, 그 병에 걸리지 않을 수 있다고 하면서요……."

'금화병'? 아, 거목 변이종 포자의 영향을 받은 사람이 죽어서 변이종으로 변하는 걸 말하는구나. 머리에 황금꽃이 피니까 그런 이름을 붙였던가? 실제로는 병이 아니지만.

그 성목에는 말이 나온 대로 신마독을 포함해 그 외의 여러 가지를 정화하는 힘이 있지만…… 사신이 쓰러진 지금으로선 변이종이 될 걱정이 없으니 큰 의미는 없는데 말이야.

"그러한 상황을 이용하려는 것인지 금화병에 걸리지 않는다는 약이 남방 지역에 나돌고 있다고 합니다. 성목의 나뭇가지를 부수어 만든 것으로, 정기적으로 먹으면 정화 작용이 있다고 하면서요."

"성목을 부숴요? 그건 사기네요. 그곳에 사는 정령들이 그런 행동을 허용할 리가 없어요."

왜 그런 걸까? 재해가 발생하면 이런 사기가 횡행하는 느낌이 드는데. 사람의 불안을 이용해 돈을 벌려는 사람들이 많다는 거겠지?

이젠 변이종으로 변할 일이 없으니, 약이 가짜라고 들키기 어려운 상황이려나?

"아이젠가르드 남방 지역에 '정령이 지키는 성목은 아무도 상처를 입힐 수 없다' 라는 정보를 흘려 주세요. 그 약은 사기라는 사실을요. 아무도 안 사게 된다면 곧 나돌지 않게 되겠죠."

"알겠습니다."

유론이나 산드라처럼 나를 원망하는 사람들이 암약하지는 않는 듯했다.

아이젠가르드는 마공왕의 공포 정치에 가까운 독재적인 국가 경영이라는 멍에에서 벗어나 온 대륙이 혼란을 겪는 모양이니 그런 생각을 가질 틈조차 없는 거겠지만.

당연하지만 이전보다 치안이 나빠져서 도적, 산적이 많이 나타난다는 모양이었다. 그러니 사기도 횡행할 수밖에 없는 건가?

보고를 마친 츠바키 씨가 집무실 밖으로 나간 뒤, 누군가가

문을 두드리는 소리가 들렸다.

"네, 들어오세요~."

서류를 보다 말고 문을 바라보니, 꼼지락거리며 문의 틈새로 고개를 내미는 에르나가 보였다.

"아빠, 잠깐 괜찮아?"

"응, 괜찮은데 무슨 일이야?"

머뭇거리며 에르나가 집무실 안으로 들어왔다. 이 아이는 엄마인 에르제와는 달리 조금 소극적인 면이 있다. 그런 면은 린제와 비슷하다. 외모는 미니 에르제이지만.

"얼마 전에 무술 대회에서 린제 엄마가 사용한 무기 말인데, 그거, 있지, 나도 가지고 싶어서……."

"무기? 아, 그 지팡이 말이구나?"

린네와 대결하는 린제에게 내가 건네줬던 별 모양이 달린 짧은 지팡이다. 그걸 가지고 싶나 보네.

"마법이 안 통하는 마물이 상대면 난 아무것도 못 하니까……. 그런데 앞으로 나가 싸우긴 좀 무섭기도 하고……. 그러니 그거라면 괜찮다는 생각이 들어서."

그렇구나. 그런데 그 크기여선 린제가 싸우기엔 딱 좋지만, 에르나한테는 좀 큰 편이 아닌가?

흠. 아빠로서 새로운 지팡이를 하나 선물해 줄까?

"좋아. 그럼 에르나용으로 새로 하나 만들어 줄게. 어떤 디자인이 좋아?"

"고, 고마워. 아빠!"

환하게 웃는 에르나. 귀엽다. 우리 딸은 천사냐. 딸 바보가 될 수밖에. 안 된다면 그게 더 이상해.

나는 【스토리지】에서 에르나의 지팡이를 만들 소재를 꺼냈다. 자자, 기합을 넣고 만들어 볼까.

나는 이건 어떠냐 저건 어떠냐 물어보면서 제작 작업을 시작했고, 한동안 아빠와 딸만의 즐거운 시간을 보냈다.

"이 꼬마가! 방해하지 마라!"

깡패가 가지고 있던 나이프로 소녀를 노렸다. 종이 한 장 차이로 그걸 피한 소녀는 자신을 향해 뻗은 깡패의 손을 붙잡아 비틀더니 팔 하나로 상대를 지면에 내동댕이쳤다.

"크억?!"

소녀는 늠름하게 서서 손을 털었다. 연지색 전통복에 연보랏빛 무늬. 끈으로 묶는 긴 부츠. 지구로 따지면 일본의 20세기 초반의 소녀풍에 가까운 모습이었지만, 허리에는 위험하게도 크고 작은 검을 차고 있었다.

머리카락은 허리까지 길게 내려와 있었고, 앞머리는 눈썹

위까지 오게 가지런히 맞춰 잘랐다. 검은 눈동자에 검은 머리카락. 이곳, 아이젠가르드에서는 거의 보기 힘든 색이었다.

"이제 잘 알았으면 사기에 가까운 장사는 그만두십…… 두세요. 사람의 불안을 이용한 돈벌이는 최악의 행동이니까요."

"큭……!"

일어선 남자는 비틀거리며 뒤로 물러서더니 쏜살같이 도망쳤다. 깡패 특유의 도망 멘트도 잊지 않았다.

"두, 두고 봐라!"

"안타깝지만 두고 볼 생각은 없어요."

꼴사납게 도망치는 남자를 슬쩍 본 뒤, 소녀는 지면에 흩어진 약봉지를 하나 들어 올렸다. 조금 전의 그 남자가 팔던 가짜 약이다.

"성목의 나뭇가지를 갈아낸 약이라니…… 조금만 생각해 보면 알 수 있을 텐데요. 아니, 이 시대에는 아직 성목에 관한 정보가 많이 알려지지 않았을지도 모르겠네요."

소녀는 문득 약봉지를 열어 보았다. 약봉지 안에는 약으로 보이는 가루가 들어 있었는데, 소녀는 그걸 보고 미간을 살짝 찌푸렸다.

"황금 약……?"

약봉지 안에는 사금, 아니, 금가루처럼 보이는 황금으로 빛나는 가루가 티스푼 하나 분량만큼 들어가 있었다.

성목의 나뭇가지를 갈아서 만든 약이라는 말을 들으면, 정말로 믿어 버려도 이상하지 않을 만큼 고급스러운 느낌이 들었다.

하지만 소녀는 그 가루의 반짝임을 보고 불길한 생각이 들었다. 직감이라고 해도 좋다. 이 약은 매우 수상하게 보였다.

"아버지라면 바로 분석할 수 있겠지만요."

분석 마법을 사용할 수 있는 아버지를 떠올리면서 소녀는 약봉지를 원래대로 되돌리고, 주운 것들을 주머니에 넣었다.

"조금 조사해 보겠습…… 어흠, 볼까요."

방심하면 평소의 말투가 그대로 드러나니 조심하면서, 소녀는 조금 전에 도망친 남자의 뒤를 쫓기 시작했다.

"에잇!"

에르나가 날린 수정 별이 회전하면서 린네에게 날아갔다. 애용하는 건틀릿을 쥐며 수정 별을 요격하는 린네.

"분, 쇄!"

쨍강! 하고 큰 소리를 내며 부딪친 건틀릿과 별이었지만 둘 다 부서지지 않았다. 튕겨 나간 별이 크게 호를 그리면서 에르나의 아래로 돌아가더니 에르나가 들고 있던 지팡이와 합쳐졌다.

부서지지 않은 별을 보고 옆에 있던 린제가 중얼거렸다.

"제 것보다 단단하네요."

"에르나의 지팡이는 정재로 만들었으니까."

당연히 저 별도 정재로 만들었다. 내 마력을 상당히 주입해 충분한 경도를 확보했다. 린네의 건틀릿도 비슷한 경도를 지니고 있다던데. 미래의 나여, 꽤 기합을 넣어 만들었구나?

"핫!"

지면을 박차고 린네가 에르나에게 빠르게 접근했다. 에르나에게 날린 린네의 로우 킥이 보이지 않는 장벽에 가로막혔다.

에르제가 호오, 하고 흥미롭다는 듯한 목소리를 흘렸다.

"지팡이 본체에도 【실드】 효과가 있구나?"

"상대가 접근할 때를 위한 보험이야. 그리고 저게 다가 아냐. 봐."

에르나가 지팡이를 빙글 돌리자 지팡이 끝에 있던 별이 반짝이며 빛을 발산했다.

에르나가 빙글 한 바퀴 돌자, 마치 토성의 고리처럼 에르나의 주변에 빛의 고리가 생겼다.

"【부스트】!"

엄마와 같은 마법을 사용해 강화한 다리의 힘으로 지면을 박차 4미터 정도의 높이까지 뛰어오른 에르나는 그대로 공중에 정지했다. 멋지게 잘 사용하고 있네.

"하늘도 날 수 있나요……?"

"공중으로 도망치면 안전하잖아? 화살이 날아와도 【실드】가 있기도 하고."

"토야, 아무리 그래도 너무 과보호하는 거 아냐? 나야 고맙긴 하지만."

응. 에르제의 말대로 너무 분발한 게 아닌가 싶다……. 하지만 옆에서 '아빠, 굉장해!' 라며 뭘 할 때마다 솔직하게 기뻐해 줬으니, 이렇게 될 수밖에 없다.

일단 충분한 성능을 확인했으니 두 사람의 모의전은 이것으로 끝냈다.

"에르나 언니, 좋겠다. 나도 하늘을 날고 싶어."

"에헤헤. 그런데 린네는 지면을 밟지 않으면 기술의 위력을 제대로 내기 힘들걸?"

"그건 그렇지만⋯⋯."

생글생글 웃는 에르나와는 달리 조금 삐친 표정의 린네. 그리고 또 한 사람, 몸이 근질거린다는 듯 당장에라도 뛰쳐나가려고 하지만 엄마가 말리고 있는 아이가 있었다.

"에르나! 다음은 나야! 나랑 놀자~!"

"어?! 프레이?! 참⋯⋯!"

몸을 꼭 붙잡고 있던 힐다를 뿌리치고 프레이가 돌격했다. 역시 무기 마니아. 처음 보는 무기라 도저히 참기 힘들었던 모양이다. 내 딸인데도 조금 괜찮나 싶기도 하지만, 그런 점까지 귀여워 보이니 그건 부모의 편애일까?

"평소에는 얌전하고 착한 아이인데요⋯⋯. 왜 무기만 보면 저렇게 되는지⋯⋯."

"뭐 어때."

나는 한숨을 쉬는 힐다를 위로했다. 그것도 프레이의 개성인 거잖아. 원치 않아도 대결을 해야 하는 에르나가 조금 가엾긴 하지만.

에르나 대 프레이의 대결이 시작되었다. 직접적인 마법은 금지니 아무래도 에르나가 불리하려나? 프레이도 【스토리지】에서 무기를 꺼내 교체하지 않기로 한 모양이지만.

오늘의 목적은 에르나의 '별 지팡이' 적응 훈련이니 승패를 굳이 가릴 필요는 없다. 프레이도 무기 성능을 체험하면 만족할 테니 딱 적정한 시점에 말릴 수 있게 주의하자.

"아빠, 아빠~."

"응? 린네, 무슨 일인데?"

쭉쭉 소매를 잡아당겨서 나는 린네를 내려다보았다.

"있잖아, 얼마 전에 아리스랑 얘기를 했었는데……. '놀이공원'은 아직 안 만들 거야?"

"응?"

놀이공원? 놀이공원이면 그 놀이공원 말이지? 잠깐만. 미래의 나는 그런 걸 만들었단 말이야?!

설마 자신의 아이들을 위해서?! 아냐, 아닐 거야. 설마 그 정도로 딸 바보 아들 바보는 아닐 거라고…… 믿고 싶다. 국민을 위해 오락 시설을 만들자! 그런 생각을 했던 게 분명하다. ……그렇게 믿고 싶다.

"놀이공원이라면 어떤 건지……."

"있지, 관람차가 있고, 롤러코스터가 있고, 그리고 퍼레이드도……. 아, 보여 줘야 더 빠를까?"

린네는 주머니를 뒤적이더니 내가 강바닥에서 회수한 스마트폰을 꺼내 톡톡 터치를 하기 시작했다. 강에 떨어져도【프로텍션】이 걸려 있어 스마트폰은 고장 나지 않는다. 린네도 에르나도 문제없이 사용하고 있다.

"이거야."

"?!"

미소를 지으며 린네가 내민 스마트폰의 화면을 보니, 역시 미소를 짓고 있는 린네와 조금 어른스러워진 린제가 있었다. 딱 봐도 놀이공원 같은 장소에서 둘이 찍은 사진이다.

린네가 화면을 쓸어 넘길 때마다 에르나와 둘이 찍은 사진, 아리스와 린네, 어른 에르제와 린네가 같이 찍은 사진 등, 나에게는 보물일 수밖에 없는 사진이 흘러갔다.

더 자세히 보려고 내가 몸을 앞으로 내밀었는데, 린네의 스마트폰을 옆에서 휙 낚아채는 사람이 등장했다.

"자, 여기까지~."

"카렌 누나?!"

어느새 내 옆에 린네의 스마트폰을 낚아챈 카렌 누나가 서 있었다. 짐짓 일부러 한숨을 내쉰 카렌 누나는 린네를 바라보며 말했다.

"린네. 미래의 정보를 너무 많이 말하면 안 돼. 토키에 할머니가 말씀하셨지? 토야의 즐거움을 빼앗아서는 안 된다고."

"아, 맞다……."

린네가 카렌 누나의 말을 듣고 아차 하는 표정을 지었다. 아뇨, 조금은 봐도 괜찮지 않을까요?

미래의 이야기를 듣고 미래가 바뀔 듯하면 시간의 정령이 수정하잖아? 그럼 조금은 미리 봐도 괜찮지 않을까 생각하는데…….

미래를 알면 카렌 누나의 말대로 그때 느끼게 될 기쁨이 반으로 줄어 버릴지도 모르지만, 다르게 생각하면, 즐거운 마음으로 그때가 오길 기대하며 지낼 수 있는 거잖아.

"카렌 언니, 죄송해요…….."

"놀이공원 정도야 상관없어. 단, 그 사진 안에는 아직 오지 않은 아이들의 사진도 있잖아? 처음 보는 아이의 모습은 역시 사진이 아니라 직접 봤으면 좋겠어."

우으으. 무슨 말인지는 알겠지만요. 그런데 놀이공원은 괜찮은 겁니까.

"건설 장소는 성 아랫마을의 남서쪽이 딱 좋아."

"어? 그럼 만들라는 거예요?"

" '공방' 이 있잖아?"

물론 있긴 하지만요. 놀이공원을 브륀힐드에? 공사 자체는 '공방' 이 있으니 못 할 건 없지만, 소재는 구해야 하거든요? 안전성을 높이려면 【인챈트】도 많이 해야 하는데, 그걸 하는 사람은 저인데요?

"으음……. 응?"

내가 생각을 하는데, 가만히 나를 바라보는 작은 눈동자가 두 개. 엄마와 똑같은 파란 눈으로 기대를 담은 눈빛을 보내는 나의 딸 린네.

이 공격을 버틸 수 있을 정도로 나는 내성이 쌓이지는 않았다.

"이, 일단은⋯⋯. 코사카 씨랑 상의해 봐야 해⋯⋯."

"응!"

이렇듯 린네의 부탁으로 브륀힐드의 놀이공원 건설 계획이 추진되었다.

"나쁘지 않다고 봅니다. 이 나라의 관광지에 사람이 모이면 마을도 풍요로워지고, 나라도 풍요로워집니다. 하지만 폐하 혼자 모든 일을 다 하지는 마십시오. 건설을 맡게 될 사람들의 일을 빼앗는 셈이니까요."

코사카 씨는 허가를 하면서도 나에게 단단히 못을 박아 두었다. 에휴. '공방'에서 만들면 3일도 안 걸리는데.

관람차나 롤러코스터 같은 기구는 우리가 만들게 되겠지만. 토대가 되는 부분은 토목 작업용 마도 기계, 드베르그나 흙 마법을 사용하는 사람들이 주로 동원된다는 모양이다.

토대는 몇 개월 정도면 완성된다고 한다. 토대가 완성되면 거기에 내가 '공방'에서 만든 어트랙션을 설치하면 되는 건가.

그렇지만 나 혼자서 롤러코스터를 만들 수는 없다. 그건 바빌론 박사한테 다 맡겨야 하나? 나는 관람차나 회전목마처럼 움직임이 적은 어트랙션을 담당하자.

나는 일단 박사와 이야기를 해 보기 위해 바빌론으로 전이했다.

"굳이 만들 필요도 없이, 놀이공원과 비슷한 물건이라면 '창고'에 있다만."

"이미 있었어?!"

내 이야기를 들은 박사가 태연하게 그런 소릴 했다. 놀이공원이거든?! 그런 게 '창고' 어디에 있다는 거야?!

"시공 마법을 사용하면 다른 공간에 보존해 둘 수 있잖아. 모형 정원 시리즈로 몇 개인가 만들어 둔 것 중의 하나가 놀이공원이지."

"아, 전에 다 같이 주사위 같은 공간에 갇힌 적이 있었지……?"

전에 '창고' 정리를 하다가 이상한 주사위 안에 모두 갇혀서 주사위 게임을 하게 된 적이 있다.

주사위 안은 시공 마법을 응용한 유사 공간으로 매우 넓었다. 구조적으로는 바빌론의 '격납고'와 똑같다. 그것과 같은 타입의 마도구^{아티팩트}인가.

"아직 사용할 수 있어?"

"당연하지. 보호 마법이 걸려 있으니 5000년이 지나도 멀쩡해. 단, 현대인의 감성으로도 재미있을지는 모르겠지만. 5000년 전의 우리는 마법이 당연한 생활이었으니까."

고대 문명 사람들이 즐겼던 오락 시설이 현대인에게도 통할지는 확실히 알 수 없긴 하지. 고대 마야 문명에는 축구랑 비슷한 구기 종목이 있었다는데, 공은 처형당한 사람의 머리였다는 이야기를 들은 적이 있다.

어쨌든, 그거라면 아이들과 함께 놀 수 있을 만한 시설이려나? 단, 놀 수 있다고 해도 일반에 공개할 수는 없으니 우리의 전용 시설이 된다. 놀이공원이란 다른 사람도 있어 더 즐거운 면도 있는데 말이야.

그래도 사용할 만한 시설이면 꺼내서 브륀힐드의 놀이공원에 설치하는 방법도 있나?

일단 모두 즐겁게 놀 수 있는 시설이면 좋겠는데.

"위험하진 않아?"

"그럼. 대신 사람을 깜짝 놀라게 하는 시설도 있으니 마음 약한 사람은 안 가는 게 나을 수도 있어."

롤러코스터처럼 스릴이 넘치는 놀이 기구를 말하나? 그런 건 익숙하지 않으면 속이 울렁거리게 될지도 모르지.

"고대 문명의 놀이공원이라……. 어떤 마공 기계가 사용됐을지 흥미롭네요."

'연구소'에 틀어박혀 있던 쿤이 우리의 대화에 끼어들었다.

호기심 왕성한 성격은 엄마한테 물려받았다. 마도구인 이상^{아 티 팩 트} 가만히 있을 거라곤 처음부터 생각하지 않았다.

"아버지. 그 모형 정원, 저도 들어가 보고 싶은데요……."

"안 돼. 어떤 곳인지도 모르고, 위험한 게 도사리고 있을지 도 모르잖아. 쿤은 다음에 들어가기로……."

말을 더 하고 싶었는데 더는 이어갈 수 없었다. 나를 올려다 보는 쿤의 슬픈 표정을 보니 가슴이 찢어지는 듯했다. ……큭! 그건 반칙이야!! 지금 일부러 그런 표정 짓는 거지?! 맞지?!

"아버지……?"

"……다, 다음이 아니라도, 괜찮으려나……? 박사도 안전 하다고 하니……."

"고마워요, 아버지!"

눈물을 글썽이던 눈으로 기쁨을 발산하면서 쿤이 나에게 안 겨들었다. 크윽, 뻔히 함정에 걸렸다는 걸 알면서도 용서해 주는 난 정말 한심한 놈이야!

"쉽군."

"쉽네~."

〈쉬운 남자다.〉

바빌론 박사, 에르카 기사, 펠릴의 목소리가 들려왔다. 시끄 러. 이런 아이한텐 무조건 항복할 수밖에 없잖아. 이기지 못 할 싸움은 안 하는 주의거든.

그런데 린네도 그렇고, 쿤도 그렇고, 난 딸들에게 농락당하고 있는 거 아닌가……?

"그렇게 결정했으면 다른 아이도 불러요. 앗, 아리스도 불러
야겠네요."

나한테서 떨어진 쿤은 쇠뿔은 단김에 빼라는 듯이 스마트폰
으로 전화를 걸기 시작했다. 우와아, 일이 엄청 커질 듯한 예
감이 팍팍 드는데…….

◇ ◇ ◇

"토야, 정말 위험하지 않은 거겠지?"

"안 위험해. ……확실친 않지만."

엔데가 나를 따끔하게 째려보았다. 그렇게 다그쳐 봐야, 나
도 들어가 본 적이 없으니 몰라.

바빌론의 '정원'에는 쿤이 불러낸 식구들이 집합했다. 플러
스, 아리스네 가족도. 당연하지만 아버지인 엔데도 왔다.

엔데네 가족에게는 이미 바빌론의 존재가 알려졌으니 상관
없지만, 딸보다도 어머니 세 사람이 무슨 짓을 저지를지 알 수
없어 불안하다…….

우리 눈앞에서는 박사가 주사위 모양의 마도구의 표면을 터치

아티팩트
패널처럼 삑삑삑, 빠르게 손가락을 움직이며 터치하고 있었다.

위는 유리라서 안이 보였다. 작아서 잘 보이지는 않지만 안은 마치 디오라마처럼 공간이 넓게 펼쳐져 있었다. 바다도 있고, 숲도 있어서, 놀이공원이라고 한다면 놀이공원처럼 보이기도 했다.

"좋아. 시간은 여덟 시간으로 설정하지. 시간이 되면 자동적으로 여기로 돌아오니 걱정할 필요는 없어. 설사 미아가 돼도 괜찮아."

"어……? 자, 잠깐만요. 미아가 될 정도로, 넓나요?"

박사의 말을 듣고 린제가 항의하듯 물었다. 놀이공원인데 어린이가 길을 잃고 헤매다니, 물론 자주 있는 일이지만 몇 시간이나 혼자서 있어야 한다니 걱정이 되었다.

"안은 꽤 넓은 공간이니까. 하지만 설사 미아가 되어도 토야의 【서치】라면 금방 찾을 수 있잖아?"

"전의 주사위 놀이처럼 마법을 사용하지 못하는 건 아니구나?"

"일부 시설은 마법을 사용할 수 있으면 재미가 없으니 봉인 결계나 그와 비슷한 장치가 되어 있지만, 놀이공원 자체는 문제없어."

마법을 사용할 수 있으면 재미가 없다……. 체감 어트랙션 같은 놀이 기구가 있다는 건가? 안전하다면 문제없지만…….

"아빠~! 가자! 어서 가자!"

눈을 반짝반짝 빛내며 날 올려다보는 린네에게는 미안하지만, 난 내심 얼마간의 불안을 씻어내지 못하고 있었다.

과연 이 이세계의 놀이공원은 내가 알고 있는 놀이공원과 똑같을까? 그 주사위 놀이처럼 심한 꼴을 당하지나 않을지 불안했다.

"나는 사양할게. 따로 할 일이 있어서. 세스카를 안내 역할로 보낼 테니 가족끼리 즐겁게 보내길 바라."

"맡겨 주세요. 놀이공원의 정보는 전부 기억하고 있습니다."

박사가 말하자마자 옆에서 대기하던 세스카가 자기에게 맡기라는 듯이 가슴을 가볍게 두드렸다. 어? 넌 안 와……? 점점 더 불안해지는데…….

"그럼 문 연다?"

삐. 박사가 큐브 모양인 모형 정원에 손을 대고 재빨리 떨어지자, 모형 정원 윗부분이 조금 원형으로 열리더니, 휘이잉! 하는 소리를 내며 주변에 있는 우리를 빨아들였다.

"잘 다녀와~~."

박사의 목소리를 들으면서 나는 의식이 서서히 멀어져 갔다.

"아빠…… 아빠!"

"응······?"

짹짹짹. 작은 새가 지저귀는 가운데, 나는 에르나가 흔들어 깨워 눈을 떴다.

일어나 보니 우리는 넓은 잔디밭 위에 쓰러져 있었다. 우리 근처, 다시 말해 잔디밭 중심에는 바빌론 시설과 똑같은 검은 모노리스가 설치되어 있었고, 문처럼 생긴 원형의 흰 금속 기둥이 그 주변을 둥그렇게 둘러싸고 있었다. 뭐냐. 마치 영국의 스톤헨지처럼도 보인다.

스톤헨지라고 한다면 트릴리톤(Trilithon)에 해당할 그 문의 저편에는 끝없이 초원이 펼쳐져 있었다.

다른 사람들도 자리에서 일어나 멍하니 문 저편을 바라보았다.

"······이게 뭐지? 여기가 놀이공원이야?"

"여기는 박사님의 놀이공원······ 바빌론 파크. 이른바 입구 같은 곳이에요. 조금 기다려 주시길."

'정원'에 있는 모노리스와 마찬가지로 셰스카가 잔디밭에 서 있는 모노리스를 조작했다.

그러자 곧 공중에 놀이공원의 전체 지도 같은 그림이 떠올랐다. 뭔가 문자가 적혀 있었는데 읽을 수 없었다. 고대 파르테노 문자인가?

"바빌론 파크에는 각각 여러 테마에 맞춘 놀이 시설, 오락 시설이 있습니다. 이를테면【어둠】구역에서는 유사 심령현상에 의한 공포심과 스릴을 즐길 수 있습니다.”

“히익……!”

“엄마?”

이상한 목소리로 작게 비명을 지른 에르제를 에르나가 올려다보았다. 아~~. 호러 하우스 계열의 어트랙션이구나. 에르제가 싫어하겠어.

딸이 이상하게 쳐다보자 헛기침을 한 번 하더니 웃으면서 ‘아무것도 아니야’ 라고 대답하는 에르제.

딸 앞이라서 그런지 다른 사람들도 굳이 딴지를 걸지는 않았다.

“뭔지 잘 모르겠지만, 일단은 다 같이 놀 수 있는 시설이 좋지 않을까?”

“그러네요. 처음에는 가급적 과격한 놀이 시설은 피해야 할 듯해요.”

린과 유미나가 그런 제안을 했다. 나의 아내들은 지금까지 영화의 데이트 장면 등을 통해 몇몇 놀이공원을 본 적이 있다. 대략적이긴 해도 놀이공원이 어떤 곳인지에 관한 지식은 있는 셈이다.

“저는 그, 말을 타고 빙글빙글 도는 놀이 기구를 타 보고 싶은데요.”

“아~. 그건 회전목마라고 하는 거야, 어머니. 나도 그거 좋아해.”

힐다의 말을 듣고 프레이가 손을 잡더니 활짝 웃으며 대답했다. 아무래도 프레이는 미래 세계에서 내가 만든 회전목마를 타 본 적이 있는 모양이었다. 기사인 만큼 말에 흥미가 있나 보다.

그런데 그건 지구의 놀이공원에 있는 놀이 기구다. 고대 문명의 놀이공원에도 있을까?

"말 말인가요? 말은 없지만, 마법 생물에 올라타는 오락 시설은 있습니다만."

"마법 생물? 마법으로 움직이는 유사 동물이야?"

"비슷한 겁니다."

마법 장치 동물이라. 지구에서 말하는 애니메트로닉스를 말하는 건가? 고렘 말이라든가?

"마법 동물?! 타 보고 싶어!"

"좋아. 모치즈키 토야. 그거로 결정이다."

아리스가 잔뜩 기대하는 눈으로 소리치자, 네이가 곧장 나를 보고 그런 소릴 했다. 여기도 딸 바보가 있군.

"자연과 함께 놀 수 있는 【땅】 구역이군요. 그럼 그곳으로 가겠습니다. 【땅】 구역의 문으로 연결합니다."

지도의 한 부분이 점멸했다. 그와 동시에 문도 하나가 같이 점멸했다. 【게이트】처럼 점과 점을 연결하여 전이하는 이동 장치인 모양이었다.

셰스카의 뒤를 따라 우리도 문을 지나 전이해 보니, 그곳은 푸른 들판이 울타리로 둘러싸인 목장 같은 곳이었다. 어? 전혀 놀이공원처럼은 안 보이는데……?

"앗, 아빠. 저거 봐!"

"응?"

린네가 가리킨 곳을 보니 투웅투웅 튀어서 움직이는 물체가 있었다. 밸런스볼 정도의 크기에 형태도 그것과 비슷했다. 빨간색, 파란색, 녹색, 노란색, 오렌지색 등, 색이 무척 다채로웠다. 게다가 등에는 안장 같은 물건이 올라가 있네? 저건…….

"슬라임 타기 체험장입니다."

세스카의 말을 듣고 우리 아내 몇 명이 노골적으로 불쾌한 표정을 지었다.

"탱글탱글해~!"

"서늘해……."

"귀여워!"

"정말 귀엽네~."

"어떻게 키웠는지 흥미가 생겨."

아리스를 비롯한 아이들이 투웅투웅 튀어 오르는 슬라임을 둘러쌌다.

오렌지색 슬라임은 밸런스볼 정도의 크기로, 둥근 공이 중력으로 조금 일그러진듯한 형태였다.

게임에 나오는 그 '귀여운 슬라임'이라 할 수 있었다. 덧붙이자면 내가 알고 있던 슬라임은 '귀엽지 않은 슬라임'으로, 겔 같은 모습으로 기어서 다가오는 물체였다. 그거에 비한다면야 물론 귀엽지만…….

"만져도 되나요……?"

"녹색은 절대 안 만질래!"

"녹아내리거나 하지는, 않죠……?"

"늦기 전에 베어 버리는 게 좋지 않을는지요…….'

유미나, 에르제, 린제, 야에, 이 네 명이 흐리멍덩한 눈으로 슬라임을 바라보았다. 그 마음을 모르진 않겠지만…….

이 네 사람(나도 마찬가지고)은 이전에 슬라임 탓에 험한 꼴을 당했었다.

고대 마법 문명은 슬라임 연구도 상당히 발달했다고 한다. 이 슬라임들은 사람에 매우 익숙해 보이긴 보이는데…….

"적대감은 느껴지지 않는구먼."

"개체의 능력은 제거된 걸까? 이 아이는 겉보기는 레드슬라임인데 차가워."

스우와 린이 빨간 슬라임을 찰딱찰딱 만져 보았다. 저게 진짜 레드슬라임이라면 몸은 상당히 뜨거웠어야 한다. 그런데 차갑다면 종족 특성이 사라졌다고 생각해 볼 수 있다.

즉, 저 슬라임들은 색이 다를 뿐 전부 탈 수 있는 슬라임이라는 건가?

"영차!"

아리스가 핑크색 슬라임의 안장에 올라탔다. 안장 앞에는 자전거의 핸들 같은 물건이 달려 있었는데, 아리스는 그걸 양손으로 붙잡았다.

투옹투옹, 하고 아리스를 태운 슬라임이 튀면서 앞으로 나아갔다. 오오, 슬라임 라이더 탄생이야.

"재미있어~! 와아~!"

아리스가 체중을 앞으로 기울이자 슬라임은 더욱 속도를 높여 앞으로 나아갔다. 투옹, 투옹, 하고 천천히 튀어 오르던 슬라임이 투투옹, 하고 튀는 높이를 줄이며 속도를 높였다. 그리고 곧 투오오오오옹, 하고 지면을 기듯이 달리는 상태가 되었다. 속도는 자전거와 비슷한 정도인가?

"나도 탈래!"

아리스처럼 린네도 근처의 슬라임에 올라타더니 달리기 시작했다. 나머지 아이들도 각자 다른 슬라임에 올라 들판을 내달렸다.

"재미있어 보여. 나도 탈래."

"나도 타 보고 싶으이!"

사쿠라와 스우도 근처에 있던 슬라임에 뛰어올라 앉더니 아이들을 뒤쫓기 시작했다.

"메르 님, 우리도요!"

"난 됐어. 네이랑 리세, 둘이서 타고 와."

이어서 네이와 리세도 말 위……가 아니라, 슬라임에 올라탔다.

……나도 한번 타 볼까……?

나도 근처의 검은 슬라임에 다가가 안장에 손을 댔다. 슬라임은 도망치지 않고 그 자리에 얌전히 머물러 있었다. 그래서 큰마음 먹고 안장에 올라타 보았다.

"오오오, 우오오?! 우와앗?!"

내가 올라타자 검은 슬라임은 곧장 투웅투웅, 튀면서 마구 날뛰었다. 마치 로데오 머신처럼 나를 이리저리 흔들었다. 앗, 멈춰!

"아야야?!"

검은 슬라임이 마구 날뛰는 바람에 나는 그대로 튕겨 나가 등을 부딪치며 풀숲에 떨어졌다. 아야야야…….

"괜찮으세요, 토야 님?"

"응, 괜찮아. 정말로. 별로 아프지도 않고."

루가 걱정스럽다는 듯이 달려왔다. 엄청난 기세로 날 튕겨 냈지만 그렇게 아프지는 않았다. 아무래도 이 초원에는 대미지를 경감해 주는 효과가 부여된 듯했다. 기왕이면 대미지를 완전히 무효가 되게 만들었으면 좋았을 텐데. 그건가? 아픔이 없으면 배우지 못한다는 교훈을 주려고?

마법을 못 쓰니 신체 강화도 쓸 수 없는 데다, 난 균형을 잡아야 하는 탈 것엔 약하단 말이야…….

"풉. 토야, 뭐 해? 한심하네."

"너 정말……. 이거 꽤 어려워. 너도 한번 타 봐."

엔데가 웃음을 터뜨리길래 울컥한 나는, 나를 떨어뜨렸던 검은 슬라임을 가리키며 말했다. 저 검은 건 아무래도 성격이 거친 슬라임인 듯했다. 미친 듯 날뛰는 말이 아닌, 날뛰는 슬라임이다.

내 말을 듣고 엔데는 여유롭게 검은 슬라임에 다가가더니 훌쩍 안장 위에 올라탔다.

"이런 슬라임 정도야 간단히…… 어, 어어어?! 큭……!"

엔데가 안장에 올라타자마자 조금 전처럼 미친 듯이 날뛰기 시작하는 검은 슬라임. 이리 뛰고 저리 뛰고 회전도 하면서 엔데를 가차 없이 뒤흔들었다. 나보다야 오래 버티고 있지만, 엔데의 그 표정에서는 이미 여유를 찾아볼 수 없었다. 가라! 그거야! 떨어뜨려 버려!

"우와아?! 뭐야, 이거……! 아얏?!"

검은 슬라임이 급정지하자 엔데가 앞쪽으로 날아가더니, 멋지게 한 바퀴 회전해 등부터 떨어졌다. 그것도 모자라 검은 슬라임은 결정타를 날리겠다는 듯이 작게 뛰어올라 물커엉하고 엔데를 밟고 지나갔다. 꼴좋다.

"픕. 어라라? 한심하시기도 하셔라, 엔데 님."

"……어디의 누구보다야 내가 더 오래 버텼지만."

웃는 얼굴로 얼굴을 실룩이며 서로를 노려보는 나와 엔데. 아앙? 한 판 붙어 보자는 거야? 응?

"어? 아빠는 못 타?"

"우~. 아빠…… 좀 꼴사나워……."

""어……?""

서로 노려보던 우리가 옆을 보니, 어이없다는 듯이 눈을 깜빡이는 린네와 쓴웃음을 짓는 아리스가 있었다.

"앗, 린네?!"

"아리스, 아니야! 이건 그러니까……!"

"린네, 아리스. 아버지들을 너무 얕봐선 안 돼. 아까 그건 틀림없이 떨어져도 안전한지 확인을 해 봤을 뿐일 거야. 그렇죠? 아버지?"

우리가 변명을 하려고 하는데, 그보다도 먼저 두 사람 뒤에서 슬라임을 타고 쿤이 다가오더니 그렇게 지원 사격을 해 주었다. 얼굴을 보니 어머니인 린이 우리를 감싸줄 때의 그것과 완전히 똑같은 미소를 짓고 있었다. 무서워! 실제로는 어떤지 다 알면서 그런 말 하는 거구나?

"그랬어? 아빠?"

"아…… 그, 그렇지 뭐! 여기 일대는 충격을 흡수하는 마법이 부여된 모양이니, 그걸 확인해 보려고 그런 거야. 엔데, 맞지?"

"응?! 그, 그럼. 그렇고말고! 이런 건, 세게 떨어져 봐야 얼마나 흡수되는지 알 수 있잖아!"

내가 동의를 구하자 엔데가 고개를 끄덕이며 아리스에게 대답했다. 큭, 쿤에게 농락당하고 있다는 건 알지만, 무심코 허세를 부리게 되네. 엔데도 분명 나랑 똑같은 기분일 거야.

"그렇구나. 난 또 실력이 없어서 못 타는 줄 알았어. 두 사람이 못 탈 리가 없지."

크윽?! 아리스가 구김 없는 미소를 지으며 하는 그 말이 우리의 가슴을 깊게 후벼 팠다. 친딸이 한 말인 만큼 나보다도 엔데의 대미지가 더 컸던 듯, 엔데는 흐리멍덩한 오라를 두른 채 어깨를 축 늘어뜨렸다.

투옹투옹, 신나게 떠들면서 멀어져 가는 아이들을 바라보며 우리는 천천히 자리에서 일어났다.

"……안전성 확인은 끝났어. 이제 안심하고 아이들이 노는 모습을 볼 수 있겠는걸?"

"그래. 맞아. 그런데 이 검은 슬라임은 못 타게 해야겠어. 이놈은 위험해."

"아빠가 돼서는 참 한심하기 짝이 없네요."

시끄러. 뒤에서 날아온 셰스카의 말은 무시했다. 못 탄다고 죽는 것도 아닌데 못 타면 좀 어때.

"여기는 슬라임을 타기만 하는, 그런 장소인가요?"

"기본적으로는 그렇습니다. 평온과 힐링이 【땅】 구역의 특징이에요. 도시락을 펼쳐 놓고 마음 편히 쉬었다 가는 곳이죠."

린제의 질문에 셰스카가 대답했다. 그래? 그럼 순서가 잘못됐네. 점심쯤에 왔어야 하는 건데.

그래도 아이들이 즐거워하니 문제는 없다.

아이들은 물론 스우와 사쿠라, 네이와 리세도 놀고 있긴 하지만.

"엄마~~!"

린네가 손을 흔들며 우리에게 튀어서 다가왔다. 그 모습을 보고 린제도 손을 흔들어 주기는 했지만, 다가오는 게 슬라임이라서 그런지 웃긴 웃는데 표정이 살짝 굳어 있었다.

"엄마도 같이 타자!"

"어……?"

앗, 완전히 얼굴이 굳어 버렸어.

"난 엄마랑 같이 타고 싶어! 태워 줄게!"

"어~~~~~~. 이, 있지, 린네. 그, 그건…… 앗, 그 슬라임은 너무 작아서 같이 타기 힘들어 보이네……."

간신히 웃는 얼굴을 유지하며 린제가 그렇게 대답했는데, 셰스카가 끼어들었다.

"괜찮습니다. 같은 색인 슬라임 두 마리를 합체시키면 크기가 커져서 2인용이 되니까요."

쓸데없는 소리! 그렇게 말하듯이 린제가 웃으면서 셰스카를 노려보았다. 약간 눈물을 글썽이며. 그 마음을 모르진 않는다.

쿤이 자신이 타고 있는 슬라임과 같은 색의 슬라임에 가까이 다가갔다. 슬라임끼리 딱 붙이자 잠시 후, 일부가 연결되더니 마치 꼬치에 꽂힌 경단처럼 딱 달라붙었다. ……할아버지가 했던 그, 네 개를 연결하면 사라지는 퍼즐 게임이 떠올랐다.

"어머, 정말로 2인용이 됐어. 어머니, 타 보실래요?"

"그러네. 타는 정도라면 괜찮겠지. 고삐는 맡길게."

린이 그렇게 말하며 쿤이 탄 슬라임과 연결된 다른 슬라임에 올라탔다.

"어머니도 탔으면 좋겠어!"

"네? 저도요? 네, 좋아요……."

다음으로 프레이의 요청을 받은 힐다가 말에 올라타듯이 훌쩍 슬라임에 올라탔다. 엄마 두 사람이 딸들과 같이 슬라임을 타자, 남은 두 사람도 기대된다는 눈빛으로 엄마를 바라보았다.

""으으…….""

동시에 그런 소리를 흘리면서 서로의 얼굴을 마주 보는 에르제와 린제. 이윽고 힘껏 미소를 유지하며 두 사람은 딸들에게 대답했다.

""그, 그럼 한번 타 볼까…….""

허락했다. 엄마도 딸에겐 당해낼 수 없는 걸까.

생글생글 웃으며 에르나와 린네가 다가오자, 에르제와 린제가 흠칫거리며 뒤에 연결된 슬라임에 올라탔다. 슬라임이 탱글거리며 흔들릴 때마다 쌍둥이 엄마는 깜짝! 놀라며 몸을 움츠렸다.

"으윽…… 탱글탱글해……!"

"노, 녹진, 않겠죠……?"

두 사람이 걸터앉은 모습을 확인한 에르나와 린네가 슬라임을 전진시켰다. 에르나는 엄마를 배려하기 위해서인지 천천히 이동했지만, 린네는 기분이 아주 좋아졌는지 급발진을 해 버렸다.

린제가 소리 없는 비명을 지르며 멀어져 갔다. 괘, 괜찮겠지……?

"소인들은 아이가 여기에 없어 다행이라고 기뻐해야 할까요……?"

"순순히 기뻐할 순 없네요……."

야에와 유미나가 복잡한 표정을 지으며 멀리 달려가는 린네와 에르나를 바라보았다. 엄마들이야 어쨌든 아이들은 즐거워 보이니 기뻐해야 할 일이라고 생각한다. 응.

◇　◇　◇

"재미있었어!"

반짝이는 미소를 지으며 그렇게 말하는 프레이. ……다행이네.

다른 아이들도 즐겁게 놀았는지, 슬라임에서 내린 뒤에도 다들 잔뜩 들떠 있었다.

마지막에는 다 같이 둥그렇게 모여 빙글빙글 돌았다. 상상도 못 해 본 회전목마였다.

어른들을 보면, 에르제와 린제가 조금 초췌한 모습이었다. 특히 린제가 심각했다. 웃고는 있지만 눈이 퀭했다.

"다, 다음은 느, 느긋하게 보낼 수 있는 곳으로, 가, 가고 싶어요……."

작게 떨리는 목소리로 린제가 중얼거렸다. 어쩔 수 없지. 혼자만 롤러코스터를 미리 탄 셈이 되어 버렸으니……. 린네가 엄청난 기세로 내달려서…….

걱정하는 린네에겐 살짝 멀미했을 뿐이라고 설명해 두었다. 실제로도 그렇겠지만 살짝은 아니다. 멀미는 【리커버리】로는 안 낫는단 말이지…….

"어디 보자, 느긋하게 보낼 수 있는 곳……. 여기가 느긋하게 보낼 수 있는 곳인데요."

"여기는 아니에요……!"

"우오오."

셰스카가 태연하게 대답하자, 린제가 핏발이 선 눈으로 셰스카의 어깨를 붙잡고 흔들었다.

"자자, 진정하십시오, 린제 님! 다, 다음은 어디로 가실 생각이십니까. 소인으로선 뭘 타는 곳이 아니라 몸을 움직일 수 있는 곳이 좋겠다는 생각이 듭니다만."

셰스카와 린제를 떨어뜨려 놓은 다음, 야에가 자신의 희망을 얘기하자 찬성! 이라고 프레이, 린네, 아리스, 세 사람도 기세 좋게 손을 들었다.

"몸을 움직일 수 있는 곳 말인가요……? 그렇다면…… 【어둠】 구역이 아닐까 하는데요."

"자, 자, 잠깐만! 【어둠】 구역이라니, 아까 말했던 심령현상 같은 거지?!"

셰스카의 말을 듣고 에르제가 당황한 목소리로 말했다. 에르나가 어리둥절한 표정을 지으면서 엄마는 왜 저렇게 당황하는 걸까 하는 눈으로 쳐다보고 있어. 조금 숨기는 척이라도 하자…….

"아니요. 그런 곳은 아닙니다. 【어둠】 구역은 적을 격퇴하며 노는 장소도 있습니다. 유사 마수 토벌 같은 곳이에요."

"이전처럼 입체 영상의 적을 사냥하는 느낌인가?"

"맞습니다."

주사위에 갇혔던 그때는 '마수를 ○마리 사냥해라' 같은 지시가 나와 입체 영상의 적을 다 같이 쓰러뜨렸었다. 그거처럼 마수 퇴치를 유사 체험하는 어트랙션이라는 건가.

"……위험하진 않지?"

"위험하지 않습니다."

"응…… 그거라면……."

에르제도 괜찮겠다 싶었는지 고개를 끄덕였다.

이번에 놀이공원을 찾은 가장 큰 목적은 아이들을 즐겁게 해 주기 위해서다. 두 번째는 이 놀이공원을 견학해 보고 괜찮은 게 있으면 브륀힐드에 만들게 될 놀이공원에 적용하기 위해서.

우리 사정으로 아이들이 즐겁게 놀지 못한다면 그건 본말이 전도된 이야기다. 에르제도 그걸 잘 알고 있으니 머뭇거리다가도 마지막에는 꼭 아이들의 의견을 따랐으리라 생각한다.

그게 아니더라도 에르제가 그토록 귀여워하는 에르나를 실망시키는 일을 할 수 있을 리가 없다.

에르나도 지금 기쁜 표정을 지으며 에르제의 손을 꼭 쥐고 있다. 윽……. 이 아빠는 조금 질투가 난단다…….

그때, 살그음, 쿤이 소리도 없이 다가오더니 검지를 입에 대고 싱긋 웃었다.

"제가 손을 잡아드릴까요? 아버지?"

"큭……! 어떻게 알았어?"

"사랑하는 아버지 일이니까요. 당연히 손바닥 보듯이 다 알죠."

거짓말 같은데. 그래도 완전히 거짓말은 아닌 듯, 쿤은 내 손을 잡아 주었다. 조금 쑥스럽지만 왠지 모르게 기쁘다. 자신이 딸에게 너무 약해서 황당할 정도다.

"그럼 이동합니다. 여러분 이곳으로 오세요."

셰스카가 슬라임 목장에 있는 문을 조작하자 문이 열렸다. 우리는 또 그곳으로 들어갔다.

우리 눈 앞에 펼쳐진 환한 빛에 우리는 잠시 앞을 볼 수 없었다.

이윽고 눈이 익숙해……지긴 익숙해졌는데…… 왜 계속 어두워?

아니, 완전히 한 치 앞도 못 볼 정도는 아니다. 올려다보니 붉은 보름달이 떠 있었다. 어느새 밤이 된 거지……?

우리 눈 앞에 펼쳐진 쏟아지는 달빛에 비친 광경은 아무리 봐도 묘석이 즐비한 묘지였다.

"자, 잠깐만. 어디야, 여기?!"

갑자기 눈 앞에 펼쳐진 불길한 풍경에 에르제가 몸을 움츠렸다. 손을 잡고 있던 에르나도 엄마만큼은 아니지만 얼굴이 굳었다.

그보다 아까부터 들리는 이 무시무시한 BGM은 대체 뭐야?!

셰스카한테 설명해 달라고 하려는데, 갑자기 무덤에서 부걱! 하고 손이 튀어나왔다.

"히익?!"

"꺄아악?!"

몇 명의 비명을 들으며 잇달아 밖으로 튀어나온 손을 보니 뼈밖에 없었다.

지면에서 해골이 몇 개나 기어 올라왔다. 스켈레톤인가?!

"【빛이여 오너라, 반짝임의 추방, 배니시】!"

……어? 내가 정화 마법을 사용했지만 발동이 되지 않았다. 아, 그렇구나. 마법을 못 쓴다고 했지!

야에가 허리에 차고 있던 검을 뽑아 떼를 지어 슬금슬금 다가오는 스켈레톤을 향해 크게 휘둘렀다.

그런데 그 참격은 허무하게도 허공을 갈랐을 뿐이었다.

"그건 환영이라 평범한 무기로는 쓰러뜨릴 수 없습니다. 전용 무기는 여기에 갖춰 뒀으니 마음에 드는 무기를 골라 주세요."

세스카가 묘지의 한쪽 구석에 있는 카운터를 가리켰다. 그곳에는 다양한 무기가 가득 진열되어 있었다. 어? 뭐야? 준비성이 좋네! 아니지. 이게 어트랙션이라면 당연한 일이겠구나…….

쿤과 린이 스켈레톤에게 가까이 다가가 유심히 관찰해 보았다.

"구별이 안 가네요. 진짜랑 똑같아요."

"이 스켈레톤은 가까이 다가오기는 하지만 공격은 안 하네?"

"접촉은 금지입니다."

만지든 안 만지든 어차피 환영이잖아? 하지만 바짝 다가와 이를 덜거덕덜거덕 울리며 움직이는 그 모습은 상상 이상으로 무서웠다.

"좋았어! 난 이 대검을 쓸래!"

프레이가 카운터에서 자기 키만 한 대검을 집어 들었다.

중량 경감 마법이 부여된 건지, 아니면 플라스틱으로 만든 건지, 프레이는 대검을 가볍게 들고 근처의 스켈레톤을 향해 휘둘렀다.

좌악! 누가 들어도 '베었습니다' 라고 말하는 듯한 효과음이 들리더니, 검에 베인 스켈레톤이 '10' 이라는 숫자를 남기고 사라졌다. 이거 뭐야?

"스켈레톤은 10포인트입니다. 묘지를 지나는 30분간 얼마나 포인트를 벌어들였는지에 따라 받을 수 있는 경품이 달라집니다."

"경품도 받을 수 있어?"

원래 그런 어트랙션인지도 모르지만, 굳이 따지자면 축제날 경품 같은 느낌인데. 놀이공원 같기도 하고 아닌 것 같기도 하고.

"어머니도 같이하자!"

"후후, 재미있어 보이네요. 그럼 저도 해 볼게요."

프레이의 제안에 힐다가 장검을 하나 골라 스켈레톤을 향해 휘둘렀다. 또 '10' 이라는 숫자가 튀어나왔다. 그런데 그 뒤에 '5' 라는 숫자가 추가로 튀어나왔다. 완전 게임이네.

"기본 포인트 외에 약점을 적절히 공략하면 추가 포인트가 부여됩니다. 저마다 약점의 장소가 다르니, 적절히 잘 노려봐 주세요."

"그렇군요. 즉, 요령 좋게 퇴치하면 된다는 말씀이지요? 그럼 소인도 해 보겠습니다."

이어서 야에도 검을 들고 스켈레톤 무리 안으로 뛰어들어 갔다.

야에를 계기로 아이들을 포함해 모두가 저마다 스켈레톤을 퇴치하러 뛰어들어 갔다.

주변의 분위기에 조금 흠칫거렸던 에르제도 지금은 너클형 무기를 장비하고 스켈레톤을 해치우고 있었다.

에르제도 일단 '때릴 수 있는 상대'라면 별로 무서워하지 않으니까. ……이 경우에는 무기가 없으면 '때릴 수 있는 상대'라고 할 수 있을까?

아이들도 무서워하지 않고 스켈레톤을 격파했다. 괜히 금색, 은색 랭크 모험자가 아니라는 건가.

린제와 린, 나도 그렇지만, 별로 전투를 하고 싶지 않은 사람들은 뒤로 물러나 앞서가는 사람을 뒤따라가기로 했다. 일단 우리도 무기를 들고 있긴 하지만.

나도 창 한 자루를 들고 있었다. 창을 선택한 이유는 기왕이면 평소에 잘 사용하지 않는 무기를 사용해 보고 싶어서였다. 그냥 그뿐이었다.

"영차!"

내뻗은 창이 스켈레톤의 가슴뼈에 바로 닿았다. 입체 영상일 텐데 창을 든 손에 찔렀다는 감촉이 전해져 왔다. 잘 만들었네.

'10' 포인트를 얻었다고 생각했는데 곧장 '5' 포인트가 추가로 들어왔다. 오, 해냈다.

"그런데 계속 스켈레톤만 나오니 좀 질리네⋯⋯. 어?"

그런 분위기를 읽었는지 이번엔 묘지에서 대량의 좀비가 출현했다.

이어서 늑대 좀비와 전신에 붕대를 감은 미라가 우르르 몰려왔다. 또 우글우글. 또 우르르르르. 우글우글, 우르르르⋯⋯.

⋯⋯너무 많은 거 아닌가요?!

어느새 우리는 엄청나게 많은 언데드에게 둘러싸이고 말았다.

우와, 귀찮게⋯⋯.

유미나가 활시위를 팽팽하게 잡아당겨 활을 발사했다. 똑바로 날아간 활은 멀리 있던 좀비의 이마에 효과음과 함께 적중했다. 그리고 게임처럼 좀비가 사라지며 '20'이라는 숫자를 남겼다. 좀비는 20점이구나.

좀비든 스켈레톤이든, 어떤 무기를 사용해도 한 방에 쓰러뜨릴 수 있어 고전은 하지 않았다. 하지는 않았는데⋯⋯.

"이거, 숫자가 너무 많지 않아?"

적이 계속해서 습격해 왔다. 쓰러뜨리고 쓰러뜨려도 계속해서 우리를 향해 다가왔다. 다 먹을 때마다 곧장 그릇에 메밀국수를 넣어 주는 완코 메밀국수 같은 상태다.

"으으⋯⋯. 마법으로 섬멸하고 싶어요⋯⋯."

"동감이야."

린제와 린이 한숨을 내쉬면서 그렇게 중얼거렸다. 그 마음 이해한다. 범위가 넓은 마법으로 단숨에 해치우고 싶은 그 마음.

나를 포함한 후방 진영은 이런 느낌인데, 전방 진영은 다가오는 좀비와 스켈레톤을 재미있다는 듯이 마구 쓰러뜨렸다.

"앗~! 어머니, 그건 제가 잡으려던 건데! 치사해!"

"먼저 해치운 사람이 승자예요. 분하면 더 수행을 쌓으세요."

눈앞에서 프레이와 힐다 모녀가 스켈레톤을 가차 없이 해치웠다. 그러는 한편으로.

"좋았어! 500포인트가 됐어! 아빠는?!"

"난 조금 더 하면 600포인트야."

"윽! 절대 안 질 거야!!"

다른 곳에서는 아리스와 엔데 부녀가 좀비를 쓰러뜨리면서 격파한 마릿수를 겨루고 있었다. 즐거워 보이네.

"영차! 야에 엄마~! 그쪽으로 갔어~!"

"음? 맡겨 주십시오!"

린네의 목소리를 들은 야에가 검을 옆으로 번뜩이며 휘둘렀다. 그 공격을 받은 좀비 두 마리가 동시에 소멸되었다.

'야에 엄마'라. 피는 이어지지 않았지만 린네의 엄마인 린제와 야에가 둘 다 나의 아내인 이상, 관계상으로는 이상할 게 없다.

엄마라는 말을 들어 기뻤는지 야에가 아주 살짝이지만 빙긋 웃었다. 야쿠모도 어서 이곳으로 오면 좋을 텐데.

"앗, 토야 씨, 저거요……!"

"우왓!"

린제가 가리킨 곳. 좀비가 우글우글 솟아 나오는 묘지의 더 깊은 곳. 그 지면이 갑자기 불룩 튀어나오더니, 위기감을 조장하는 BGM과 함께 온몸이 썩은 거대한 드래곤이 모습을 드러냈다.

드래곤 좀비? 여기의 보스인가?

"이건 내가 해치우겠어~!"

아리스가 너클을 장비한 주먹으로 드래곤 좀비를 후려쳤다.

아리스가 때린 부분이 일부 점멸하더니 이윽고 색이 변했다. 하지만 그뿐으로 드래곤 좀비는 소멸되지 않고 계속 그 자리에 남아 있었다.

"저건 마지막 보스예요. 공격 한 번으로는 안 쓰러집니다."

그렇구나. 저 드래곤은 몇 번씩 공격을 해야 쓰러지는 모양이었다. 하긴, 저렇게 큰데 한 방에 쓰러져선 재미가 없지.

〈크아아아아아아!〉

"다, 다들 피해!"

드래곤 좀비가 보라색의 독살스러운 브레스를 내뿜었다. 설마 진짜 포이즌 브레스는 아니겠지만, 일단 피하자. 헉……!

"지독해?!"

나는 떠도는 악취에 무심코 코를 막았다. 이거 뭐야?!

참을 수 없을 정도는 아니지만, 계란이 썩은 냄새와 길가에 떨어진 은행 냄새가 뒤섞인 듯한……!

죽은 슬러지 슬라임에 비하면 나은 편이지만, 다른 사람들도 얼굴을 찡그리며 코를 막고 있었다.

"걱정하지 마시길. 냄새가 지독할 뿐 인체에는 아무런 영향도 없습니다. 그리고 드래곤을 해치우면 금세 사라집니다."

지금 그게 문제가 아니라 코가 비뚤어지게 생겼어! 도저히 못 참겠다. 얼른 해치워 버리고 싶은데…….

우리는 모두 얼굴을 찡그리고 있는데, 메르, 네이, 리세, 이세 사람은 태연한 표정이었다. 어?

"세 사람은 괜찮아?"

"저희는 감각을 자유롭게 차단할 수 있어서요. 아리스는 그렇게까지는 못하는 모양이지만요."

메르가 옆에서 코를 막고 있는 딸 아리스를 쳐다봤다.

순수한 프레이즈가 아닌 아리스는 갖추지 못한 능력인가? 아버지인 엔데를 봐도 우리랑 똑같이 코를 막고 있기도 하니까.

"기다려라, 아리스. 이런 자식은 내가 해치워 주마."

"응. 네이 말대로 엄마들한테 맡겨."

큰 도끼를 든 네이와 쌍검을 든 리세가 드래곤 좀비 앞으로 나섰다. 잠깐 기다려!

나는 두 사람을 잡아당겨 작은 목소리로 충고했다.

"우리가 아이들이 즐겁게 놀 기회를 빼앗으면 어떻게 해? 우린 어디까지나 조력자일 뿐이야. 우리가 아니라 아이들이 재미있게 놀아야지……."

"뭐……? 그럼 아리스와 아이들에게 전부 다 맡기고 우린 그냥 지켜보기만 하라는 건가?"

네이가 불만스러운 표정을 지으며 날 노려보았다. 아니, 그게 아니라. 내가 어떻게 대답하면 좋을지 망설이는데 엔데가 정답을 말해 주었다.

"너희만 가지 말고, 아이들과 같이 싸우라는 거야. 토야, 맞지?"

그래, 그런 얘기라고 하면 되나. 어려운 게임이라고 아이들 대신 부모가 다 클리어해 버리면 재미도 뭐도 없잖아.

"그렇군……. 좋아, 아리스! 같이 저 자식을 쓰러뜨리자!"

"응!"

아리스를 데리고 네이와 리세가 드래곤 좀비를 해치우러 갔다. 그 모습을 보고 자극을 받았는지 프레이, 쿤, 에르나, 린네도 각자 무기를 들고 드래곤 좀비를 공격하러 갔다. 에르제, 힐다, 야에, 엔데도 그 뒤를 따랐다.

나머지는 드래곤 좀비와 싸우는 모두의 방해가 되지 않도록 주위의 좀비나 스켈레톤을 계속 해치웠다.

나도 창을 휘두르며 좀비들을 정리해 갔다. 얘네들은 10점, 20점인데, 드래곤 좀비를 잡으면 몇 점을 받게 될까?

〈크아아아아아아아아아아아아!〉

잇달아 퍼붓는 공격을 받은 드래곤 좀비는 결국 빛의 알갱이가 되었다. 드래곤 좀비를 공격했던 멤버들에게 '520'이나 '750' 같은 엄청난 점수가 쌓여 갔다. 이건 드래곤 좀비의 점수를 나눠서 분배하는 건가?

"해냈어!"

프레이가 대검을 치켜들며 외쳤다. 다른 아이들도 매우 기쁜 모습이다. 부모님들은 그걸 흐뭇한 미소를 지으며 바라보았다.

악취가 사라지고 팡파르가 울려 퍼졌다. 클리어했다는 건가?

주변이 밝아지더니, 새하얀 공간에 다시 모노리스가 나타났다.

"축하합니다. 획득한 점수에 맞춰 경품을 증정하겠습니다. 리스트는 여기 있습니다."

셰스카가 모노리스를 삑 하고 터치하자 공중에 좌르륵 경품 리스트가 표시되었다. 잔뜩 기대하는 표정을 지었던 아이들이 리스트를 보자마자 일제히 눈썹을 찌푸렸다.

"……뭐라고 적혀 있는지 모르겠어."

"고대 파르테노 문자야. 5000년도 더 전에 지어진 시설이니 당연하다면 당연하겠지만."

프레이가 중얼거린 소리를 듣고 린이 그렇게 대답했다. 바빌론 박사는 5000년 전, 대륙의 거의 3분의 1을 차지하고 있던 대제국, 신성 제국 파르테노에 살았다고 한다. 그 나라의 문자로 적어둔 거겠지.

"앗, 실례. 수치는 변환해 뒀는데요. 잠시 기다려 주십시오."

그런데 격파했을 때의 포인트는 읽을 수 있었지? 일부만 번역되어 있었던 건가?

셰스카가 모노리스에 손바닥을 대자 모노리스에 작은 마법진이 빛을 내며 나타났다가 스윽 사라졌다. 이윽고 떠올라 있던 리스트의 문자가 우리도 알아볼 수 있는 문자로 번역되었다. 셰스카 안의 번역 툴을 인스톨한 걸까? 그거야 어떤 원리든 상관없지만…….

리스트의 문자를 보고 나는 조금 후회했다. 그 박사의 경품이다. 멀쩡한 경품이 아닐 거라고 예상을 해야 했다.

"……엄마~. '헤롱헤롱 미약' 이 뭐야?"

"으윽?! 이, 이건 말이야, 린네. 그러니까 남자랑 여자가, 사, 사이가 좋아지는 약이라고 하면 될까……?"

"'뇌살 란제리 세트'……? 엄마, 이건……."

"응? 어어, 에르나?! 에르나한테는 아직 이르지 않을까?!"

전부 다 그런 건 아니었지만 리스트의 절반은 차마 봐주기 힘든 물품들이었다. 좋아, 나중에 혼쭐을 내주자.

에르나, 린네, 아리스는 뭔지 잘 모르겠다는 표정을 지었고, 쿤은 아주 시니컬하게 씨익 웃었다. ……얘는 뭔지 아나 보네.

열 살 정도 되면 대충은 알 만한 나이일지도 모른다. 안 그래도 쿤은 지식욕이 왕성한 아이니까.

"………나, 나는 이 '입욕제 세트'를 고를래."

의외로 프레이가 얼굴을 새빨갛게 물들이며 우리한테서 시선을 돌렸다. 다만, 아이들 중에서 가장 나이가 많기도 하고, 내가 유미나와 만났던 때랑 한 살밖에 차이가 안 나기도 하니, 나이에 걸맞은 반응이라고도 할 수 있었다.

"이봐. 이 '입욕제 세트'는 평범한 거겠지?"

"효능은 어깨결림, 냉증, 신경통, 수면 부족, 피로 회복 등입니다. 그 외에는 특별히 없네요."

의심을 거두지 못하는 나에게 셰스카가 그렇게 대답했다. 멀쩡한 물건인 모양이다.

아이들의 관심을 돌려 간신히 이상한 아이템을 고르지 않도록 유도하는 데 성공했다.

오히려 아이들보다 성가셨던 사람이 네이와 리세였다.

메르는 프레이즈의 지배종이지만 여러 나라를 여행하며 진화한 덕에 별개의 존재가 되었다. 그에 더해 바빌론에 유폐되

었던 동안에는 '도서관'에서 많은 책을 읽었다. 그래서 당연히 그런 종류의 지식도 있었다. 그 덕분에 몇 년 뒤, 아리스가 태어난 것인지도 모른다.

그런데 순수한 지배종인 네이와 리세는 그런 지식이 결여되어 아이들처럼 순수하게 질문을 던졌다.

"이봐, 엔데뮤온. 이 '삼각 목마'는 말고기 요리인가?"

"아니. 그건~ 먹는 게 아닐 거야……."

"이 '위험한 수영복'은 뭐가 위험해?"

"그건 말이지………. 토야. 야!! 어떻게든 해 봐!"

어떻게든 해 보라니 뭘? 엔데가 울며 매달렸지만 나도 자세히 설명하고 싶지 않았다.

두 사람의 질문에 어쩌면 좋을지 몰라 하는데, 옆에서 우리에게 구원의 손길을 내미는 사람이 있었다.

"네이, 리세. 이 '액세서리 10점 세트'는 어떨까? 아리스한테 잘 어울릴 듯한데……."

"오오! 액세서리라면 장식품이죠?! 그렇군요! 역시 메르 님!"

"아리스한테는 뭐든 잘 어울려. 더 예쁘고 귀여워질 거야."

메르가 그렇게 유도하자 네이와 리세는 간단히 걸려들었다. 너무 쉽게 넘어가는 거 아냐?

다른 사람들도 각자 무난한 물건을 골랐다. 솔직히 흥미가 가는 물건이 없진 않았지만 아이들 앞에서 그걸 고르기는 어려웠다.

역시 이번엔 적당히 이 '동물 귀 세트'를……. 어? 왜 다들 그런 눈으로 쳐다봐?

"와, 귀엽다……."

내 손에 나타난 '동물 귀 세트' 중 하나를 보고 에르나가 흥미를 보였다.

"어? 에르나, 써 볼래?"

"응!"

환한 미소를 지으며 달려오는 에르나. 역시 우리 딸은 귀여워. 좋았어. 그럼 이 접힌 강아지 귀를 주자.

헤어밴드 머리띠처럼 착용하는 강아지 귀를 에르나에게 씌워 주니, 머리카락 색에 맞춘 색으로 강아지 귀가 변화했다.

머리에 쓴 강아지 귀가 쫑긋쫑긋 움직였다. 오오? 어느새 꼬리까지 났네? 아, 꼬리는 입체 영상이구나.

에르나의 감정과 연동되는지 꼬리가 붕붕 흔들리고 있었다. 우오오, 우리 딸이 수인이 됐어.

"오호라. 아이들에게 주려고 그걸 고르셨던 거군요. 역시나, 이제 좀 이해가 됩니다."

그렇지 뭐. ……야에도 어울릴 거라 생각하는데. 물론 다른 아내들도. 아내들한테 씌워 주려고 고른 건 아니거든요?

"에르나 언니 좋겠다~. 아빠, 나도!"

"알았어~."

좋아. 린네한테는 늑대 귀를 주자. 에르나랑 같은 강아지 계열이야.

에르나처럼 린네한테도 꼬리가 나타났는데, 이번에도 붕붕 꼬리가 좌우로 흔들렸다.

"우와아……. 귀여움 두 배, 예요! 원래 귀여웠지만 이렇게 더 귀여워질 줄이야…… 반치익!"

린제가 의미를 알 수 없는 소릴 하면서 린네의 머리를 쓰다듬었다. 원래 귀여웠다고 말하는데, 엄마를 꼭 빼닮았으니 자화자찬이라 받아들일 수도 있는 말인걸? 부정은 안 하겠지만! 정말로 둘 다 귀여우니까!

"어머, 귀여워라. 아버지, 저도 부탁합니다."

"나도 가지고 싶어!"

"폐하, 폐하! 나도!"

쿤, 프레이에 이어 아리스까지 나한테로 달려왔다. 엔데가 분하다는 듯이 쳐다봤지만 그냥 무시하자.

좋았어. 쿤한테는 여우 귀, 프레이한테는 고양이 귀, 아리스한테는 토끼 귀를 씌워 주자.

훨씬 더 귀여워진 아이들이 서로를 보고 칭찬을 해 주었다. 좋구나, 좋아.

쥐 귀도 있었지만, 놀이공원에서 이걸 썼다간 귀찮은 일이 많이 생길 듯해 그만뒀다.

"다들 즐거워 보여서 다행이네요."

"응. 협력해서 뭔가를 이루는 놀이라면 평판이 좋을 것 같아."

화기애애한 아이들을 바라보며 유미나와 나는 놀이공원 구상을 다듬었다. 역시 즐거워야 놀이공원이라 할 수 있으니까.

"다음은 어떤 곳으로 갈까요?"

"글쎄……. 몸을 움직이며 놀았으니, 다음엔 머리를 쓰며 노는 곳이 좋지 않을까?"

셰스카의 질문에 린이 그런 제안을 했다. 머리를 쓰며 노는 곳? 어떤 곳이 있을까. 퀴즈 코너라든가, 퍼즐 코너?

"흠, 지적 놀이 시설 말인가요? 그럼 【나무】 구역으로 가시지요. 자, 이쪽으로."

셰스카가 모노리스에 손을 대자 다시 문이 기동되었다. 트릴리톤 전이문이 열려 그곳을 지나자, 또 눈 부신 빛이 눈앞에 나타나더니 조금 전과는 다른 풍경이 펼쳐졌다.

"여기는……."

나타난 곳은 정원. 평범한 정원이 아니었다. 고지대인 문의 위치에서 아래를 내려다보니 넓은 그 정원에 마치 미로처럼 산울타리가 펼쳐져 있었다.

상당히 큰 산울타리 미로다.

"우와~! 굉장해!"

라비린스 가든
"'미궁 정원'입니다. 숨길 것도 없겠지요. 이곳은 바로 저, 프란셰스카가 프로듀스한 시설입니다."

셰스카가 으쓱한 표정을 지으며 가슴을 내밀더니 그렇게 설명했다. 어? 그래?

바빌론의 '정원'을 관리하는 셰스카. 셰스카의 조원 기술은 두말할 것도 없이 굉장하다. 왕성의 정원사가 놀랄 정도니까.

눈 앞에 펼쳐진 거대한 미로는 산울타리로만 이루어져 있는 곳이 아니라, 군데군데에 정자나 가제보도 있었고, 아름다운 꽃이 흐드러지게 핀 장미 정원 같은 곳도 있었다. 지구에도 이런 미로 정원이 있었지?

"이건 브륀힐드에도 만들 수 있겠는데?"

흙 마법을 사용하면 다른 나라에서도 만들 수 있을 것이다. 귀족 정원에 작은 미로가 있으면 재미있을지도 모른다.

"제가 만든 미궁 정원을 쉽게 생각하시면 안 됩니다. 흔한 정원과는 비교가 안 될 정도로 즐거운 장치가 가득한 꿈 같은 시설이니까요."

"엄청난 불안이 샘솟는데."

얘가 말하는 '즐거운 장치'란 전혀 즐겁지 않을 게 분명하다. 원래라면 그냥 휙 돌아가 버려야 하겠지만…….

"어머? 저 가장 안쪽에 확 트인 곳이 출구지? 이 미로는 입구가 어디일까?"

린이 높은 곳에서 미로를 내려다보며 그런 질문을 했다. 으응? ……정말로 출구는 있는데 시작 지점이 없네. 어떻게 된 거지?

린이 질문하자 셰스카는 높은 지대의 구석에 있던 맨홀 크기의 둥글고 평평한 돌을 가리켰다. 돌에는 마법진이 새겨져 있는 듯했다. 마법진이 그려진 돌은 두 개로, 각각 흰 마법진과 파란 마법진이었다. 이게 뭐지?

"이 마법진은 전이진입니다. 파란 마법진은 출구로 연결되어 있지만, 흰 마법진은 출구에서 어느 정도 떨어져 있는 미로 안으로 전이되도록 만들어져 있습니다. 장소는 무작위입니다."

"아하. 시작 지점이 랜덤이구나."

"네. 일정 시간이 지나면 미로 안에 있는 모두가 출구로 전이되니 밖으로 나오지 못할 일은 없습니다. 미로에 참가하지 않으실 분은 여기서 저와 함께 출구로 가시면 됩니다."

참가 안 해도 됐던 거였어? 이번 건 좀 고생을 할지도 모르겠네. 그럼 이번엔 참가하지 않는 걸로…….

"재미있어 보여!"

"아빠~! 어서! 어서 가자!"

프레이와 린네가 신이 나서는 내 팔을 잡아당겼다. 꼬리를 온 힘을 다해 흔들고 있다. 큭, 이렇게 귀여운 딸이 양팔을 붙들고 가자는데 싫다고 말할 수 있을 리가 없잖아! 참가!

아이가 있는 에르제, 린제, 힐다, 린, 그리고 미로에 큰 흥미를 보이는 사쿠라와 스우는 참가하는 듯했지만, 유미나, 루, 야에는 참가하지 않았다. 세 사람 모두 이런 분야는 껄끄러운 모양이었다.

에르제와 힐다도 별로 좋아하지 않는 듯했지만, 딸들 앞이라 참가하지 않는다고 말하기 어려운 모양이다. 린도 그다지 내키지 않아 보였지만, 쿤도 있고 무엇보다 자신이 '머리를 사용하는 구역'을 제안했으니 참가하지 않는다고 말하기는 어려웠던 걸지도 모른다.

엔데네 가족은 메르와 리세가 참가하지 않는다고 한다. 아리스는 의욕 만점이지만.

"그럼 한 사람씩 이 전이진을 통해 이동해 주십시오. 무작위로 출구에서 거리가 같은 지점으로 이동하니, 순서는 관계없습니다. 미로에는 군데군데 파란 전이진이 있으니 기권하고 싶으시다면 사용해 주십시오."

탈출 경로가 있다는 건가. 그럼 마음 편하게 다녀올 수 있겠네. 힘들면 얼른 기권하고 나오면 되는 거니까.

"그럼 갑니다~!"

가장 먼저 늑대 귀를 쓴 린네가 흰 전이진에 올랐다. 그러자 곧장 화악 사라져 버렸다.

"아, 토야 님. 린네가 저기에 있어요."

"응?"

루가 가리킨 곳을 보니 골인 지점에서 상당히 멀리 떨어진 곳에 있는 린네가 작게 보였다. 꽤 먼 곳으로 이동하네. 저기서 골인 지점에 가려면……. 어~~~~. 잘 모르겠다.

내가 미로를 노려보고 있는 동안에도 다들 계속해서 미로 안으로 이동했다.

곧 내 차례가 되어 전이진에 올라섰더니 순식간에 경치가 바뀌었다. 눈앞에는 높이 3미터짜리 산울타리로 둘러싸인 길이 있었고, 길 저편에는 삼거리가 있었다. 뒤는 막다른 길이다.

나는 일단 앞으로 가 보았다. 자, 삼거리인데 오른쪽이랑 왼쪽, 어느 쪽으로 가면 될까…….

이런 미로를 탈출하는 방법은 몇 가지인가 있는데, 한 손을 벽에 대고 출구가 나올 때까지 계속 이동하는 게 가장 유명한 방법이다.

단, 출발 지점이 한 곳일 때만 가능한 방법이란 생각이 들었다. 만약 이곳이 미로의 중심 근처라면, 내가 중심의 벽에 손을 대고 이동해선 같은 곳을 빙글빙글 돌게 될 가능성이 컸다.

"일단은 편한 마음으로 이동해 볼까."

나는 삼거리에서 오른쪽으로 길을 꺾었다. 왜냐고? 오른손잡이니까. 그 이외의 다른 이유는 없었다.

갈림길도 없는 길이라 계속 오른쪽으로 꺾어 이동했다. 그런데 그곳엔 앞을 가로막듯이 문이 설치되어 있었다.

"이게 뭐지?"

문손잡이를 붙잡고 열려고 했지만 밀어도 당겨도 열리지 않았다. 자세히 보니 문에 황금 표찰이 달려 있었는데, 뭔가 문자가 떠올라 있었다. 고대 파르테노 문자지?

번역 마법【리딩】을 사용하려고 표찰에 손을 대려고 했는데, 문자가 읽을 수 있는 문자로 알아서 번역되었다. 으음? 아까랑 똑같이 셰스카가 조작한 건가?

그게 무슨 상관이야. 어디 보자…….

〈온 힘을 다한 큰 목소리로 노래를 한 곡 부르면 문이 열린다.〉

아, 진짜 불길한 예감밖에 안 든다. 역시 참가하지 말 걸 그랬어.

◇ ◇ ◇

〈온 힘을 다한 큰 목소리로 노래를 한 곡 부르면 문이 열린다.〉

나는 그 문자가 적힌 문을 무시하고, 왔던 길을 되돌아갔다.

왜 이런 곳에서 열창을 해야 하는데? 패스패스. 처음에 오른쪽으로 꺾었던 삼거리로 돌아와 이번엔 반대편 길로 이동했다.

똑바로 가다 보니 또 길모퉁이가 나와 곧장 오른쪽으로 꺾어 이동했다.

"야, 이건 또 뭐야."

눈앞에는 또 똑같은 문이 있었다. 아니, 문의 색이 아주 미묘하게 다르니 다른 문이기야 하겠지만.

〈옷을 벗고 근육을 과시하면 문이 열린다.〉

"셰스카아아아아아아!"

나는 고지대, 또는 골인 지점에 있을 바보 메이드를 큰 소리로 불렀다.

왜 이런 곳에서 근육을 과시해야 하냐고?!!

게다가 난 보여 줄 근육도 없어! 모로하 누나에게 스파르타식 훈련을 받았으니 나름 근육이 있다고 자부하긴 하지만, 미스미드 국왕이나 펠젠 국왕의 영역까지는 도달하지 못했다.

"에잇. 노래를 하든가 근육을 보여 주든가, 둘 중 하나밖에 없는 거야……?"

노래 자체는 해도 괜찮지만, '온 힘을 다한 큰 목소리로' 라는 게 문제다. 방음 시설도 없으니, 산울타리 너머에 있을지도 모르는 다른 사람들에게도 다 들린다. 부끄러워서 부르기 힘들다. 사쿠라라면 기꺼이 노래를 부를지도 모르지만.

그나마 근육을 보여 주는 게 낫나……? 누가 보는 것도 아니니 얼른 보여 주고 말면 끝나겠지.

나는 일단 코트를 벗고 셔츠만 입은 모습이 되었다. 시험 삼아 소매를 걷고 위팔에 알통을 만들자, 삑삑, 하는 소리와 함께 문 아래의 색이 바뀌었다. 뭐지?

반대 팔도 똑같이 알통을 만들자 색이 위로 올라왔다. 문 아래, 10분의 1 정도가 다른 색이 되었다.

근육을 보여 주면 색이 바뀌는 건가? 그리고 전부 색이 바뀌면 열린다든가? 어이가 없어 한숨도 안 나와.

한 번 더 알통을 보여 주었지만 색은 바뀌지 않았다. 큭, 다른 근육을 보여 달라는 거냐?

어쩔 수 없다는 생각에 셔츠를 벗고 상반신만 알몸이 되었다. 이 '모형 정원' 안에는 온도 조절 기능이 있는지 옷을 벗어도 춥지는 않았다.

근육을 과시하라고 하는데, 대체 어떻게 하면 좋을지 감이 잡히지 않았다. 이러면 되나?

내가 보디빌더처럼 양팔에 알통이 나오는 자세를 잡았다. 뭐라더라? 더블 바이셉스였던가? 위팔 이두근을 보여 주는 자세라 그런 이름이 붙었다고 한다.

내 근육으로는 보디빌더의 발끝에도 미치지 못하지만, 그래도 삑삑 하는 소리를 내며 조금 색이 바뀌었다. 보디빌더 정도 되는 몸이라면 단번에 클리어겠지?

그 상태에서 몸의 뒤가 문을 향하도록 몸을 돌려 자세를 잡았다. 등 근육을 보여 주는 백 더블 바이셉스다.

나처럼 빈약한 등으로도 어느 정도는 평가를 받았는지 색이 조금 위로 올라갔다. 기쁜 마음에 주제도 모르고 곧장 몸을 옆으로 돌려 근육을 보여 주는 사이드 체스트 자세를 잡았다. 오오, 또 색이 조금 위로 올라갔어.

그대로 온몸에 힘을 주어 양 주먹이 정면에서 맞닿는 자세를 잡았다. 보디빌더들의 가장 강력한 포즈인 모스트 머스큘라!

좋아, 괜찮네! 그런 생각을 한 순간, 갑자기 정면의 문이 철컥 열리더니, 눈을 휘둥그렇게 뜬 쿤이 나타났다.

"어?"

나와 눈이 마주친 쿤은 약간 오싹한 표정을 지었지만, 금세 무표정한 모습으로 돌아오더니 스마트폰을 꺼내 플래시를 터트리며 찰칵찰칵 나를 찍기 시작했다.

 "자, 잠깐만! 아무 말 없이 찍지 마!"

 "아버지한테 노출 취미가 있을 줄이야. 저도 지금껏 눈치채지 못했어요. 이건 어머니한테 보고해야겠는걸요?"

 "아냐! 이건! 하라는 대로 했을 뿐이야!"

 나는 문에 달린 표찰을 가리켰다. 딸이 날 노출광이라고 오해해선 안 된다. 주제도 모르고 조금 흥을 내긴 했지만!

 쿤은 문의 표찰을 보고, 그렇군요, 라고 중얼거렸다. 간신히 노출광 의혹은 풀린 듯했다.

 "뒤에 적힌 문제하고는 다르네요. 한 번 열리면 그 이후에는 자유롭게 여닫을 수 있는 듯하지만요."

 쿤이 철컥철컥 문을 열었다 닫았다 했다. 쿤이 있던 곳에는 문에 '10초간 눈을 깜빡이지 않으면 문이 열린다'라고 적혀 있었다. 이 차이는 대체 뭐지? 이 지시, 사람에 따라 바뀌거나 하는 건 아니지?

 "여기는 막다른 길이에요. 여기는요?"

 "여기는 반대편에 문이 하나 더 있는데……."

 쿤의 질문에 대답하면서 나는 셔츠를 입었다. 그런데 쿤 씨, 아까 찍은 사진은 삭제해 주시면 안 될까요? 네? 안 된다고요?

쿤이 왔던 통로는 길이 막혀 있다고 한다. 그렇다면 역시 노래를 할 수밖에 없는 건가. 그건 너무 부끄러운데……. 아니지. 이미 그거보다 훨씬 부끄러운 일을 당했으니 그 정도는 아무렇지도 않다는 생각이 들었다.

노래한다 해도 쿤도 있다. 혼자서 부르기보다는 둘이서 불러야 더 나으니 아까보다야 상황이 나아졌다고 보면 되려나?

나는 쿤을 데리고 반대편 문으로 다시 갔다. 여전히 표찰에는 같은 글이 적혀 있었다. 그걸 읽더니 쿤이 아주 밝은 미소를 지으며 나를 바라보았다.

"자, 아버지. 힘껏 노래를 불러 주세요."

"어?! 나 혼자?!"

약속이 다르잖아! 아니, 약속한 적은 없지만!

큭, 딸이 보는데 그 앞에서 커다란 소리로 노래해야 한다니. 이럴 줄 알았으면 아까 혼자 부를 걸 그랬어!

"우리 둘이 같이……."

"부르세요."

"그러니까, 같이……."

"어서요."

……큭, 어쩔 수 없다. 이렇게 된 이상 각오를 다지자. 그렇다면 뭘 부를까.

우리말 노래보다는 외국 노래가 좋겠어. 들어도 다른 사람은 의미를 모를 테니 어떤 노래인지 모를 거 아냐.

그럼 할아버지가 마음에 들어 했던 그 곡을 부를까.

1950년대, 팝의 여명기를 대표하는 가수의 곡을 선택했다.

이 곡은 남동생의 베이비시터인 연상의 여성을 생각하며 부른 노래라고 한다. 그 사람은 16세 때, 이 자작곡으로 데뷔해 일약 스타덤에 올랐다.

나이 차이는 신경 쓰지 않는다. 계속 곁에 있어 주길 바란다. 그런 바람을 담은 가사의 노래를 불렀다.

간신히 노래를 다 끝내자 문이 철컥하고 열렸다. 후우.

문득 옆을 보니 쿤이 스마트폰 카메라로 나를 찍으며 히죽거리고 있었다.

"녹화 완료."

"우아앗?!"

왜 찍었어?! 제발 지워 주세요, 제발! 쿤이 녹화한 스마트폰에서 내가 열창하는 소리가 들려왔다. 으아아, 부끄러워!

"반복해서 외치는 여성의 이름, 아버지의 바람피우는 상대는 아니겠죠?"

"아냐! 그냥 노래 가사야!"

무시무시한 소릴! 아내들 귀에 들어갔다간 괜한 추궁을 받게 될지도 몰라!!

키득키득 웃으면서 쿤은 스마트폰을 품에다 넣었다. 일단 지우면 안 될까?

"자, 길이 열렸어요. 열심히 가 보죠."

"이젠 힘이 다 떨어졌어……."

나는 쿤의 뒤를 따라 문을 지났다. 길은 오른쪽 왼쪽으로 구불구불했지만, 갈림길은 없는 외길이었다. 그런데 곧장 사거리가 나타났다.

"어디로 갈까요?"

"나는 특별한 계획이 없으니 쿤이 좋아하는 방향으로 가면 따라갈게."

"그런가요……? 그럼 왼쪽으로 가면 왔던 방향으로 가게 될 듯하니, 오른쪽으로 가죠."

쿤은 그렇게 말하더니 오른쪽으로 길을 꺾었다. 나도 그 뒤를 따라 오른쪽으로 나아갔다. 잠시 걸으니 바로 옆에서 갑자기 여자아이의 목소리가 들려왔다.

"아~! 또 막다른 길이야~! 참~!"

"이 목소리는……."

"린네네요."

산울타리 너머에서 들려온 목소리를 듣고 우리는 걸음을 멈췄다. 아무래도 린네가 산울타리 바로 너머에 있는 듯했다.

"린네! 거기 있어?"

"린네?"

"어? 아빠? 쿤 언니?"

산울타리 너머에서 린네가 대답했다. 역시 저편에 있구나.

"두 사람은 같이 있어? 치사해. 나도 합류하고 싶어!"

"그거야 그렇지만……."

합류하려고 작정하고 합류했던 게 아니라서. 이 길이 린네의 길과 연결되어 있다면 합류할 수 있을지도 모르지만.

"그렇지! 이 산울타리를 뛰어넘으면 돼!"

뭐?! 그렇게 생각한 순간, 쾅! 충격음과 함께 '아야야?!' 라는 린네의 비명, 그리고 털썩, 하고 지면에 쓰러지는 소리가 들려왔다.

"앗?! 린네?! 괜찮아?!"

"아야야야……. 머리 부딪쳤어~……. 이거 뭐야?! 보이지 않는 뚜껑 같은 게 있어서 못 뛰어넘어!"

아무래도 벽이 있어 산울타리를 뛰어넘을 수 없는 듯했다. 부정행위는 못 하게 막았다는 건가.

"일단 포기해. 운이 좋으면 곧 합류할지도 모르니, 계속 앞으로 나아가렴."

"쳇. 알았어. 그럼 계속 앞으로 나아갈게."

타다다다닥. 린네가 달리는 소리가 들렸다.

우리도 계속 가 볼까. 린네와 합류하게 될지도 모르니까.

우리는 그 자리를 떠나 계속 길을 따라 나아갔다. 그러자 곧장 확 트인 장소에 도착했다. 광장인가?

크기는 작은 정원 정도로, 중앙에는 입간판이 있었다. 이 앞에는 문이 하나. 또냐…….

우리가 입간판에 가까이 다가가자 뒤쪽 통로의 지면이 갑자기 부풀어 오르더니 돌벽이 되어 길을 가로막았다. 갇힌 건가?! 큭, 이것도 장치의 하나인가 보네?!

"'새를 손으로 잡으면 문은 열린다' …… 새가 뭘까요?"

간판을 읽은 쿤의 목소리에 반응하듯이 갑자기 광장에 닭 한 마리가 나타났다.

〈꼬꼬도도루두——————!〉

잠깐! 우는 소리가 이상하잖아! 왜 바리톤 보이스야?! 게다가 발음이 너무 뚜렷해! 성우가 따로 녹음한 건가?!

닭이라고 생각했는데 닭이 아닐지도 모른다. 저렇게 눈초리가 길게 째진 닭을 난 본 적이 없다. 굉장히 잘생긴 닭이다.

"새란 저 아이를 말하는 걸까요?"

"그렇겠지. 간판의 말대로라면 저 닭을 잡으면 문이 열린다는 건가."

얼른 잡고 앞으로 나아가자. 그런데 내가 다가가자 닭은 사사삭, 하고 도망쳤다. 윽.

다가가면 도망가고. 빠르게 다가가면 빠르게 도망갔다. 힘껏 달려 다가가면! 닭도 힘껏 달려 도망! 이 자식이!

〈꼬꼬도도루두——————!〉

온 힘을 다해 도망치는 닭을 나도 온 힘을 다해 뒤쫓았다. 이 자식, 장난 아니게 빨라! 역시 평범한 닭이 아니었구나?!

크윽. 이럴 때 【액셀】을 사용할 수 있었으면 단숨에 잡는 건데!

"아버지, 괜찮으세요?"

"응?! 아, 아하하! 그럼, 그럼. 괜찮고말고! 잠깐만 기다려. 바로 잡을 테니까!"

어쩌냐?! 이대로는 아버지로서의 위엄이! 좋아, 진심으로 잡으러 가자!

나는 살금살금 다가가기도 하고, 페인트도 걸면서 광장의 구석으로 닭을 몰아넣었다. 큭큭큭, 이제 넌 독 안에 든 쥐, 아니, 닭이다!

닭이 움직임을 멈춘 그 타이밍에 나는 단숨에 달려들었다. 잡았다!

그런데 다음 순간, 닭은 날개를 크게 펼치더니 드높이 도약했다. 뭣이라………?

〈꼬꼬도도루두————————!〉

닭은 내 머리를 밟고 바로 등 뒤로 달려갔다. 돌아보니 닭이 〈잡을 수 있으리라 생각했냐? 이 애송아?〉라고 말하듯이 나를 쳐다보았다. 이 자식……! 지금 코웃음을 쳤지? 튀겨서 치킨난반으로 만들어 줄까 보다……!

"풉……. 괜찮으세요, 아버지?"

"하, 하하……. 참 재빠른 닭이네……."

나는 입술을 움찔거리며 코트를 벗어 쿤에게 들어 달라고 했다. 이제 절대 용서 못 해! 네가 그렇게 나온다면 온 힘을 다해 상대해 주마. 후회하지 마라?!

"참…… 어른스럽지 못하다니까."

쿤이 작게 중얼거리는 소리가 들렸지만 못 들은 척했다. 남자라면 도망치지 말고 싸워야 할 때도 있는 법이야!

이건 싸움이 아니라는 생각도 들었지만, 그건 별로 중요한 일이 아니다. 반드시 붙잡아 닭살이 돋게 해 주마……! 닭이니까? 썰렁해!

잘 보라고, 꼬꼬댁 소리도 못 하게 해 줄 테니!

◇ ◇ ◇

"좋았어!"

〈꼬꼬도도루두————————!〉

몇 분 후. 나는 양손으로 닭의 머리를 붙잡는 데 성공했다. 사람을 놀려도 유분수지……! 꼴좋다!

"큭큭큭……. 자, 닭튀김이 좋을까 치킨 스테이크가 좋을까……. 아니지, 역시 닭튀김에 타르타르소스를 얹은 치킨난반이 좋을까?"

〈꼬?! 꼬, 꼬꼬꼬, 꼬꼬도도루두————————!〉

"아버지, 목적이 바뀌었어요."

어이없다는 듯 중얼거리는 쿤의 말을 듣고 나는 제정신을 차렸다. 아차, 아버지의 위엄을 완벽히 잃고 말았잖아.

어떻게 넘어가면 좋을까 하는 생각에 식은땀을 흘리는데, 손안에 있던 닭이 순식간에 사라졌다. 어?

"문이 열렸어요. 가시죠."

"으, 응."

쿤이 열린 문 안으로 들어갔다. 나도 그 뒤를 따라 문을 통과했다. 에휴. 어쩌면 위엄 따윈 처음부터 없었을지도 모른다.

"끝까지 다 녹화했어요."

"또?!"

왜 얘는 그런 짓을 하는 걸까?! 날 그렇게 놀리고 싶어?!

어깨를 축 늘어뜨린 나를 보고 쿤이 장난스럽게 웃었다. 이 아이는 자주 녹화도 하고 사진도 찍는데 취미인가?

"취미라기보다는…… 전 요정족이니까요. 분명 다른 자매나 남매보다 더 오래 살 거예요. 그러니 잊어버리지 않도록, 추억은 많이 담아두고 싶거든요."

윽, 그렇게 말하면 할 말이…….

나는 세계신의 권속이다. 그런 나의 아들딸들은 이른바 반신(半神)인 존재다. 단, 평범한 사람보다 능력은 뛰어나지만, 수명은 다른 사람보다 조금 더 긴 정도라는 모양이었다.

하지만 그중에서도 쿤은 요정족이란 특징도 있어, 가장 오래 살 가능성이 컸다.

부모님과 형제들의 추억을 지금부터 남기는 중이었던 건가.

아직 열 살인데…….

나는 무심코 쿤이 어머니에게 물려받은 비단 같은 흰 머리카락을 부드럽게 쓰다듬었다.

쿤이 어리둥절한 표정을 지었다가 곧 눈을 가늘게 뜨며 웃었다.

"걱정하지 마세요, 아버지. 저는 인생이 긴 만큼 결혼은 제일 마지막에 할 거니까요. 아버지와 가장 오래 같이 지낼 수 있어요."

"응, 그건 그렇지만……."

딸이 얼른 결혼해 버려도 쓸쓸하지만, 늦게 결혼한다고 하니 그것도 아버지로서는 뭐라고 쉽게 형용할 수 없는 미묘한 심경이었다.

"600살이 되기 전에는 어떻게든 해 볼게요."

"그렇게나?!"

린이 들으면 화를 낼 듯한 대화를 하면서, 우리는 산울타리 미로의 외길을 따라 계속 나아갔다.

길 끝에 도착하니 삼거리가 나왔다. 또 오른쪽이나 왼쪽 중 하나를 골라서 가야 하나…….

"아버지."

"응?"

조금 지긋지긋하다는 생각을 하는데, 쿤이 내 소매를 잡아당겼다. 돌아보니 오른쪽 통로의 저편의 삼거리에서 불안한 표정을 짓고 있는 에르나가 보였다.

"앗, 아빠랑 쿤 언니!"

"에르나?"

에르나가 환하게 웃으며 우리를 향해 달려왔다. 그리고 멈추지 않은 채 곧장 쿤에게 안겨들었다. 불안했는지 조금 눈물을 글썽이고 있었다.

"다행이야. 다들 목소리는 들리는데 합류를 못 해서……. 계속 같은 곳을 빙글빙글 돌았어."

에르나는 문을 몇 개인가 발견했지만 지시에 못 따르겠다고 판단한 문은 그냥 무시하고 지나쳤다고 한다. 그건 올바른 판단이었어. 억지로 앞으로 나갈 필요는 없지. 시간이 지나면 탈출할 수 있기도 하니까.

"혹시 무슨 지시였어?"

"그, 그게, '뇌살 포즈를 하기'라든가 '침실 대화를 속삭이기'라든가, '팬티 슬쩍'이었는데…… 뭔지 잘 몰라서……."

"셰스카아아아아!!"

나는 또 바보 메이드를 향해 소리쳤다. 말도 안 되는 지시를 써놓다니!

그 바보는 정말 교육상 안 좋아! 우리 딸들에게 성희롱을 저지르려 하다니, 그 자식!!

에르나는 잘 몰라서 당황한 모양이지만, 쿤은 살짝 얼굴을 찌푸렸다. 내가 아니라 순수한 여동생에게 성희롱하려고 했으니 아무래도 기분 나쁠 수밖에 없다.

"쿤 언니, '뇌살 포즈'가 뭐야?"

"몰라도 돼. 에르나는 지금 이대로의 에르나로 남아 줘."

쿤이 여동생 에르나를 꼬옥 껴안았다. "?……?" 그런 물음 표 표시를 떠올린 듯한 표정을 지을 만큼 상황을 파악하지 못 했지만, 에르나도 쿤을 같이 안아주었다.

셋이 된 우리는 에르나가 온 오른쪽 통로가 아닌 반대편 방 향으로 걷기 시작했다.

이거 정말 골인 지점에 도착할 수 있는 건가……? 하늘에서 보면 단번에 길을 찾을 수 있겠지만…… 이 위에는 장벽이 펼 쳐져 있으니까. 마법도 사용할 수 없으니 어차피 안 되나.

……————잠깐?

마법을 사용하지 못하는 이유는 주변에 영향을 미치는 마력 이 방해받기 때문이다……. 그러니 주변의 마소를 이용하는 스마트폰의 전화, 메시지, 나침반 등의 기능은 사용할 수 없 지만, 다른 기능은 사용할 수 있다. 실제로 쿤은 카메라 촬영 이나 동영상 촬영은 했었고. 다시 말하면 인터넷이나 전화 만 안 되는 상황이라는 말이다.

박사가 만든 다른 사람의 스마트폰은 전부 마찬가지겠지.

하지만—— 내 스마트폰은 다르다.

신기(神器)라서 신의 힘으로 작동한다. 마력이 없는 지구에 서도 사용할 수 있었을 정도다. 어쩌면…….

쿤과 에르나의 뒤에서 걸으면서 나는 스마트폰을 꺼내 슬쩍 지도 검색을 해 보았다.

"······좋았어! 빙고!"

"······? 아빠, 왜 그래?"

"응?! 아, 아냐. 아무것도!!"

"그래······?"

작은 목소리로 외치며 브이 포즈를 취하던 나를 에르나가 돌아보더니 고개를 갸웃했다. 안 되지, 안 돼. 의심스러운 행동이었던 건가.

나는 스마트폰의 화면을 내려다보면서 혼자 히죽거렸다. 스마트폰에는 이 미로의 전체 길과 현재의 위치가 확실히 표시되어 있었다.

역시 세계신님이 만든 스마트폰. 이걸 보면서 가면 골인은 어렵지 않다.

세계신님, 감사합니다. 이것으로 아버지의 위엄을 부활시킬 수 있겠어요.

마음속으로 세계신님에게 감사를 바쳤는데, 놀랍게도 본인한테서 메시지가 도착했다. 뭐지?

〈아이들 앞에서 부정행위를 하면 안 되지 않겠나.〉

다 보고 계셨군요. 그렇겠죠~?

◇　◇　◇

"앗~! 아버지다!"

"에르나 언니도 있어!"

목소리가 들린 방향을 돌아보니, 저편에서 엄청난 기세로 달려오는 고양이 귀 소녀와 늑대 귀 소녀 두 사람이 보였다. 그리고 그 기세를 유지하며 두 사람 모두 땅을 박차더니 나를 향해 다이빙했다. 억?!

"크으윽?!"

상반신에 충격을 받으면서도 간신히 버텨 쓰러지지는 않았다. 방금 허리에서 뚜욱 하는 소리가 들렸어! 뚜욱!

"프레이 언니, 린네⋯⋯. 아버지한테 뛰어들지 마세요. 어머니들한테 혼날걸요?"

"우~~. 재미없게~."

"아냐, 조심해야 돼. 어머니의 설교는 길거든⋯⋯."

쿤이 타이르자, 두 사람이 마지못해 나에게서 떨어졌다. 허리⋯⋯ 아파⋯⋯. 【큐어힐】⋯⋯.

나는 허리의 통증을 회복 마법으로 치료했다. 힘이 너무 넘쳐 탈이잖아⋯⋯.

늑대 귀를 쓴 린네가 주변을 두리번거렸다.

"엄마들은?"

"엄마들하고는 아직 합류 안 했어."

"뭐야."

어? 아빠만 있어선 불만인가요? 좀 섭섭한데…….

"기묘하게도 딸들은 전부 모였네요. 기쁜가요, 아버지?"

"응, 기쁘긴 한데……. 이게 과연 우연일까……?"

쿤이 히죽히죽 웃으면서 다가왔는데, 이걸 정말 우연이라 치부해도 되는 걸까?

다름 아닌 그 바보 메이드가 프로듀서다. 이것마저도 바보 메이드의 작전이라고 의심하며 행동하는 편이 낫다.

"딸을 모두 모아서 나의 한심한 꼴을 보여 주려는 작전이 아닐지……."

"왜 결론이 그렇게 되나요……?"

나를 째려보는 쿤과 쓴웃음을 짓는 에르나. 어? 그렇게 한심하게 보여?! 헉. 이미 난 그 메이드의 책략에 걸려 버린 게 아닐까?!

"망상이 심한 거야 상관없지만, 어서 앞으로 가죠. 어머니들을 만날 수 있을지도 모르니까요."

쿤이 앞서 나갔고, 우리도 그 뒤를 우르르 뒤따라갔다. 쿤 말대로 생각만 해 봐야 아무 소용도 없다. 앞으로 나아가자.

우리는 프레이와 린네가 온 방향과는 반대 방향으로 나아갔다.

이쪽으로 가고 저쪽으로 가고, 도중에 여러 함정에 걸리면서도 빠져나오고, 이리저리 헤매면서도 간신히 우리는 앞으로 나아갈 수 있었다. 생각 이상으로 힘들어……. 슬슬 골인 지점 근처가 아닐까 하는데…….

"앗, 엄마들이다!"

모퉁이를 돌더니 린네가 외쳤다.

돌아가 보니 직선 길 저편에 미로의 출구가 있었다. 그 광경을 보니 안도의 한숨이 새어 나왔다.

유미나, 루, 야에, 그리고 메르와 리세. 참가하지 않았던 멤버가 테이블 앞에 앉아 우아하게 차를 마시는 모습이 보였다. 큭, 나도 참가하지 말 걸 그랬어…….

아무튼, 겨우 골인이구나. 이제 짓궂은 함정도…… 골인? 골 앞?

"1등~!"

린네가 달려 나갔다. 안 돼. 잠깐만!

내가 힘껏 달려 린네보다 먼저 앞서 나갔다. 딸을 놔두고 먼저 골인하기 위해서가 아니었다. 아무리 그래도 그렇게까지 어른스럽지 않은 짓을 할 리가 없잖아.

그럼 왜냐고? 골인 앞의 함정은 걔네들의 상투적인 수단이니까 그렇지!

골인 바로 앞의 땅을 밟자, 내 발이 지면 안으로 쑥 빠져들어 갔다. ……이것 봐, 맞지?

"아빠?!"

빠직빠직! 뭔가가 부러지는 소리와 함께 나는 지면 아래로 떨어지는 동시에 가루투성이가 되었다. 콜록……. 이 자식. 이렇게까지 철저하게 함정을……!

아래에는 쿠션이 깔려 있어 다치지는 않았다. 또 그렇게 깊지도 않았다.

"아, 아빠. 괜찮아?!"

"응~~~. 이 정도야 뭐. 괜찮아. 익숙하거든……."

나는 걱정스러운 듯이 내려다보는 에르나에게 손을 들며 대답했다. 퉤퉤. 입안에도 뭐가 들어갔어. 밀가루인가? 이거?!

간신히 땅 위로 기어 올라가 가루를 털어냈다. 린네를 비롯한 딸들도 팡팡 내 옷을 같이 털어줬지만, 좀 살살 털어 줘. 아파.

"아버지도 같이 골인하자~!"

프레이의 그 말을 듣고 딸 네 명이 내 손을 붙잡은 모습으로 우리는 동시에 골인했다. 그러자 기다리고 있던 유미나를 비롯한 참가하지 않은 멤버들이 박수로 우리를 맞이해 주었다. 기쁘기도 하고 쑥스럽기도 하고…….

"축하드립니다. 여러분이 1등입니다."

"그랬어? 다른 사람들은 아직이야?"

"네. 모두 고전을 면치 못하시는 듯합니다."

셰스카가 골인 지점 바로 옆에 있는 대형 모니터를 가리켰다.

그곳에는 블록 쌓기 놀이를 하듯, 신중하게 블록을 쌓는 에르제와 린제의 모습이 비치고 있었다. 앗, 블록이 무너졌다.

에르제가 머리를 감싸 쥐고 있어.

그런가 하면 지면에 놓인 둥근 고리를 리듬감 있게 뛰어서 넘는 스우와 사쿠라의 모습도 보였다. 아하. 이렇게 미로 안의 모습을 볼 수 있는 거구나.

……잠깐만. 그렇다면?!

"혹시…… 우리 모습도 계속 봤었어……?"

유미나를 비롯한 참가하지 않은 멤버들이 노골적으로 시선을 피했다. 봤구나……. 내가 풀썩 어깨를 축 늘어뜨렸다. 딸도 모자라 아내들한테까지 추태를 보이다니, 이런 벌칙 게임이 어디 있어?!

"저, 저어, 그, 노, 노래는 아주 멋졌어요!"

허둥대며 루가 그렇게 외쳤다. 아냐, 묘한 위로는 안 해 줘도 돼……. 더는 내 HP를 줄이지 마…….

역시 참가하지 말았어야 했다. 셰스카가 프로듀스했다는 말을 들었을 때 눈치챘어야지. 토야! 몇 번을 속아 넘어가는 거냐?!

"와, 출구야 아빠. 엄마들이 있어! 다른 사람들도!"

골인 지점 저편에서 아리스와 엔데, 그리고 네이의 모습이 보였다. 이 조합…… 역시 외부에서 개입했다는 확신이 들었다.

아리스가 이곳으로 달려왔다. 어? 어느새 함정이 사라졌잖아? 아니, 사라진 게 아닌가? 원래대로 돌아왔다?

"아리스, 거기서 점프해!"

"어?! ……에, 에잇!"

갑자기 엄마인 메르가 소리치자, 토끼 귀를 쓴 아리스는 그 말대로 순순히 골 앞에서 깡총하고 점프해 무사히 골인하는 데 성공했다.

어째서? 왜 그런 말을 했는지 몰라 고개를 갸웃하는 아리스를 메르가 꼭 안아주었고 리세가 머리를 쓰다듬어 주었다.

"휴우, 겨우 도착했네……. 우와아아아아?!"

"엔데뮤온?!"

앗, 엔데가 떨어졌다. 네이는 아슬아슬하게 멈춰 서서 떨어진 엔데를 깜짝 놀란 눈으로 쳐다보았다. 그만둬, 셰스카! 작게 승리 포즈 취하지 마!

"………."

잠시 후, 가루투성이가 된 엔데가 아무 말 없이 구멍에서 기어 올라왔다. 팡팡, 옷을 털면서 역시나 가루투성이가 된 나를 보더니 훗, 하고 시니컬하게 웃었다. 같은 처지에 있는 사람을 동정하는 그런 심정인가. 분하지만 나도 비슷한 심정이었다. 마음은 잘 알지만 딸이 무사했으니 기뻐하자.

그 후에 스우와 사쿠라, 에르제와 린제, 힐다와 린이 무사히 골인했다. 함정에는 빠지지 않게 잘 말해 줬어.

"생각보다 힘들었네요……."

"미로 자체는 괜찮은데 함정은 필요 없어. 우리가 만들 때는 없애자."

조금 초췌한 힐다에게 대답하면서 나는 그렇게 결의했다. 부모님과 아이가 함께 즐길 수 있는 곳! 브륀힐드의 놀이공원은 그걸 콘셉트로 삼는 거야.

"다음은 어디에 가 보고 싶으신가요?"

"다음은 롤러코스터를 타고 싶어! 여기엔 없어?"

"롤러코스터……? 그건 어떤 시설인가요?"

힘차게 대답한 프레이에게 셰스카가 잘 모르겠다는 듯이 대답했다. 프레이즈 가족인 엔데, 메르, 리세, 네이는 어리둥절한 표정을 지었지만 우리는 그게 어떤 시설인지 잘 알았다.

아이들은 미래에서 타 본 적이 있는 거겠지. 태연한 모습이었다.

스우, 사쿠라, 야에, 루는 조금 기대하는 눈치였다. 영화에서 보고는 타 보고 싶다고 말했으니까.

반면 힐다, 에르제, 유미나는 불안해 보였다. 아이들과 마찬가지로 태연했던 사람은 린과 의외로 린제였다.

생각해 보면 린제의 전용기 헬름비게는 공중전이 특기인 기체다. 변형하여 비행 형태가 될 때의 움직임은 롤러코스터와 비교가 안 될 정도이리라 생각한다. 익숙하다는 얘기인가.

"롤러코스터라는 건~ 레일 위를 달리면서 빙글빙글 돌기도 하고 떨어지기도 하고 날기도 해서 두근두근 조마조마한 타는 놀이 기구야!"

잠깐만, 프레이! '날기도 하고' 라니 무슨 소리야……?! 뭘 만든 거냐, 미래의 토야여?!

"타는 놀이 기구……. 그렇군요. 긴장, 공포, 불안 등을 즐기기 위한 시설 말이군요? 그럼 【바람】 구역으로 가시지요."

있는 거냐. 롤러코스터. 5000년 전의 고대인도 스릴을 즐기는 사람들이었구나.

……아니지, 이 시설 자체가 박사의 실험장 같은 곳이니 있어도 전혀 이상할 게 없는 건가…….

다시 셰스카가 모노리스에 손을 대자, 아까와 똑같이 문이[^트릴리톤] 기동되었다.

아이들이 즐거워하며 전이문으로 뛰어들었고, 우리도 그 뒤를 따랐다. 눈부시게 아름다운 소용돌이를 빠져나가자 뭐라 말하기 힘든 풍경이 펼쳐졌다.

처음에 떠오른 말은 서부극. 그 경치는 광야라 말해도 전혀 이상할 게 없을 만큼, 불그스름한 바위가 펼쳐진 장소였다. 그야말로 서부극의 세계다. 목조 역 같은 건물도 눈앞에 있고. 그거 외엔 건물도 없긴 하지만…….

저 멀리에 선인장도 있었다. 선인장…… 맞지? 평범한 선인장보다 흉악해 보이는 가시가 눈에 띄지만 기분 탓이겠지.

"여긴 마도 열차를 타고 다양한 경치를 보며 돌아다니는 시설입니다. 설정을 여러 가지로 바꾸면 프레이 아가씨의 말대로 '롤러코스터'와 비슷한 체험이 가능하지 않을까 합니다."

마도 열차? 고대 마법 왕국 시대에는 마도 열차가 여러 지역

[^트릴리톤]: 트릴리톤

을 달렸다는 모양이던데, 이런 곳에서도 사용됐던 건가. 그럼 이 건물은 역시 역이었어?

마법 왕국 펠젠에서도 유적에서 마도 열차가 발굴되어 연구를 거듭한 끝에, 우리의 에테르리퀴드와 마력 배터리의 도움을 받아 5000년 만에 개발된 새로운 마도 열차가 조만간 다니게 될 예정이긴 하지만.

역에 들어가 보니, 그곳에는 내가 아는 마도 열차와는 많이 다른 아담한 마도 열차가 늘어서 있었다. 정말로 이건 롤러코스터라고 해도 이상하지 않을지 모른다.

하나의 크기는 경차 정도. 단, 롤러코스터와는 달리 간이 지붕이 달려 있었고, 좌우에 한 명씩 타는 2인승인 객차 다섯 대가 서로 연결되어 있었다. 10인승인가. 두 그룹으로 나눠서 타게 되겠네.

레일…… 비슷한 건 있지만 레일이라고 할지 플레이트에 가까웠다. 플레이트 모양의 레일 위를 달리는 거니…… 지구에 있는 장난감 열차에 가깝다. ……플라스틱으로 만들지는 않았겠지?

그런데 이 레일, 자세히 보니 몇 미터 앞에서 끊어져 있었다. 미완성 시설인가?

"아니요. 이건 열차가 앞으로 나가면 후방의 레일 패널이 앞으로 전이해 연결되어 연속해서 달릴 수 있는 시스템입니다."

"전이식 오토레일이죠? 이야기는 들어본 적이 있지만 여기서 보게 될 줄은 몰랐어요!"

셰스카의 설명을 듣고 눈을 반짝이며 관심을 보이는 쿤. 마공학을 아주 좋아하는 쿤답다. 아무래도 내가 미래에 만들게 되는 롤러코스터는 이것과는 다른 모양이다.

"그런데 먼저 누구와 누가 타면 좋겠습니까?"

"글쎄……. 일단 힐다, 린, 에르제, 린제는 아이들과 같이 탔으면 좋겠어. 나머지 자리의 순서는 가위바위보면 되지 않을까?"

기왕에 타는 거니, 옆에 엄마가 있어야 무섭지 않겠지. 엄마가 더 무서워할지도 모르지만…….

그 말을 들은 엔데가 옆에 있던 아리스에게 말을 걸었다.

"아리스는 그럼 나랑 탈까?"

"어? 난 엄마랑 탈 건데?"

엔데가 딸에게 차여 털썩 주저앉았다. 곧장 누가 아리스 옆에 앉을지를 두고 메르, 네이, 리세의 가위바위보 대결이 시작되었다. 프레이즈 세 사람도 가위바위보를 알고 있었구나……. 브륀힐드에서는 아이들이 흔하게 하는 게임이니 알고 있어도 이상할 건 없나.

"우리도 순서를 정할까? 이긴 순서대로 타자."

……가능하면 먼저 괜찮은지 살펴보고 싶으니 나중에 타고 싶었다. 안 되겠다 싶으면 안 타겠다고 하면 되니까.

좋아, 지자. 가위바위보에 약하기로 유명한 나다. 이 멤버라면 충분히 지고도 남겠지.

◇ ◇ ◇

……이렇게 해서 타는 순서가 결정되긴 했는데.

결국 나는 열 번째가 되어 아슬아슬하게 선행 열차에 타게 되었다. 큭…… 한 번만 더 졌어도…….

맨 마지막 줄이다. 그건 좋아. 그건 좋은데.

"왜 네가 옆이냐……."

"아홉 번째랑 열 번째니까 어쩔 수 없잖아!"

옆에 앉은 엔데가 으르렁댔다. 그거야 그렇지만…….

앞서 타는 사람은 【힐다, 프레이】, 【야에, 사쿠라】, 【루, 리세】, 【린, 쿤】, 【엔데, 나】. 이렇게 열 명이었다.

그건 그렇고, 유미나가 압도적으로 완패했는데, 그건 분명 미래 예지를 사용해 졌던 거겠지……? 평소엔 엄청 강했는데.

"토야. 이 자리에 벨트고 뭐고 아무것도 없는데 정말 괜찮아?"

"그건 나도 의아했던 점이야……."

보통 이런 롤러코스터에는 안전을 위해 몸을 고정하는 기구가 있지 않나? 물론 이건 롤러코스터가 아니니 꼭 그렇지는 않을지도 모르지만.

일단 자리 앞에는 붙잡을 수 있는 손잡이가 있었지만 이거 하나로는 아무래도 불안하다.

"괜찮습니다. 달리기 시작하면 바닥과 좌석에서 중력 마법이 발동되어 몸이 고정되니까요. 설사 레일에서 튕겨 나간다 해도 좌석에서 벗어날 일은 없습니다. 안심하시길."

"엄청 불안해졌어."

튕겨 나간다니 무슨 말이야? 그냥 예를 든 것뿐이지?

"그런데 이건 어떤 곳을 달려?"

"글쎄요? 그때마다 다른데요. 희망대로 긴장, 공포, 불안을 가득 즐길 수 있게 설정해 두겠습니다."

그런 말을 한 셰스카가 역의 플랫폼에 있던 터치 패널 같은 곳을 삑, 삑, 삑, 삑, 삑삑삑삑삑삑삑삑삑삑! 하고 연타했다.

너무 많이 누르잖아?! 뭐 하는 건지는 모르겠지만 너무 많이 누르는 거 아냐?! MAX야?!

"그럼 조심하시길."

"잠깐만?! 조심해야 할 일이 있단 말이야?!"

셰스카의 불길한 말을 따질 새도 없이 무정하게도 열차는 소리도 없이 스르륵 내달리기 시작했다.

뒤를 돌아보니 열차가 지나간 레일의 패널이 파밧, 파밧, 하고 사라졌다. 앞으로 전이되고 있는 거겠지. 대체 이 열차는 어디로 향하는 것인가.

"토, 토야! 이거, 올라가기 시작했어?!"

엔데의 목소리를 듣고 앞을 보니 열차는 천천히 각도를 올려 하늘로 오르기 시작했다.

"어떻게 떠 있는 걸까……? 공간 고정 각인 마법?"

내 앞 좌석에 앉은 쿤은 아래 레일을 들여다보더니 중얼거리며 깊은 생각에 잠겼다. 너무 침착하지 않아? 그런데 그 옆에 앉은 린도 태연하게 경치를 감상하고 있었다. 모녀가 다 배짱이 두둑해…….

꽤 높은 곳까지 올라왔다. '모형 정원'이 멀리까지 내다보였다. 어? 저긴 제일 처음에 갔던 슬라임 목장인가?

"야. 이거 어디까지 올라가려는 거야?!"

옆에 앉은 엔데가 불안한 표정을 지었다. ……아, 롤러코스터는 원래 이런 거라 생각했는데, 앞으로 어떻게 될지 모른 채 계속 올라가기만 하면 이런 반응을 보일 수밖에 없는 건가.

그렇지만 이 마도 열차도 엄밀하게 말해 롤러코스터는 아니었다. 지구의 롤러코스터랑 똑같이 생각해서는 위험할지도 모른, 다?!

천천히 올라가던 마도 열차가 앞에서부터 아래로 내려가기 시작했다. 악! 직각 낙하?!

"큭……!"

엄청난 풍압이 느껴졌다. 평소에도【플라이】로 날아가던 나라서 높이는 익숙했지만, 날아갈 때 풍압은 마력 장벽으로 막

앉았던지라, 이 풍압에는 조금 겁이 났다.

마도 열차는 지면에 닿을 듯 말 듯 한 곳까지 내려갔다가 다시 떠오르더니, 이번엔 곧장 급상승을 시작했다. 급상승…… 정도가 아니라 그대로 하늘과 땅이 뒤집혔다. 크게 1회전이다.

"우오아아아아아아?!"

옆에 앉은 엔데가 새파랗게 질린 얼굴로 비명을 질렀다. 너…… 아리스랑 같이 안 타서 정말 다행이라 생각해. 아리스가 봤으면 아빠에 대한 환상이 다 깨졌을걸? 아니, 환상이 깨질 만큼 위엄이 있었는지는 의심스럽지만……. 나도 마찬가지고.

마도 열차는 그대로 두 번, 세 번, 회전을 반복하다 다시 급상승을 시작했다. 상당한 높이까지 올라가자 이번엔 거기서부터 나선 모양으로 급강하했다.

이건 꽤 무섭다. 몸에 원심력이 많이 걸린다……! 이런 느낌은 【플라이】로는 느낄 수가 없으니……. 우오오?!

다시 지면에 닿을 듯 말 듯 한 곳까지 내려와 이번엔 수평으로 달리는가 싶더니, 어느새 물보라를 일으키며 수면 위를 달리고 있었다. 어딜 달리는 거야?!

그곳을 빠져나갔을 즈음, 쭉 연결되어 있던 열차가 한 대씩 좌우로 분리되어 갔다. 어라?!

앞에 있던 린과 쿤의 열차도 사라지고, 정신을 차려 보니 나와 엔데가 타고 있던 열차만이 숲속을 질주하는 중이었다.

"야, 토야! 이거 어떻게 된 거야?!"

"나도 몰라!"

왜 남자 둘이서 계속 롤러코스터를 타야 하냐고. 내가 묻고 싶어. 다른 사람들은 괜찮을까?

"우악?! 앞!"

갑자기 엔데의 목소리가 들려 정면을 보니, 우리가 탄 열차가 큰 나무를 향해 일직선으로 돌진하고 있었다. 으악, 부딪힌다?!

나무에 부딪히기 직전, 열차가 아슬아슬하게 나무를 피해 우리는 가슴을 쓸어내렸는데…… 그것도 잠시, 열차는 그 이후로도 몇 번이나 나무에 충돌하지 않을까 할 만큼 아슬아슬하게 나무를 피하면서 내달렸다. 이 자식! 일부러 이러는 거냐?!

엄청난 속도로 나무 사이를 빠져나가며 열차는 숲속을 내달렸다. 꽤 무섭네!

"토야, 저거 봐!"

"뭐?"

엔데가 가리킨 곳을 보니 바위에 뻐끔하게 구멍이 뚫려 있었다.

"동굴이네……. 불길한 예감이 들어."

"웬일일까. 나도야."

우리의 기대를 배반하는 일 없이, 열차는 동굴 안으로 들어갔다. 역시나?!

어둑어둑한 동굴 안에서 뭔가가 날아다니는 소리가 들렸다. 윽, 얼굴에 뭐가 부딪쳤어?! 젠장, 이건 이미 롤러코스터라고 할 수 없잖아!!

""으갸아아아아아아아악!!""

비명을 지르는 우리를 태우고 열차는 동굴 속을 맹렬하게 돌진해 나갔다.

한편 그즈음…….

"겨우 찾았네요. 파나셰스의 국왕 폐…… 아니요, 지금은 왕자님이시죠? 아무튼, 하나 부탁이 있는데요."

"음? 자네를 어디서 만났던가? 어디서 본 적이 있는 것 같긴 한데, 블라우, 기억하나?"

호박 팬츠 왕자님, 다시 말해, 파나셰스 왕국의 왕자인 로베르가 옆에 서 있는 파란 왕관, 디스토션 블라우에게 물었지만, 작은 파란 고렘은 고개를 가로저었다.

이곳은 파나셰스 왕국의 왕도 파나셰리아. 평소처럼 성 아랫마을을 돌아보던 로베르에게 갑자기 어린 소녀가 말을 걸었다.

나이는 일고여덟 살. 녹색을 띤 은색 머리카락은 쇼트커트였지만, 목덜미 부근의 머리카락만큼은 허리에 닿을 정도로 길었다. 눈초리가 살짝 올라간 눈은 에메랄드 같은 녹색으로, 강한 의지가 드러나 있었다. 입고 있는 옷은 지금껏 본 적이 없을 만큼 고급스러웠지만, 허리 뒤에 차고 있는 부엌칼 두 자루가 그런 느낌을 확 달아나게 했다.

어디서 본 적이 있긴 한데……. 로베르는 골똘히 생각해 보았다. 이 아이 본인이 아니라 비슷한 인물을 알고 있는 듯한 그런 감각이 들어 당황스러웠다.

"저를 공간 전이로 브륀힐드까지 데려다주셨으면 합니다. 사례는 아버…… 공왕 폐하께서 해 주실 거예요."

"브륀힐드로? 자네는 토야의…… 아니, 왕비 전하와 아는 사이인가?"

로베르는 겨우 답답했던 감각이 걷힌 기분이었다. 그래, 이 아이는 브륀힐드의 왕비 중 한 명과 아주 많이 닮았다. 분명 그분은 제국의…….

"그렇다고 할 수 있습니다. ……참, 출현 장소가 파나셰스 왕도라 다행이었어요. 왜 아무도 전화를 안 받는 걸까요……."

소녀가 중얼거리며 혼잣말을 했다. 로베르는 아무튼 이 아이에게 악의는 없어 보인다고 판단했다.

"그런데 작은 레이디. 자네의 이름은?"

"실례했습니다. 저는 아시아. 아시아 브륀힐드라고 합니다. 파나셰스의 왕자님."

로베르를 향해 소녀는 작게 발을 뒤로 빼고 무릎을 굽히는 커트시 방식으로 기품 있게 인사했다.

"재미있었어!"

"네. 상당히 박력이 넘쳤어요."

"너희 정말 대단하다……."

신나게 대화를 나누는 프레이와 쿤을 흐리멍덩한 눈으로 바라보며 엔데가 그렇게 중얼거렸다.

나도 녹초가 되어 일어날 기력조차 없었다. 어? 이상하네. 롤러코스터가 이렇게 한 번 타면 힘이 쭉 빠지는 놀이 기구였나……? 아직도 발밑이 흔들리는 기분이 든다.

나와 엔데뿐만 아니라, 우리와 같이 탔던 루와 힐다도 힘이 쭉 빠진 모습이었다. 야에, 사쿠라, 린, 리세는 아무렇지도 않은 듯했다. 사람에 따라 다른 건가…….

"아빠도 참. 칠칠치 못하긴."

"으윽?! 아냐. 아리스, 이건 말야……."

엔데가 딸에게 회심의 일격을 맞았다. 그 모습을 보고 나는 은근슬쩍 자세를 바로잡고 태연한 척 연기했다. 똑같은 실패를 할 수는 없지.

"아빠, 괜찮아……?"

에르나가 걱정스럽다는 듯이 물었다. 으윽, 우리 딸은 너무 다정해…….

"나 굉장히 무서워지기 시작했어……."

반대로 엄마인 에르제는 이제부터 같은 체험을 하게 될 자신의 몸을 걱정했다. 괜찮아, 걱정하지 마. 금방 익숙해져…….

이어서 타게 될 멤버인【린네, 린제】,【에르나, 에르제】,【아리스, 메르】,【네이, 스우】,【유미나】를 태운 마도 열차가 스윽 플랫폼을 미끄러져 나갔다.

자, 축 늘어진 동료가 몇 명이나 늘어날까.

나는 역 안의 테이블 앞에 앉아【스토리지】에서 차를 꺼냈다. 역 건물 안은 마법 제한이 걸려 있지 않은 듯했다.

다른 사람의 차도 꺼내 한숨 돌리자, 겨우 마음이 진정되었다.

조금 전과는 달리 차를 마시며 한가로운 시간을 보내는데, 갑자기 셰스카 옆에 있던 모노리스가 파랗게 점멸하기 시작했다. 어? 무슨 일이야?

"걱정하지 마시길. 박사님의 호출이에요."

셰스카가 모노리스에 손을 대자 공중에 박사가 비친 화면이 떠올랐다.

〈여어, 가족들끼리 재미있게 잘 지내고 있지? 그곳과 전화 연락이 안 된다며 성에서 연락이 와서.〉

연락이? 다른 사람의 스마트폰은 통신 방해로 외부와 연락이 안 될지도 모르지만 내 스마트폰은……. 앗, 전원을 꺼뒀던가? 아까 하느님한테 혼나서. 그래서 그렇구나.

〈성에 파나셰스의 왕자님이 와 있다는 모양이야. 오자마자 전이의 대가로 푹 잠들었다지만.〉

오자마자 자다니. 대체 뭘 하러 온 거야, 걔는……. 블라우의 능력으로 전이해 왔다면 어쩔 수 없는 일인지도 모르지만.

〈문제는 왕자님이 아니라, 공왕 폐하를 만나게 해 달라는 어린 동행인이 있어. 네 친척이라는데, 아무래도 얘기를 들어보니 루의 딸인가 봐.〉

"어?"

박사가 비친 화면을 보던 루가 눈을 껌뻑이며 작게 목소리를 흘렸다. 루는 한 박자 쉬고, 고개를 천천히 돌려 나를 보더니 다시 화면을 한 번 더 보고 차를 한 모금 마셨다.

"네에에에에에에?! 제, 제 딸이요?!"

덜커덕! 의자를 호들갑스럽게 뒤로 쓰러뜨리면서 루가 일어섰다. 반응이 늦어!

루의 반응에 놀라 딸이 왔다는 충격이 내 마음속에서 확 달아나 버렸다. 벌써 다섯 번째기도 하고.

"그런데 왜 로베르 왕자랑 같이 왔어?"

〈출현한 곳이 파나셰스 왕국이었다나 봐. 거기서 왕자에게 부탁해 바로 전이해 온 모양이야.〉

와아. 우리 딸, 행동력이 너무 넘치네……. 로베르 왕자에게 미안한걸. 나중에 사과하자.

"아시아다워. 그 아이는 목적을 위해서라면 수단을 가리지 않는 면이 있거든. 너무 올곧아서 탈이야."

"그래도, 그건 특정한 상황에서만 그렇잖아요. 해가 되는 일은 없어요. 민폐를 끼치기는 하지만요."

프레이와 쿤이 어이없다는 듯이, 이젠 포기했다는 듯이 조용히 대화를 나누었다. 사쿠라가 그런 두 사람에게 질문했다.

"아시아란 아이는 몇째야?"

"다섯째로, 에르나의 바로 위예요."

야쿠모, 프레이, 쿤, 넷째, 아시아, 에르나, 린네, 여덟째, 아홉째라는 순서인가.

"내 딸인 요시노는 몇째?"

"요시노는 쿤의 바로 아래야. ⋯⋯아, 사쿠라 어머니, 유도 질문은 안 되지!"

사쿠라의 유도 질문에 프레이가 무심코 정보를 흘렸다. 그 정도는 괜찮잖아. 요시노는 넷째인가. 그렇다면 유미나와 스우의 아이가 마지막 두 명이다. 스우는 역시 나이도 나이니까 늦어질 수밖에 없다고 생각했지만⋯⋯.

그런 생각을 하는데, 루가 내 목덜미를 꽉 붙잡더니 자기 쪽으로 확 잡아당겼다. 우엑?!

"지금은 그게 문제가 아니라 아시아가 중요해요! 토야 님, 바로 돌아가요! 맞이하러 가야죠!"

"그, 그래. 마, 맞아. 그러네. 응, 저도 그렇게 생각합니다……."

엄청난 박력 탓에 무심코 존댓말을 쓰고 말았다. 그 마음은 잘 알지만 그만 진정했으면 한다.

그 모습을 본 쿤이 작게 한숨을 내쉬더니 우리에게 말했다.

"아버지와 루 어머니는 먼저 맞이하러 나가 주세요. 다른 분들께는 제가 설명할 테니까요."

"부탁할게요! 셰스카 씨, 우리를 보내주세요!"

"앗……!"

"알겠습니다. 두 사람, 전송합니다."

이렇게 바로?! 내가 뭐라 말을 하기도 전에 루와 나는 순식간에 바빌론의 '정원'으로 돌아와 있었다.

"자, 토야 님. 어서 성으로 가요!"

"아, 알았어. 알았으니 진정해!"

쭉쭉 팔을 잡아당기는 루를 잠시 진정하라고 타이른 뒤, 나는 【텔레포트】를 사용해 성으로 전이했다.

성의 거실로 전이하니, 소파에 앉아 있는 카렌 누나와 일고여덟 살 정도인 여자아이 한 명이 눈에 들어왔다. 로베르 왕자는 침실로 직행한 모양이네.

전이한 우리를 눈치채고 소녀가 우리를 돌아보았다. 엄마에게 물려받은 예쁜 비취 같은 눈동자.

살짝 초록빛 머리카락을 흔들며 소녀가 자리에서 일어났다.

이 아이는 본 적이 있다. 바빌론 박사가 가지고 있던 '미래시의 보옥'으로 아주 잠깐이지만 본 적이 있는 아이다.

그때보다 조금 성장했지만. 보옥에 비친 주방의 그 아이는 역시 루의 딸이었구나.

그 여자아이를 향해 루가 발을 한 걸음 내디뎠다.

"당신이 아시아……인가요?"

"네!"

얼굴 가득 미소를 지으며 아시아가 우리를 향해 달려왔다. 루도 양팔을 벌리고 딸을 맞이하려고…… 했는데, 아시아는 그 옆을 통과해 나를 향해 점프해 안겨들었다.

"겨우 만났어요, 아버지!"

"……어라라?"

팔을 벌린 채 천천히 나를 향해 고개를 돌리는 루. 눈이 똥그래졌다. 나도 마찬가지일 테지만.

"미래의 아버지도 멋지지만, 조금 젊은 과거의 아버지도 멋져요!"

"하, 하하하…… 참, 고마워?"

꼬옥. 나를 안아주는 아시아에게 어떤 반응을 보여야 할지 몰라서, 나는 일단 똑같이 아시아를 안아주었다. 기쁘지만 이런 반응은 익숙지 않다고 해야 하나.

"잠깐만요, 아시아?! 엄마는요?!"

"어머니도 건강해 보이셔서 다행이에요."

나에게서 떨어진 아시아가 어머니인 루를 향해 다리를 하나 뒤로 빼고 무릎을 굽혀 인사했다. 아주 어른스러운 대처지만, 나를 대할 때랑 반응이 너무 다르지 않아?

"아시아는 토야를 아주 좋아하는 아이야. 물론 루도 좋아하고."

조금 메마른 미소를 지으며 카렌 누나가 알려주었다. ……어? 파더 콤플렉스? 기쁘기도 하지만, 미래가 걱정되기도 하네.

"딸이 아버지를 사모하는 건 당연한 일이에요. 전 언젠가 아버지 같은 서방님의 마음을 사로잡기 위해 매일 자신을 연마하며 노력하고 있어요!"

아시아가 가슴을 펴며 그렇게 대답했지만, 아버지로서는 뭐라 반응하면 좋을지 좀 미묘했다. 아시아는 상당히 조숙한 아가씨인 듯했다.

"서방님이라니……! 아직 너무 이르지 않나요?!"

"어머니, 뭘 모르시는군요. 지금부터 노력하지 않으면 행복한 결혼 생활은 보낼 수 없어요."

쯧쯧쯧. 아시아가 손가락을 흔들며 혀를 찼다. 뭐가 됐든, 네 결혼 이야기, 아빠 눈앞에서는 안 하면 안 될까? 이제 막 만난 사이라고는 하지만 은근히 충격을 받으니까…….

"무, 물론 자신을 연마한다니 칭찬받을 일이에요. 역시 저의 딸. 그런 점은 잘 알고 있군요."

"네, 어머니. 전 요리 실력도 일류예요. 이 시대의 어머니보다 더 실력이 뛰어날지도 몰라요."

"호오……."

루가 번뜩! 빛을 뿜으며 눈을 가느다랗게 떴다. 어? 왠지 분위기가 험악하네…….

"재미있는걸요. 그렇다면 그 일류라는 실력을 한 번 확인해 볼까요?"

"물론이죠. 어머니에게 가르침받은 실력을 보여드릴게요."

""후후후.""

잠깐, 잠깐만! 왜 대결을 하려고 해?! 루도 어린아이가 하는 말을 듣고 굳이 발끈할 필요는 없잖아!

"심사는 아버지예요. 누가 만들었는지 모르는 상태에서 심사하고, 아버지가 좋아하는 음식을 고르는 승부 방식은 어떤가요?"

"좋아요. 요리는 자유인가요? 그것도 지정할 건가요?"

이야기가 팍팍 진행되고 있는데, 이 아빠의 의사는 무시하기입니까? 물론 거절할 수 없는 운명이란 건 잘 알지만. 일단 확인이라도 해 줬으면 좋겠어~…….

"같은 계통의 음식을 만들어야 판단하기 쉽겠죠. 그러니…… '일식(日食)'은 어떨까요, 어머니?"

"'일식' 말인가요? 괜찮나요? 토야 님의 고향 요리인데 저는 현지에 가서 본고장의 맛을 확인하고 왔거든요?"

저기요, 루 씨. 본고장의 맛이라니…… 그건 패밀리 레스토랑의 요리거든요? 그걸 본고장의 맛이라고 하기는……. 아니지, 어떻게 보면 맞는 말인가? 일본 음식은 일본 음식이니.

일식의 정의는 폭넓다고들 하니까. 돈가스나 소고기덮밥도 일본 음식이잖아. '일본풍'이라고 한다면 일본풍이라 할 수 있나? 일본풍 햄버거는 일식? 일본인이 좋아하고 입맛에 맞으면 일식일까? 물론 너무 세세하게 집착할 필요는 없겠지만.

"문제없어요. 저의 '일식'도 미래의 아버지가 아주 맛있다고 보증해 주셨거든요. 절대 지지 않겠어요."

""후후후후후후후후.""

무서워! 두 사람 모두 웃으면서 서로를 노려보고 있는데요?

그런데 지기 싫어하는 성격이 똑 닮았네……. 역시 모녀라 그런가…….

"그래서 요리 대결인가요……?"

"정신을 차릴 새도 없이 그렇게 됐어……."

황당한 감정과 곤란한 감정이 뒤섞인 미묘한 표정을 지으며 유미나가 한숨을 내쉬었다.

눈앞의 커다란 테이블을 사이에 둔 좌우 안쪽에는 각각 부엌이 마련되어 있었다.

여기는 【모형 정원】 놀이공원에 있는 【불】 구역의 식당이었다. 아시아를 데리고 돌아온 우리에게 사정을 들은 셰스카가 우릴 여기로 안내해 주었다.

어차피 점심을 먹으려고 했으니 마침 좋긴 한데…….

중앙 테이블에는 【스토리지】에서 꺼낸 다양한 음식 재료가 가득 쌓여 있었다. 두 사람은 이곳에서 자유롭게 재료를 골라 요리를 만들게 된다.

이미 양쪽의 부엌에는 루와 아시아가 자리를 잡았는데, 루는 린제와 스우가 도우러 갔고, 아시아는 우리 아이들 모두가 도우러 갔다.

"그런데 정말 루 씨와 똑같네요."

"응. 겁이 없는 점이라든가, 자신감이 넘치는 점이라든가……."

"그것도 그렇지만…… 하기로 결정하면 똑바로 돌진하는 강한 의지가 특히 닮았어요. 틀림없이 레굴루스 제국 황실의 유전이 아닐까 해요."

그렇다. 레굴루스의 황제 폐하도 저런 느낌이니까. 피는 못 속인다는 건가.

"맛있는 요리가 준비된다니 대환영이기야 하지만…… 토야 오빠, 정확히 심사할 수 있겠나요?"

"어떤 요리가 더 맛있냐가 아니라, 뭐가 더 내 입맛에 맞냐는 심사라면 가능하겠지만……. 누가 이기든 지든 문제가 심각할 것 같아서……."

꼭 그런 선택을 해야 하다니, 너무 가혹하지 않아? 으윽. 위장이 쿡쿡거리면서 아프기 시작했어. ……승패를 가리기 어려워, 무승부! 그렇게 하면 안 될까?

상식적으로 생각하면 루가 승리하지 않을까. 지금까지 루는 하루 세 번의 식사 중, 최소한 한 번은 직접 만들었다.

어떤 날에는 아침을 만들기도 하고, 어떤 날에는 저녁을 만들기도 하지만, 우리가 뭘 좋아하는지 속속들이 알고 있다. 당연히 내 입맛도.

딸이 귀엽다고 편애할 수도 없으니……. 무엇보다 누가 만든 요리인지 몰라서는 편애도 못 한다.

"어쩐다……."

나는 쿡쿡거리며 다시 아파오는 위장을 꾹 누르면서 이제나 저제나 요리가 완성되기만을 기다렸다.

한편 그즈음, 아시아 진영에서는.

"참……. 오자마자 루 어머니와 충돌하다니, 아시아는 여전하구나.”

　재료 선정에 골몰하는 아시아의 등 뒤에서 프레이가 어이없다는 듯이 그런 말을 중얼거렸다. 이 여동생은 아버지를 너무 좋아해서 어머니인 루에게 라이벌 감정을 느끼는 게 아닌가 하는 오해를 사기도 하지만, 사실은 아주 좋아하는 어머니에게 인정을 받고 싶은 마음이 그런 방식으로 드러나는 거라는 사실을 프레이는 잘 알고 있었다. 참 성가신 성격이다.

　“아시아 언니, 이길 수 있을까?”

　“글쎄? 미래의 루 엄마한테는 이겨 본 적이 없을 텐데.”

　“맛있는 요리를 먹을 수만 있다면 난 누가 이기든 상관없어~.”

　“시끄러워요, 꼬마들!”

　당근을 쥐고 버럭! 아시아가 소리쳤다. 에르나, 린네, 아리스, 세 사람은 목을 움츠리며 ‘자기도 꼬마면서’ 라고 작은 목소리로 투덜댔다.

　“그런데 정말로 이길 수 있겠어? 네가 승산도 없이 승부를 걸지 않았겠지만, 아무리 과거의 루 어머니라고는 하지만 실력은 상당할 텐데?”

　벽에 몸을 기대고 팔짱을 끼고 있던 쿤이 그런 의문을 내던지자, 이번엔 무를 쥐고 씨익 웃은 아시아가 쿤을 보았다.

　“후후후후. 쿤 언니. 옛날에 제가 아버지에게 내놓았던 요리로 크게 칭찬을 받았던 적이 있는데 기억하세요?”

　“응? ……아, 그런 일도 있었지. 루 어머니조차 만든 적이 없던 아버지의 고향 요리로, 아버지가 너무 맛있다며 기뻐했던……. 너 설마?"

퍼뜩. 뭔가를 깨달은 쿤이 벽에서 몸을 뗐다. 프레이도 놀라 작게 "아." 하고 외쳤다.

"네. 미래에서 처음으로 만들어 크게 칭찬받은 요리. 즉, 아직 어머니가 만든 적이 없어 아버지도 오래도록 못 드셔 보셨지만 입맛에 딱 맞는 요리! 질 리가 없어요!"

무를 검처럼 하늘을 향해 치켜든 아시아. 완벽히 자신에게 취해 있었다. 이 아이는 조금 자아도취에 빠지기도 하는 성격이었다.

"""치사해~~……."""

"시끄러워요, 꼬마들!"

여동생 두 사람과 아리스에게 야유를 듣고 다시 아시아가 소리쳤다.

그런 아시아에게 언니인 프레이는 눈썹을 조금 찌푸리며 충고했다.

"비겁하다고 할 수는 없겠지만…… 아시아는 그렇게 이겨도 괜찮겠어? 나중에 후회할 거면 처음부터 안 하는 편이 나아."

"아버지의 고향에는 이런 말이 있다고 해요. '사자는 토끼를 잡을 때도 최선을 다한다'. 저도 온갖 수단을 써서 승리를 쟁취하겠어요!"

"아니, 그 말을 완전히 잘못 적용하고 있는데……."

자신의 어머니를 토끼로 비유하다니. 프레이는 그래도 되는 걸까 하고 생각했지만, 이렇게 된 이상 여동생을 말릴 수 없다는 사실도 잘 알았다. 좋은 의미에서도 나쁜 의미에서도 올곧은 아이니까.

"그런데 역사가 바뀌지는 않을까? 아시아 언니가 미래에서 최고의 칭찬을 받은 요리가 과거에서 칭찬받으면, 두 번째는 없어지는 거 아니야? 그것도 시간의 정령이 수정해 줄까?"

아리스가 고개를 갸웃했다. 옆에 있던 에르나와 린네도 고민하듯이 고개를 갸웃했다. 사실 린네는 생각하는 척만 했을 뿐이지만.

"문제없어요. 만약 피해를 본다 해도 그건 미래의 저. 즉, 지금의 저예요! 그래서 어머니에게 이길 수 있다면 눈물을 머금고 이기겠어요!"

설사 미래가 바뀌어도 시간 축이 다르다면 피해를 보는 미래의 아시아는 여기에 있는 아시아가 아니지 않을까……. 쿤은 그렇게 생각했지만 굳이 말은 하지 않았다. 설명이 귀찮았다.

결과가 어떻든 토키에 할머니가 적절히 잘 처리해 주시겠지. 시공신이란 이름은 겉멋이 아니다.

"전 이것으로 아버지의 마음을 꽉 잡아 보이겠어요! 에르나, 도와주세요!"

"으, 응. 알았어."

이 중에서 아시아 다음으로 요리를 잘하는 사람은 에르나였다. 어릴 적부터 어깨너머로 배워 웬만한 요리는 가능했다. 물론 어머니인 에르제처럼 어째서인지 만드는 요리가 계속해서 극심하게 매워지는 일도 없었다.

반대로 다른 아이들은 요리가 매우 서툴렀다. 아시아와 에르나를 제외하면 장녀인 야쿠모가 조금 가능한 정도다. 즉, 지금 조수로 일할 수 있을 만한 사람은 에르나밖에 없었다.

아시아는 허리 뒤에서 빼낸 부엌칼을 도마 위에 올려 둔 고기를 향해 내려쳤다.

"이 승부는 제가 이기겠어요!"

"와아⋯⋯. 이건⋯⋯!"

내 앞에 요리 두 개가 놓였다. 양쪽 모두 밥과 미소시루, 그리고 야채 절임은 기본이었다.

다른 요리라면 중앙에 놓인 고기 요리. 하나는 돼지, 하나는 닭고기. 돼지생강구이와 치킨난반이었다.

어디를 어떻게 봐도 돼지생강구이 정식과 치킨난반 정식이었다.

치킨난반이 일식인가? 그런 생각이 좀 들었지만, 너무 꼬치

꼬치 따지지는 말자. 내가 정의를 잘 모르는데, 이세계의 이 아이들이 알 수 있을 리가 없다.

그런데 돼지생강구이는 여기에 와서도 몇 번인가 먹은 적이 있지만 치킨난반은 오랜만이네. 어? 치킨난반 레시피를 루한테 건네준 적이 있나?

겉만 봐선 어느 걸 누가 만들었는지 판단할 수 없었다. 하지만 내 눈길은 자꾸만 치킨난반으로 향했다.

왜냐하면 그 미로 안에서 붙잡으려고 쫓아다니던 닭을 치킨난반으로 만들면 아주 맛있겠다는 생각을 했었기 때문이다.

"……참 맛있어 보입니다……."

내 앞에 놓인 요리를 보고 야에가 무심코 꿀꺽 침을 삼켰다. 조금만 자제하자. 딸들 앞이니 참을성을 가져 줘.

"어머니들이 드실 음식도 준비했습니다. 안심하세요."

"오오! 역시 루 님의 따님입니다!"

야에의 마음을 헤아렸는지 아시아와 루가 각자 치킨난반 정식과 돼지생강구이 정식을 가지고 왔다. 다들 마음 편히 먹을 수 있어서 좋겠다…….

자, 나도 계속 보고만 있을 수는 없지. 이제 먹어 볼까.

"먼저 이 치킨난반부터 먹어 볼게. 잘 먹겠습니다."

역시 아무래도 이쪽에 더 관심이 가.

젓가락으로 한가운데에 있는 치킨난반을 집어 올렸다. 옅은 갈색의 튀김옷 안으로 보이는 흰 닭고기. 그리고 닭튀김에 뿌

려진 감식초와 타르타르소스가 식욕을 마구 자극했다.

바삭한 식감을 느낀 뒤, 닭고기를 씹자 육즙이 툭 터져 나왔다. 고기의 감칠맛에 더해 감식초의 시큼함과 타르타르소스의 진한 맛이 멋지게 하모니를 연출했다.

이 여운이 사라지기 전에 흰쌀밥을 홀떡. 크으으.

"맛있어!"

젓가락이 멈출 생각을 하지 않았다. 치킨난반의 맛. 이걸 반찬으로 밥을 먹고, 야채 절임으로 입가심. 그리고 미소시루로 말끔하게 그 맛을 목으로 넘겼다.

정말 맛있어! 배가 아주 고파서 그렇기도 하지만, 오랜만에 먹어서 그런가. 앗, 안 되지. 전부 먹어선 안 돼. 아직 요리 하나가 더 남았잖아.

"그럼 이번엔 이걸……."

쟁반째로 치킨난반 정식을 옆으로 밀어 두고, 이번엔 돼지생강구이 정식을 앞에 놓았다. 이것도 맛있어 보이는걸?

돼지생강구이는 돼지고기를 가늘게 썰고 양파와 함께 볶은 요리와 얇게 슬라이스한 돼지고기를 버터를 발라 지진 요리, 이렇게 두 가지로 나뉜다고 한다.

이건 전자다. 양파와 돼지를 가늘게 썰고 볶은 요리다. 우리 집에서는 엄마가 이런 방식으로 요리해 주셨다.

나는 양파와 돼지고기를 같이 젓가락으로 집었다. 스며 나온 육즙을 흘리지 않도록 밥그릇으로 육즙을 받아내면서 요리를 입으로 옮겼다. 이것도 맛있다.

참지 못하고 곧장 밥을 먹었다. 밥과 양파와 돼지고기가 입안에서 춤을 추었다. 씹으면 씹을수록 입안에서 맛이 퍼져나갔다. 이것도 치킨난반과 우열을 가릴 수 없을 만큼 맛있는걸?

그런데 평소에 먹던 돼지생강구이에 비하면 조금 맛이 진한 느낌이 들었다. 아주 조금이지만. 혹시 아시아가 만든 걸까?

안 되지. 선입관을 가져선 위험해. 그래선 정확한 판단을 내릴 수 없어.

그건 그렇고 정말 맛있다. 돼지생강구이에서 스며 나온 기름을 빨아들인 양배추마저도 맛있다. 조금 전에 먹은 치킨난반과 비교해 봐도, 뭐가 더 낫다고 하기 힘들어……. 어쩌지?

흘끔 앞을 바라보니, 루와 아시아가 나를 지그시 노려…… 바라보고 있었다. 크으으, 양쪽 다 맛있거든요!

그래도 판정은 내려야 하니…… 음~. 어쩐다…….

다시 치킨난반을 먹고, 또 돼지생강구이를 먹어 비교해 보았다. 밥을 먹고 비교하고, 미소시루와 야채 절임을 먹고 비교해 보았다. 양쪽 모두 맛있지만, 굳이 뭘 더 좋아하느냐고 물어본다면…….

모두의 시선이 나에게 쏠렸다. 너무 망설였나? 에잇, 일이 어떻게 되든 나중에 열심히 위로해 주자!

"좋아……!"

"결정하셨나요?"

유미나의 질문에 나는 조용히 고개를 끄덕였다. 이런 결정은 직감에 맡겨야 한다. 입맛에 더 맞았다고 말하면 그만이야! 난 아무 잘못도 없어!

"돼지생강구이 정식!"

"어째서~~~~?!"

내 말이 끝나기가 무섭게 아시아가 소리쳤다. 어라?! 이 아빠가 일을 저질러 버린 건가요?!

반대로 루는 다행이라는 듯이 가슴을 쓸어내렸다. 아시아한테는 그 모습이 보이지 않겠지만.

그렇다면 치킨난반은 아시아가, 돼지생강구이는 루가 만든 건가?

"아버지, 어째서죠?! 전에는 그렇게 칭찬해 주셨으면서!"

"전에?"

"앗, 아니요. 신경 쓰지 마시길. 그보다도 이유가 뭔가요?! 설명을 부탁드립니다!"

설명해 달라니……. 이게 더 입맛에 맞았을 뿐인데. 입맛에 이유가 있을 리 없잖아.

"아시아, 이유는 제가 만든 돼지생강구이를 먹어 보면 알 거예요."

"네?"

루의 말을 듣고 아시아가 젓가락으로 돼지생강구이를 집어서 먹어 보았다. 눈을 감고 천천히 음미하듯이 씹은 다음에 삼켰다.

"정말 맛있어요……. 하지만 제 치킨난반도 맛이라면 전혀 뒤지지 않는데……."

아시아는 이유를 모르겠다는 듯이 고개를 가로저었다. 그러니까 둘 다 정말 맛있어. 이건 단지 개인의 입맛의 문제가 아닐까 하는데.

"토야 님은 어떻게 느끼셨나요?"

"응? 물론 맛있었지. 평소보다 아주 조금 맛이 진한가? 싶긴 했지만……."

"맛이 진해……? 설마?!"

아시아가 뭔가를 깨달았다는 듯이 다시 돼지생강구이 정식을 한 입 먹고 옆에 있던 미소시루를 마셨다. 어? 뭔데?

"소금……!"

"소금?"

"아주…… 아주 조금 소금이 더 들어갔어요. 맛의 균형을 무너뜨리지 않을 정도의 소량이지만……. 혹시 이게……."

어? 분명 평소의 돼지생강구이나 미소시루보다는 진했지만, 정말 아주 조금의 차이였는데? 매번 먹으며 비교해 보지 않는 한 알아채기 힘들걸?

아무 말 없이 계속 아시아를 바라보던 루가 말했다.

"토야 님은 오전 중에 슬라임에 휘둘리고, 스켈레톤에 휘둘리고, 닭에게 휘둘리셨어요. 상당한 운동량이었다고 생각합니다.”

자자, 잠깐만! 누가 들으면 오해할 만한 표현이거든?! 내가 한심하게 당하기만 한 것 같잖아! 정정해 줘! 조금만 정정해 줘!

“운동……. 앗!”

“네. 땀과 함께 몸에서 염분이 빠지면, 사람은 당연히 염분을 원하게 됩니다. 본인은 의식하지 못할지 모르지만 행동으로는 나타나게 되죠. 따라서 맛에 문제가 생기지 않을 정도로만…… 아주 조금만 소금을 더 넣었습니다.”

즉, 운동으로 잃은 염분만큼 평소보다 더 짠맛을 몸이 원했다는 건가?

신체 강화를 했다고는 해도, 나도 땀을 흘리고 화장실도 가야 한다. 지나친 운동을 하면 신기(神氣) 탓에 오히려 땀을 흘리지 않게 되지만 말이지. 의도적으로 전환할 수도 있긴 한데, 평소에는 그러지 않는다. 귀찮기도 하고, 감각이 둔해지기도 하니까. 어쨌든 이번에는 상당히 땀도 흘렸고 지치긴 했지만…….

루는 그런 점까지 꿰뚫어 보고 요리를 만들었구나. 나는 무의식적으로 그런 요리를 골랐다……. 꼭 손바닥 위에서 놀아난 기분이 들었다.

“큭…… 그런 점까지 생각했을 줄이야……. 완패예요…….”

아시아가 풀썩 어깨를 늘어뜨렸다. 그런 딸을 놔두고 루는 테이블 위에 있던 치킨난반을 하나 먹어 보았다.

"………! ……와아. 정말 저 못지않은 실력이네요. 자신감이 넘친 이유를 알겠어요. 아주 맛있어요, 아시아."

"어머니……."

생긋 웃은 루는 자신과 마찬가지로 요리를 사랑하는 딸의 손을 잡았다.

후우. 간신히 원만하게 해결됐구나. 그런 거지? 이렇게 위장이 아픈 판정은 이제 하기 싫어.

"……하지만."

"네?"

루는 계속 웃는 모습을 유지하면서도 눈썹을 찌푸렸다. ……어, 어라? 원만히 잘 해결된 거 아니었어?

"조금 전의 '전에는 그렇게 칭찬해 주셨으면서' 라는 말. 그건 토야 님이 이 요리를 좋아하고, 동시에 고향을 떠난 이후로 그리워했던 요리라는 사실을 처음부터 알고 있었다는 말이 아닌가요?"

"무슨 말씀인지 모르겠네요, 어머니."

앗, 아시아가 시선을 외면했어. 아, 미래에서 이걸 먹은 내가 크게 칭찬해서 아시아는 이 요리를 내놓은 거구나.

그럼, 몇 년 후일지는 모르겠지만 만약 태어난 아시아가 이 요리를 내놓을 기회가 있다면, 무지막지하게 칭찬을 해 줘야겠네.

"그렇게 교활한 작전을 사용하다니, 그러면 안 되잖아요?! 잘 들으세요. 원래 요리란……!"

"어? 루도 토야가 오전 중에 운동해서 땀을 흘렸다는 정보를 아시아한테 숨겼잖아?"

뒤에서 날아온 에르제의 공격을 받은 루가 움직임을 멈췄다. 에르나가 '엄마……! 쉿~! 쉿~!' 하며 팔꿈치로 에르제의 옆구리를 찔렀다. 에르나, 네 엄마는 자각 없이 불쑥 쓸데없는 말을 하는 그런 사람이란다.

"……어머니?"

"왜 그러나요?"

앗, 루가 시선을 외면했어! 모녀답네.

"어머니도 마찬가지였잖아요! 저도 아버지의 몸 상태를 알고 있었다면 소금 간을 조절했을 거예요!"

"다 끝난 뒤라면 무슨 말인들 못 할까요?! 거기까지 생각이 미치지 못한 게 문제예요! 물어보면 바로 알 수 있었던 이야기니까요!"

티격태격 말싸움을 시작한 두 사람을 보면서, 우리는 손을 멈추지 않고 식사를 계속했다.

"사이가 참 좋구먼."

"좋은 건가……? 그래, 좋은 거겠지?"

스우의 말을 듣고 살짝 의아하게도 생각했지만, 그렇다고 해 두자. 이런 모녀 관계도 나쁘지 않다고 생각하니까.

◇　◇　◇

"아아! 분해요! 또 어머니의 책략에 당하고 말았어요!"

"그렇다기보다는 아시아가 방심한 탓 아닐까……."

아시아가 온 그날 밤. 아이들은 잠옷으로 갈아입고 성의 방한 곳에 모였다. 분하다는 듯이 쿠션에 화풀이하는 아시아를 보고 프레이가 어이없다는 듯 조용히 중얼거렸다. 그 모습을 슬쩍 본 다음 쿤은 에르나와 린네에게 말했다.

"그런데 에르나, 린네. 한 번 더 묻는데, 그 차원진이 발생했던 때에 너희 앞에 있었던 사람이 정말 아시아 맞는 거지?"

"응. 틀림없어. '핵' 이 번쩍 빛났을 때, 아시아 언니가 우리를 감싸줬으니까."

쿤은 린네의 설명을 듣고 역시 자신의 가설은 틀리지 않았다고 확신했다. 우연이라고는 생각하기 힘들었다. 틀림없이 '핵' 에서 멀었던 순서대로 이곳 세계에 출현했다.

"그런데, 아시아. 그때 네 앞에는 누가 있었어?"

"앞이요? 어~. 눈이 부셔서 눈을 감고 있었는데……. 그래도 바로 옆에 요시노가 있었던 것 같아요."

"요시노라……. 그럼 걱정할 필요 없겠네. 그 아이라면【텔레포트】로 여기까지 날아올 수 있잖아. 엉뚱한 데 들렀다 오지 않았을 때의 얘기지만……."

사쿠라의 아이인 요시노는 엄마와 마찬가지로 무속성 마법인 【텔레포트】를 사용할 줄 안다. 【텔레포트】는 【게이트】와는 달리 거리와 방향만 잘 맞으면 어디로든 전이할 수 있다.

장거리 이동은 마력이 많이 필요하지만, 요시노의 마력량이라면 세계의 끝에 있다 해도 몇 번 정도의 전이만 하면 브륀힐드로 충분히 돌아올 수 있을 것이다.

문제가 있다면 그 성격이다. 요시노는 상당한 기분파로 기분이 별로면 아무것도 안 하고, 흥미가 없으면 스스로 움직이려 하지 않는다. '가족을 만나러 가야 하는데…… 굳이 지금이 아니라도 되나'라고 생각해도 이상하지 않은 아이였다.

반대로 흥미가 생기면 바로 반응하는 성격으로, 새로운 물건, 희귀한 물건을 좋아했다. 그렇지만 금방 질리는 성격이기도 해서, 요시노의 스토리지 카드 안에는 샀는데 질려 버린 이상한 잡동사니가 가득 들어 있었다. 요시노는 그렇듯 금방 불타오르고 금방 식는 면이 있었다.

그런 여동생이 과거 세계라는 아주 별난 곳에 왔으니, 바로 브륀힐드로 돌아올 가능성은 작다는 생각이 들어 쿤은 한숨을 내쉬었다.

"자칫하면 야쿠모 언니가 먼저 올지도 모르겠네요."

"자칫하면이라니. 야쿠모 언니가 먼저 오면 뭐 어때."

쿤의 말을 듣고 침대에 누워 있던 린네가 쓴웃음을 지었다. 야쿠모가 요시노보다 먼저 오지 말았으면 하는 듯한 쿤의 말을 듣고 옆에 있던 에르나가 의아한 표정을 지었다.

"태평하긴. 야쿠모 언니가 도착하고 요시노가 나중에 한가롭게 온다고 생각해 봐. 손에는 뭐가 뭔지 알기 힘든 선물을 가득 들고 말이야."

"아………. 분명 설교가 시작될 거야. 야쿠모 언니의……."

그 장면이 절로 떠올랐는지 에르나가 굳은 표정으로 미소를 지었다.

진지한 야쿠모와 자유분방한 요시노는 물과 기름 같은 존재다. 결코 사이가 나쁘지는 않지만 언니인 야쿠모가 동생인 요시노에게 설교하는 모습을 모두는 질릴 정도로 많이 봤다.

"요시노. 어서 안 오면 야쿠모 언니한테 엄청 야단맞을 거야……."

어디서 딴짓을 하고 있는지 알 수 없는 여동생을 향해 프레이가 중얼거렸다. 딴 길로 샜다가 야쿠모한테 혼나도 몰라. 프레이는 그렇게 생각했다. 하지만 지금으로선 언니의 설교를 말릴 생각이 없었다.

진귀한 무기를 가지고 온다면 감싸줘도 되지 않을까 하는 생각을 하기도 했지만.

◇　◇　◇

"후엣취!"

갑자기 코가 근질거린 야쿠모는 소녀답지 않게 아저씨처럼 재채기하고 말았다.

"음……. 누가 내 얘기를 하는 걸까……?"

근질거리는 코를 문지른 야쿠모는 마을 안을 계속 걸었다. 여기는 올펜 용봉국. 어머니인 야에의 고향, 이센과 대칭을 이루고 있는 나라다.

이센은 동쪽 끝, 올펜은 서쪽 끝에 있다. 야쿠모도 이센과 완벽한 좌우대칭을 이룬 지형인 이 나라에는 지금껏 와 본 적이 없었다. 그래서 【게이트】를 통해 올 수 없어, 라제 무왕국에서 배를 타고 와야만 했다.

아이젠가르드에서 입수한 황금 가루의 단서를 찾으려 하다 보니 여기까지 오게 되었다.

성목의 나뭇가지를 갈아서 만든 약이라고 하는 그 황금 가루는 금화병에 효과적이라는 소문이 돌았었다.

금화병이란 고열이 나고 수척해져 고통 속에 죽게 되는 병을 말했다. 이 병의 무서운 점은, 죽은 자의 머리에 금색 꽃이 피게 되는데, 그 사람은 그대로 살아 있는 송장이 되어버린다는 것이었다.

아는 자는 알고 있지만, 그건 병이 아니라 인간을 변이종으로 만들기 위한 사신(邪神)이 꾸민 짓이었다. 하지만 일반인들은 병이라고 믿고 있다.

사신이 쓰러진 이상 이제 그런 일은 벌어지지 않지만, 사람들의 불안까지 사라지지는 않았다. 그런 사람들의 불안을 이용한 사기가 아닐까 한다.

평범한 사기였다면 야쿠모도 이렇게까지 하지는 않았다. 모험자 길드에 보고하여 나라의 상층부에 주의를 환기시키는 정도에서 끝냈겠지.

그러나 아무래도 걸리는 점이 있었다. 이 가루에는 뭔가가 있다. 뭐라고 말하기 힘든 불쾌한 기분이 들었다. 야쿠모는 단서를 찾아 약을 파는 자가 있다는 이 올펜 용봉국으로 건너왔다.

올펜 용봉국은 이셴과 아주 비슷한 나라다. 돌과 철이 아니라 나무와 기와로 지은 집이 즐비한 거리, 기모노와 아주 비슷한 민족의상. 그러면서도 마광석으로 밝힌 가로등이 있고, 고렘 마차가 거리를 오가는 거리.

야쿠모의 아버지가 이셴보다 발전한 이 마을을 본다면 '1800년대 후반에서 1900년대 초반 같다' 라고 중얼거리겠지.

거리를 지나다니는 검사나 고렘까지 어딘가 사무라이와 비슷한 풍모였다. 그리고 이 나라에는 '외날 검' 이 있었다.

그래서 평소에는 눈에 띄는 존재였던 야쿠모도 여기서는 눈에 띄지 않았다. 올펜 사람이랑 똑같아 보였다.

그런 거리를 야쿠모는 똑바로 걸었다. 처음 온 마을이지만 스마트폰의 지도는 작은 골목길까지 정확히 표시해 주었다.

목적지는 마을 외곽에 있는 폐가옥. 그곳에 황금약을 판매하는 사람이 있다고 한다.

특별한 작전은 없었다. 정면으로 쳐들어가 신병을 확보하고 자백을 들을 생각이다. 어머니를 닮은 건지 야쿠모는 너무나도 올곧은 아이였다.

마을 외곽에 있는 폐가옥은 원래 어떤 공장이었던 모양이었다. 부지 안에는 녹이 슨 철골이 굴러다녔고, 어둑어둑한 공장 안으로 들어가도 인기척은 느껴지지 않았다. 이미 도망간 건가? 그런 생각을 하는 야쿠모에게 2층의 어둠 속에서 뭔가가 발사되었다.

"?!"

야쿠모가 그걸 옆으로 뛰어 피하자, 야쿠모가 방금 있던 지면에 나이프 세 개가 꽂혔다. 허리에서 애용하는 검을 빼낸 야쿠모가 나이프가 날아온 어둑어둑한 2층의 어둠을 돌아보았다.

"……누구죠? 약을 얻고 싶어 온 바보는 아닌가 보군요? 눈이 탁하지 않아요."

어둠 속에서 나타난 사람은 기묘한 철가면을 쓰고 있었다. 둥근 가면에는 바깥을 살피기 위한 동그란 구멍이 몇 개인가 있었는데, 그 구멍에는 창살처럼 철격자가 달려 있었다. 그리고 좌우 목에서 뻗어 나온 주름진 파이프는 등의 탱크와 연결되어 있었다. 뭐라 하기 힘든 기묘한 모습이었다.

여기에 야쿠모의 아버지가 있었다면 '잠수복이냐' 라고 중얼거렸을 게 틀림없다.

야쿠모는 잠시 상대가 고렘인가 생각도 했지만, 양손에 커다란 장갑을 끼우고 있긴 해도 그 외의 몸은 인간 그 자체였다.

"황금약을 항간에 퍼뜨리는 사람은 당신입…… 당신이죠?"

"그렇습니다. 호오, 올펜의 개입니까. 이렇게 빨리 냄새를 맡을 줄이야……. 이 나라 사람들은 상당히 우수한 모양이군."

아무래도 이상한 착각을 한 듯했지만, 야쿠모는 오히려 잘 됐다 싶어 정정하지는 않았다.

"이 약은 대체 뭡니까? 단순히 사기를 치기 위해 만든 약은 아니죠?"

"호오, 아주 날카롭군. 이건 말하자면 '체' 입니다. 적성이 있는 자와 없는 자를 선별하는 '체' 말입니다."

적성? 이 약을 사용해 어떤 소질이 있는 사람을 찾고 있는 건가? 야쿠모는 말의 의미를 생각해 봤지만 답을 낼 수는 없었다. 그렇다면 직접 물어볼 수밖에.

"【게이트】."

"아니?!"

야쿠모는 잠수복을 입은 남자(남자인지 아닌지는 모르지만)의 바로 옆에다 【게이트】를 열었다. 순식간에 이동한 야쿠모의 기습을 잠수함을 입은 남자는 허리 뒤에서 빼낸 손도끼로 막았다.

""?!""

키잉! 소리가 나자마자 두 사람 모두 서로에게서 물러섰다.

야쿠모는 놀랐다. 자신의 검은 아버지가 직접 정재를 사용해 만들어 준 검이었다. 마력을 주입하면 이 세상의 모든 것을 자를 수 있는 이 검을 상대가 막아냈으니 놀랄 수밖에 없었다.

그런데 어째서인지 잠수복을 입은 남자도 놀란 모양이었다.

"나의 '딥블루'를 받아내다니……?!"

손에 든 둔탁한 메탈릭블루색 손도끼를 바라보면서 매우 놀란 듯이 보였다.

그 틈을 놓칠 야쿠모가 아니었다. 야쿠모는 순식간에 거리를 좁히더니 검을 아래에서 비스듬하게 휘둘렀다.

"아니?!"

검의 끝이 잠수복을 입은 남자의 목 근처에 있던 주름진 파이프를 살짝 베었다.

파이프에서 황금 안개가 흘러나와 주변을 떠돌았다. 어쩐지 불길한 예감이 든 야쿠모는 그 자리에서 재빨리 물러섰다.

"큭……! ……오늘은 이만 물러가지요. 올펜의 용봉제에게 보고하십시오. 조만간 우리 '사신의 사도'가 이 세계를 올바른 모습으로 되돌릴 것이라고 말입니다."

"'사신의 사도'……?! 큭, 기다리시오!"

야쿠모가 외치기도 전에 잠수복을 입은 남자는 마치 물에 잠겨 들듯이 지면에 쑤욱 잠수하더니 그대로 사라졌다.

아무래도 전이 마법인 듯했다. 남자는 이미 이곳에는 없었다.

"사신의 사도······. 토키에 할머니의 불길한 예감이 맞았다는 것이군요."

작게 중얼거린 야쿠모는 자신의 마음을 진정시키듯이 자신이 애용하는 검을 조용히 칼집에 넣었다.

"아~~~~. 힘들어······."

아시아가 갑작스럽게 찾아오는 돌발적인 이벤트는 있었지만, 놀이공원은 큰 문제 없이 둘러보고 올 수 있었다. 브륀힐드의 놀이공원에 적용할 만한 시설도 있었고, 적용하기 어려운 시설도 있었지만, 세상의 아버지들에게 이런 피로감을 확산시켜도 될지 조금 고민이 되었다.

그래도 아이들의 미소를 볼 수 있으니 그것도 괜찮을지 모른다.

아시아가 와서 명목상의 친척이 또 늘었지만, 미리 몇 명이

올지 말해 둔 덕분에 성안 사람들은 자연스럽게 받아들였다.

아시아는 빠르게도 성의 주방으로 가서 요리장인 클레아 씨를 도왔다. 그 덕분에 오늘 밤은 호화로운 디너를 먹게 됐지만, 아시아가 계속해서 나에게 자신이 만든 요리를 먹어 보라고 권하는 바람에 지금은 속이 좀 더부룩했다.

아시아를 여기까지 바래다준 로베르에게는 감사의 인사를 한 뒤, 같이 식사한 다음 【게이트】를 이용해 파나셰스까지 데려다주었다. 이번만큼은 피해를 줘서 미안한 마음뿐이다.

이렇듯 아시아가 와서 쿤, 프레이, 에르나, 린제까지, 총 다섯 명의 아이가 모였다. 절반 이상이다.

남은 사람은 야에, 사쿠라, 스우, 유미나의 아이들인데, 야에의 아이인 야쿠모는 이미 이 시대에 도착했댔지? 정말로 어디를 돌아다니는 건지…….

후기

이번에는 아이들이 잔뜩 나옵니다. 이 부근, 소설가가 되자에서 연재할 때는 꽤 오랜 시간을 소비했는데, 서적으로 한꺼번에 모아 보니 시간의 흐름이 매우 빠르더군요. 배분을 잘못한 감이 있습니다. 새 캐릭터가 많아서 죄송합니다.

앞으로 아이들이 계속 활약하니, 부디 앞으로도 잘 부탁드립니다.

이번엔 1페이지밖에 없으니 바로 감사의 인사를 올립니다.

우사츠카 에이지 님. 이번 권에서 다섯 명이나 되는 아이들을 디자인해 주셔서 감사합니다.

오가사와라 토모후미 님. 녹색 '왕관'의 디자인을 해 주셔서 감사합니다. 여자아이형 고렘이 아주 귀여웠습니다.

담당자 K 님, 하비재팬 편집부 여러분, 이 책의 출판하는 데 도움을 주신 모든 분께 감사드립니다.

그리고 항상 '소설가가 되자'와 이 책을 읽어 주시는 모든 독자 여러분께도 감사의 말씀 올립니다.

후유하라 파토라

새로운 모험이 지금 시작된다──!!

목적은 철강국 간디리스에 잠든 『방주(아크)』를 깨울 왕관을 얻기 위해!

이세계는 스마트

후유하라 파토라　illustration■우사츠카 에이지

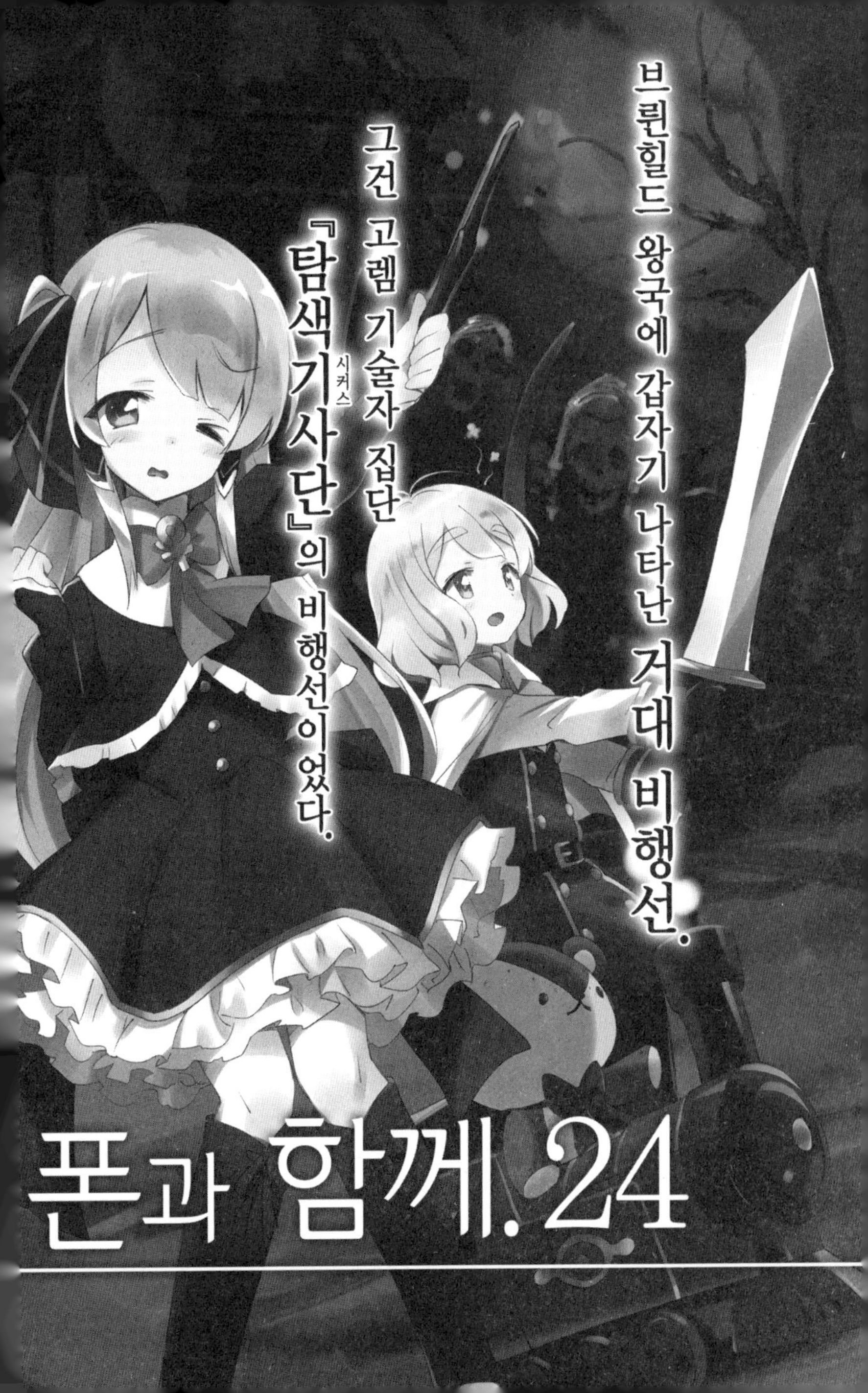
브륀힐드 왕국에 갑자기 나타난 거대 비행선.
그건 고렘 기술자 집단
『탐색기사단(시커스)』의 비행선이었다.
폰과 함께. 24

이세계는 스마트폰과 함께. 23

2022년 01월 20일 제1판 인쇄
2022년 01월 25일 제1판 발행

지음 후유하라 파토라 | **일러스트** 우사츠카 에이지

옮김 문기업

발행 영상출판미디어(주)
등록번호 제 2002-000003호
주소 21315 인천광역시 부평구 부평대로 283 A동 702호
전화 032-505-2973(代) | FAX 032-505-2982

ISBN 979-11-380-0977-5
ISBN 979-11-319-3897-3 (세트)

異世界はスマートフォンとともに。23
ⓒ Patora Fuyuhara
Originally published in Japan by HOBBY JAPAN Co., Ltd.

녹왕의 방패와 한겨울의 나라

1

방패로 환생한 내가 눈을 뜬 곳은,
일 년 내내 눈이 내리는 한겨울인 어느 왕국의 보물 창고.
하지만 휘황찬란한 보물이 즐비한 가운데,
나는 '지저분한 방패'라는 말을 들었고 그 누구도 거들떠보지 않았다.
그러한 나에게 손을 내밀어 준 사람은 나처럼 고독했던 심성 고운 제6 왕자.
"부디 나와 함께 살아가 줘."라는 부탁에 나는 응했다. "평생 내가 지켜 줄게!"
하지만 내게는 어떤 비밀이 숨겨져 있는 것 같은데——?!

푸니짱 지음 / 히하라 요우 일러스트

악역영애 레벨 99
~히든 보스는 맞지만 마왕은 아니에요~

1~3

RPG 스타일 여성향 게임에서 엔딩 후에 엄청 강하게
재등장하는 히든 보스, 악역영애 유미엘라로 전생했다?!
그것도 모자라 초반부터 레벨업에 몰두해 입학 시점에서 레벨 99를 찍고 말았다!!
평화로운 일상은 바이바이~ 사람들은 무서워하고, 주인공 일행들은
아예 부활한 마왕이라고 의심하는데……?!

아무튼 내가 최강이니 아무래도 좋은 마이 페이스 전생 스토리!

타나바타 사토리 지음 / Tea 일러스트

영상출판
미디어(주)

온라인 게임에서 귀엽고 깜찍한 소환수를 복슬복슬, 쓰담쓰담!
가슴이 뛰고 마음이 뭉클해지는 게임 판타지, 개막!

VRMMO에서 소환사를 시작했습니다
1

친구가 권해서 인기 온라인 게임 〈판타지 월드 온라인〉(약칭 FWO)를
시작한 소년 유우는 시작할 때 직업을 정하는 단계에서 실수로
지뢰 직업 '소환사'를 고르고 만다.
하지만 원래부터 귀여운 것을 아주 사랑하는 유우는
토끼나 올빼미 같은 귀여운 짐승을 속속 소환!!
복슬복슬 힐링 성분을 만끽하기도 하고, 귀여운 장비를 모으기도 하면서
자신만의 즐거움을 탐구해 나가는데―

테토메토 지음 / 아키사키 리오 일러스트

영상출판
미디어㈜

슬라임을 잡으면서 300년, 모르는 사이에 레벨MAX가 되었습니다
1~14

회사의 노예처럼 일하다가 죽고, 여신의 은총으로 불로불사의 마녀가 되었습니다.
이전 생을 반성하고, 새로운 생에서는 슬로 라이프를 결심해
돈에도 집착하지 않고 하루하루 슬라임만 잡으면서 느긋하게 300년을 살았더니——
레벨99 = 세계 최강이 되어 있었습니다?!
그 소문이 퍼지고, 호기심에 몰려드는 모험가, 결투하자고 덤비는 드래곤,
급기야 나를 엄마라고 부르는 딸까지 찾아오는데 말이죠——.

모리타 키세츠 지음 / 베니오 일러스트

영상출판
미디어(주)